stb 47

J. R. *Ackerley,* 1896 in Herne Hill, Kent, geboren, studierte in Cambridge. Seit 1928 arbeitete er für die BBC, von 1935 bis 1959 war er Literatur-Redakteur der BBC-Zeitschrift »Listener«. Ackerley hat vor allem autobiographische Prosa veröffentlicht.

J. R. Ackerley

Evie, Frank & Johnny

Roman

Aus dem Englischen und mit einem
Nachwort von Daniel Göske

Steidl

Titel der englischen Originalausgabe: »We Think the World of You«, zuerst erschienen 1960 bei The Bodley Head.

Bitte bestellen Sie unser kostenloses Gesamtverzeichnis.

1. Auflage Juni 1994
© Copyright by J. R. Ackerley 1960
© Copyright für die deutsche Ausgabe:
Steidl Verlag, Göttingen 1991, 1994
Alle deutschen Rechte vorbehalten.
Umschlag: Klaus Detjen
Umschlagzeichnung: Thomas Müller
Satz, Lithographie, Druck: Steidl Göttingen
Gedruckt auf Pegasus Book Paper der
Steinbeis Temming Papier GmbH, Glückstadt
Printed in Germany
ISBN 3-88243-329-9

*Für meine Schwester Nancy,
in Liebe und Dankbarkeit*

Johnny weinte, als man mich zu ihm führte. So etwas hatte ich ihn noch nie zuvor tun sehen. Ich setzte mich neben ihn auf die harte Bank und nahm seine Hand.

»Es tut mir so leid, Johnny«, sagte ich.

»War nix zu machen, Frank«, entgegnete er. Das war immerhin typisch und unter diesen Umständen zweifellos eine angemessene Bemerkung; aber ich war, bei aller Nachsicht, nicht dazu aufgelegt, einen weichlichen Fatalismus hinzunehmen, der – meiner entschlosseneren Natur ohnhin zuwider – zugleich einen passenden Grabspruch für die Beerdigung unserer Freundschaft hätte abgeben können.

»Was ist passiert?« fragte ich. Dem wirren Telefonanruf dieser ekelhaften Megan am Abend zuvor hatte ich nicht viel entnehmen können. Er erzählte es mir.

»Wärst du nur zu mir gekommen!« sagte ich bitter.

»Hätt' ich's bloß gemacht, Frank! Ich weiß ja, ich hab' dich hängen lassen.«

»Ich habe dich wohl auch hängen lassen. Hätte ich dir das Geld geliehen –«

»Das hätt' auch nix ausgemacht«, unterbrach er und warf das Gewirr seines schwarzen, lockigen Haars zurück, das ihm über die Augen gefallen war. »Ich hab' mehr gebraucht als das.«

Ja, er war ein guter Junge, und er sprach mich von allem frei. Nicht nur von jeder Schuld – die zurückliegenden Mißlichkeiten hatte nicht ich zu verantworten –, sondern auch von jeder Andeutung einer Schuld, von jedem noch so schwachen Schatten eines Zweifels. Plötzlich wurde ich vom ganzen Ausmaß der Katastrophe überwältigt.

»Ach, Johnny, warum hast du mir nur nicht vertraut? Warum in aller Welt hast du dich nicht mehr blicken lassen? Ich hätte dir doch das Geld gegeben, wenn ich gewußt hätte, wie sehr du es brauchst. Und alles andere, was du gewollt hättest. Aber du wolltest ja nicht. Du hast mich im Stich gelassen.«

»Ich weiß, daß du's getan hättest, Frank. Du bist immer so gut zu mir gewesen. Aber es hätte sich nich' gehört, dich zu fragen, nich' nachdem ich dich so hängen gelassen habe, und ich konnte dich einfach nich' noch mal fragen. Außerdem wollte ich nich' weiter dein Geld nehmen. Hast doch selbst nich' viel. Ich wollte mir mein eigenes verdienen.«

»Dein eigenes!« Man hatte ihn bei einem Einbruch erwischt.

»Na, du weißt schon, was ich meine«, sagte er mit einem entwaffnenden Lächeln. »Es war doch ein ganz schönes Stück Arbeit, oder?«

»Und nun sieh dir an, wohin es dich gebracht hat!«

»Irgendein Schwein hat mich verpfiffen«, sagte er verdrossen. »Sonst hätt' ich's schon geschafft.«

»Ach Johnny, wir sind doch einmal so glücklich gewesen! Warum hast du das alles vergessen? Ich hätte alles für dich getan, alles, das weißt du doch.«

»Mein eigener Fehler. Ich war ein Idiot. Keiner war dran schuld außer ich.« Ich sagte nichts. »Und das Bier«, fügte er hinzu. Ich ließ ihn reden. Was nützte es jetzt, alles erneut durchzusprechen? Er hatte es so gewollt. »Was glaubst du, was ich kriege?« Ich murmelte etwas Tröstliches von Erststraftätern. »Könntest du mir jetzt bei einer Sache helfen, Frank?«

Das war zuviel. Mir kam die Galle hoch.

»Johnny! Du wirst mich doch *nicht* bitten, dieser widerlichen –, deiner Frau zu helfen?!«

»Die kannste ruhig vergessen«, sagte er milde.

»Genau das meine ich«, gab ich zurück. »Ich *will* sie vergessen!«

»Die hat überhaupt nix zu bedeuten.«

»Für mich bedeutet sie nur Ärger, und das war immer so. Wenn sie dich nicht daran gehindert hätte, mich zu besuchen, wäre all dies nicht passiert.«

»Sie ist eifersüchtig, das isses«, sagte Johnny und schneuzte sich. »Kann nix dagegen machen.«

»Johnny!« schrie ich empört. »Als wir uns das letzte Mal sahen, hast du sie eine blöde Kuh genannt!«

»Frauen!« rief er aus, als sei er plötzlich wieder der Alte. »Die sind doch alle gleich!« Dann setzte er hinzu: »Aber es tut ihr leid, was sie da angerichtet hat, das merk' ich. Und sie war gut zu mir, seit mir das hier passiert ist. Ach, sie muß einem einfach leid tun, man kann einfach nich' anders.«

»*Ich* kann, ohne Schwierigkeiten. Hängt sie auch mit drin?«

»Nee! Sie nich'!« stieß er sofort hervor. »Sie wußte rein gar nix davon, hörst du? Sei bloß vorsichtig! Sag bloß nich' so was!«

»Jedenfalls würde ich nicht einen Finger für sie krumm machen, also bitte mich nicht darum.«

»Das war's nich', was ich dich bitten wollte, Frank. Ich wollte dich fragen, ob du vielleicht für mich auf Evie aufpassen könntest, bis dieser ganze Krempel vorbei ist?!«

»Evie?« Ich war überrascht. »Wer in aller Welt ist Evie?«

»Na, du weißt doch«, sagte er vorwurfsvoll. »Mein Hund. Weißt du nich' mehr? Letztes Mal, wo du da warst, hab' ich sie dir doch gezeigt.«

Da erinnerte ich mich dunkel, wie ich ihm vor gut einem Monat – nicht bereit, ihn zu unterstützen, und unfähig, ihn aufzugeben – einen dieser allzu häufigen Besuche abgestattet hatte, um herauszufinden, was aus ihm und mir geworden war, und wie ich in seinem dunklen Flur versehentlich auf etwas Quiekendes getreten war, das sich dann irgendwohin geflüchtet hatte. Wenn er mir danach das Tier gezeigt hatte, so konnte ich mich jetzt nicht mehr daran erinnern. Ich war damals nicht in der Stimmung gewesen, auf solche Nebensächlichkeiten achtzugeben.

»Mein lieber Johnny«, sagte ich lächelnd, »wie sollte ich mich wohl um einen Hund kümmern können?«

»Sie würde dir wirklich gar keinen Ärger machen.«

»Aber du weißt doch, wie ich lebe. Wer sollte auf sie aufpassen?«

»Sie würde keinen brauchen zum Aufpassen. Könnte sie nich' einfach bei dir zu Hause bleiben?«
»Aber wer sollte sie füttern und sie ausführen? Außerdem weiß ich nichts von Hunden. Und ich will im übrigen auch gar nichts von ihnen wissen.«
»Könntest du sie nich' füttern, wenn du abends nach Hause kommst?«
»Aber ich komme nicht immer abends nach Hause.«
»Sie würde schon klarkommen«, meinte Johnny hartnäckig.
»Tut mir furchtbar leid.« Ich versuchte, ernsthaft über das Problem nachzudenken. »Wieso kann Megan sie nicht nehmen?«
»Wie denn?! Sie muß für die Zwillinge und für Dickie sorgen. Und sie muß jetzt wohl auch arbeiten gehn.«
Erst von ihr hinausgedrängt zu werden, jetzt, wie es schien, auch noch von ihm ausgesperrt zu werden, – es war nicht mehr zu ertragen!
»Das muß ich auch!« platzte ich los.
»Sie ist mein Goldstück, mein ein und alles«, murmelte Johnny.
»Jaja«, sagte ich bissig. »Ich merke schon, du hast deine Meinung geändert.«
»Nee, Evie«, erwiderte er. »Jedenfalls, Megan will sie nich'.«
»Ich auch nicht, Johnny.«
Er kaute an seinen Nägeln.
»Ich weiß nicht, was ich tun soll am besten.« Nach einer Weile ergänzte er: »Sie ist schwanger.«

»Ach, so ein junges Hündchen?«
»Nee, Megan.«
Ich schlug mir an die Stirn.
»Was?! Schon wieder!« Dies wäre das Vierte. »Ich dachte, ihr wolltet keine mehr?«
»Wollten wir ja auch nich'. Aber du weißt doch, wie so was passiert.«
Dann brach er in Tränen aus.
»Johnny... Johnny...«
»Ich wollt's dir eigentlich nich' sagen, Frank«, schluchzte er, »aber jetzt muß sie wohl auch noch aus der Wohnung raus. Wir schulden denen noch ein bißchen Miete. Weiß der Himmel, was dann passiert.«
»Wieviel?« fragte ich.
»Na, so für zwei Monate, glaub' ich.«
»Mein Gott! Was für ein Kuddelmuddel!« Seine schlaffe Hand in der meinen saß ich einen Augenblick da und versuchte, mir über diese neuen Katastrophen klarzuwerden. Dann sagte ich: »Tut mir leid, Johnny, deinen Hund kann ich nicht nehmen. Aber ich werde mich darum kümmern, daß ihr eure Wohnung nicht verliert. Und ich werde mit deiner Mutter reden. Ich denke, wir können die Angelegenheit unter uns in Ordnung bringen. Übrigens, weiß sie Bescheid?«
»Noch nich', aber sie muß es wohl wissen. Megan fährt hoch und erzählt's ihr. Was wird sie bloß sagen?«
»Sie hat dich lieb. Du weißt das oder solltest es eigentlich wissen. Und sie ist da nicht die einzige. Das hättest du eigentlich auch wissen müssen.«

Er preßte meine Hand.

»Danke, Frank. Bist der einzige Kumpel, den ich hab'.« Ich küßte ihn. »Tut mir leid, daß ich dich hängen gelassen hab'. Ich werd' dich nie wieder hängen lassen. Das versprech' ich dir.«

Der Polizist, der mich hereingeführt hatte, trat wieder ein.

»Aber alles, was ich mache, Johnny«, sagte ich, als ich mich erhob, »das mache ich für *dich*. Ich würde nicht mal über die Straße gehn, um deinem Flittchen zu helfen.«

Ich bezahlte Johnnys rückständige Miete – *drei* Monate waren es – und dann noch gut zwei Wochen obendrauf. Dann traf ich mich mit Millie in Aldgate, in einer Kneipe, wo wir früher manchmal zusammen gesessen hatten. Das war fürs erste einfacher, als die ganze Strecke nach Stratford im East End hinauszufahren. In ihrem Brief hatte Millie erwähnt, daß Megan sie schon aufgesucht hatte; die bösen Neuigkeiten waren ihr also schon bekannt.

»Es tut mir entsetzlich leid, Millie«, sagte ich, als sie ihre Leibesfülle auf einem Stuhl an der Bar deponiert und ich uns zwei doppelte Gin vor die Nase gestellt hatte. Nicht daß ich in meinem Groll und meiner Verärgerung zugeben wollte, mitschuldig zu sein – jedenfalls nicht ihr gegenüber; aber ich wußte, daß die Tatsache, daß Johnny sich in Fulham, also nicht weit von mir, eine Bleibe gesucht hatte, für sie wie eine absolute Garantie dafür gewesen war, daß ihm nichts passieren konnte.

»Du hast damit überhaupt nix zu tun«, meinte sie in ihrer bedächtigen Art. »Ich weiß ja, du bist der beste Freund, den er je gehabt hat, und wenn er das nich' schon vorher gewußt hat, dann weiß er's jetzt, der arme Junge. Also ich finde, wenn irgendeiner schuld hat, dann hat sie schuld. Sie ist seine Frau, und sie hätt' besser für ihn sorgen müssen.«

»Er sagt, daß sie nichts davon wußte.«

»'türlich sagt er das«, sagte sie ungerührt. »Mein Johnny hat immer die Schuld auf sich genommen für alles, seit er klein war und dann auch, als er Schwierigkeiten kriegte in der Schule. Er hat nie erlaubt, daß die andern Jungs darunter leiden mußten, auch wenn's viel schlimmere Bengels waren als er. Immer hat er alles auf seine Kappe genommen. Ich sag' ja nich', daß sie's *wirklich* gewußt hat, aber ich möcht' den von meine Männer sehn, der solche Mätzchen macht, ohne daß *ich's* spitzkriege!« Sprach's und schlug sich auf ein Knie, das doppelt so breit war wie meins.

Millie hatte viermal geheiratet. Sie war meine Putzfrau gewesen, als ich noch eine Wohnung in Holborn hatte. Dann kam der Krieg, und ich wurde ausgebombt und siedelte auf die andere Seite Londons über, nach Barnes am Südufer der Themse. Aber der Kontakt war nicht abgerissen, und ich hatte sie in Stratford, wo sie wohnte, oft besucht. Uns hielt ein besonders festes Band zusammen: Ihr Sohn hatte uns beide verzaubert. Aber noch bevor die blendende Erscheinung dieses jungen Mannes, zunächst in Gestalt eines Schlachterlehrlings, die Bühne betrat und mich ähnlich hörig machte, wie er es bei ihr schon lange zuvor geschafft hatte, noch vor dieser Zeit hatte ich sie um ihrer selbst willen lieb gewonnen, und zwar wegen ihrer Offenheit und Güte, der fidelen Üppigkeit ihres recht kindlichen Gemüts und der unerschütterlichen Aufrichtigkeit ihrer Moralvorstellungen – einer Eigenschaft, die sie (das hatten wir beide wohl schon gemerkt, bevor die jetzige Katastrophe es an den Tag brachte) Johnny nicht weitervererbt hatte. Die unbekümmerte, schamlose Unaufrichtigkeit war ja geradezu ein Teil seines Charmes gewesen.

»Aber ich geb' keinem die Schuld«, schloß sie. »Was er gemacht hat, war nich' richtig, da gibt's nix, und ich bin traurig, daß er's gemacht hat. Tom und ich, wir hätten ihm geholfen, wenn er man bloß gefragt hätte.«

Mich hatte er gefragt, und ich hatte mich geweigert. Sie hätte sich alles von ihm gefallen lassen, alles ... Aber sie liebte ihn auch auf andere Weise als ich, weniger fordernd. Ich hatte mich geweigert, aber das ging nur mich und ihn etwas an.

»Das hätte ich auch. Ich habe ihm viel geholfen, wie du weißt, bis dieses Weib ihn daran gehindert hat, mich zu besuchen. In den letzten beiden Monaten ist er nicht einmal in meine Nähe gekommen. Sogar meine Briefe an ihn hat sie abgefangen.«

»Du magst sie nich', was Frank?« fragte Millie und richtete ihre großen blauen Augen auf mich. Sie kannte meine Meinung sehr wohl – und teilte sie. Aber wann immer wir uns trafen, gaben wir uns unseren Animositäten hin und nahmen Megan auseinander, und dies war einer ihrer Lieblingszüge, die Partie zu eröffnen.

»Ich liebe sie.«

»Früher hast du so nich' über sie geredet«, meinte sie streng.

»Nein, meine Liebe. Ich habe mich nur etwas moderater ausdrücken wollen.«

»Ich versteh' dich nich', wenn du immer diese lange Wörters benutzt.«

»Tut mir leid, Millie. Sie ist die reine Hölle. Besser so?«

»Ich für mein Teil hab' sie nie gemocht«, sagte sie bedächtig, »und hab' auch nie so getan als ob. War mir nich' recht, daß er überhaupt mit ihr angebändelt hat, und genau so hab ich's ihm auch gesagt. Tom hat sie auch nie gemocht. Diesen Walisern kannste nich' trauen, sagt er. Aber sie ist Johnnys Frau, und ich hab nix gegen sie; sie ist mir nie komisch gekommen, also will ich nix gesagt haben.«

»Ich auch nicht!« versetzte ich grimmig.

Millie warf mir noch einen scharfen Blick zu.

»Ich weiß nie genau, woran ich bei dir bin«, lachte sie.

»Warum in aller Welt hat er sie bloß geheiratet?« fuhr ich verbittert fort. »Ich habe ihn davor gewarnt, und er hat immer gesagt, er sei doch kein Idiot. Alles war ja in bester Ordnung, als er mit ihr und den Zwillingen bloß zusammenwohnte, draußen in

Chatham, und ganz nach Belieben heraufkommen und bei mir oder bei dir bleiben konnte. Damals hat er uns allen gehört. Aber kaum daß Dickie unterwegs war, hat sie ihn bearbeitet und gedrängt, und er war zu schwach, um ihr gegenüber hart zu bleiben. Ich wußte, sobald sie ihn vor dem Gesetz in der Hand hätte, würde sie anfangen, sich einzumischen – und genau so hat sie es gemacht. Sofort hat sie ihren wahren Charakter offenbart, und jetzt gehört ihm nicht mal mehr seine Seele.«

»'türlich kann ich zu all diesen Sachen gar nix sagen«, meinte Millie gelassen.

»Ich hab' dir doch oft genug davon erzählt!« schnappte ich, und wenn die Schicksalsgöttinnen auch vor Lachen gegluckst haben müssen, so erreichte mich der Widerhall ihres Gelächters doch erst Jahre später.

»Na, passiert is' passiert – und du hast mehr von ihnen zu Gesicht gekriegt als ich. Wollen wir noch einen? Ich bin dran.« Ihre Runde bezahlte Millie immer. Ich nahm ihr Geld und holte zwei neue Gläser. »Was glaubst du, was er kriegt?« fragte sie, als ich mich setzte.

»Ich fürchte, sie werden ihn nicht einfach so davonkommen lassen.«

»Glaubt Tom auch nich'.« Wir saßen eine Zeitlang schweigend da. »Sie wollen, daß ich Dickie übernehme, damit sie weiter zur Arbeit gehn kann.«

»Und wirst du?«

»Ich würde ja gern, aber ich weiß nich', wie das gehen soll, wenn ich nich' meinen Job an den Nagel hänge, und das kann ich mir nich' leisten.«

»Kann Ida nicht aushelfen?« Ida war ihre verheiratete Tochter, Johnnys Schwester.

»Sie wohnt zu weit weg, als daß sie immer reinschauen kann.«

»Könntest du ihn nicht in eine dieser Kinderkrippen stecken?«

»In unserer Nähe gibt's keine. Ich könnte jemand besorgen, der auf ihn aufpaßt, aber das kostet.«

»Ich helfe dir, wenn du willst.« Warum in aller Welt sagte ich so etwas? Sie hätten sich zweifellos irgendwie durchgewurstelt, und mit mir hatte all das doch gar nichts zu tun. Millie sah mir geradewegs in die Augen und schien dasselbe zu denken.

»Warum solltest du? Du hast schon genug getan. Hast die Miete für sie bezahlt, jedenfalls hat sie's mir so erzählt. Warum hast du das gemacht, trotz dem, was du von ihr hältst?«

»Liebe Millie, ich hab's doch nicht für *sie* getan! Für sie würde ich absolut nichts tun. Außer ihr den Hals umzudrehen! Ich habe es für *ihn* getan, obwohl er's nicht wert ist.«

»Also jetzt paß aber auf, daß du nicht was gegen Johnny sagst!« erwiderte sie scharf. »Er würd' nie was über dich sagen außer was Nettes.«

»Tut mir leid, Millie. Ich hab's nicht so gemeint. Ich habe ihn sehr lieb, das weißt du doch.«

»So isses recht«, sagte sie versöhnlich.

»Was ist mit den Zwillingen?« fragte ich. »Was wird mit denen?«

»Oooh, ich kann doch nich' alle drei übernehmen!« juchzte Millie und explodierte in einer ihrer wolkenbruchartigen Lachsalven. »Megan glaubt, daß sie mit Rita schon klarkommt, und Gwen schickt sie rüber zu ihre Mutter nach Cardiff.«

»Da ist noch ein viertes unterwegs, soviel ich weiß.«

»Ja, hat sie mir auch erzählt, und gern hab' ich das nich' gehört. Sie kann sich schon jetzt nich' anständig um die drei kümmern, scheint's.«

»Und Dickie würdest du gern nehmen?«

»Oooh ja! Er ist ein Goldstück, find' ich. Findet Tom auch.«

Ich fand das Kind, ehrlich gesagt, plump und dumm, aber über Geschmack läßt sich nicht streiten.

»Na, dann ist das ja geklärt. Was meinst du, wieviel wird er dich kosten? Würden dreißig Shilling pro Woche reichen?«

»Damit würd' ich schon zu Rande kommen«, antwortete Millie prompt. Dann fügte sie hinzu: »Aber dann mußt du auch öfters rauskommen und ihn besuchen. Sonst kann ich deine Hilfe nich' annehmen.«

»Natürlich, klar. Wie wär's, wenn ich das Geld jeden Monat vorbeibringen würde?«

»Ja, das wär' doch nett«, sagte Millie fröhlich. »Ich hab' dich ja kaum mehr zu Gesicht gekriegt, seit Johnny weg ist von uns.« Das saß, und ich wollte schon zu einer Entschuldigung ansetzen, aber sie fügte ihr »Nich' daß ich dir das vorwerfen will!« hinzu, in jener ruhigen, mitfühlenden Art, in der immer ein echtes Verständnis für die Art meiner Gefühle ihrem Sohn gegenüber mitzuschwingen schien.

Trotz meiner Entschlossenheit, so wenig wie möglich für Johnnys Frau zu tun, so wenig wie möglich mit ihr zu tun zu bekommen, zeigte es sich in der Folgezeit immer mehr, daß es nicht nur unmöglich war, ihr auszuweichen, sondern daß ich weit mehr Umgang mit ihr haben würde als früher. Denn die Umstände, die sie dadurch flink zu ihrem Vorteil zu nutzen verstand, daß sie sich unentbehrlich machte, ließen sie zu einem wichtigen, ja zum einzigen Bindeglied zwischen Johnny und der Außenwelt werden. Mich jedenfalls, der ich ihre als Hindernis zwischen Johnny und mir wachsam aufgepflanzte Gestalt nur allzugut kannte, quälte es über alle Maßen, sie nun in der gleichen Position, allerdings in einer neuen Rolle hinnehmen zu müssen. Für gewöhnlich untätig und träge (wenn sie nicht gerade in einem ihrer wüsten Eifersuchtsanfälle Johnnys Gesicht zerkratzte oder mit Geschirr um sich warf), hastete sie nun eilfertig wie ein Telegrammbote von hier nach dort. Und obschon sie sich hütete, ihre gesellige Betriebsamkeit, mit der sie zwischen Johnny und Millie hin- und herflog, auch zu mir nach Barnes zu tragen, so rief sie mich doch oft genug an. Und sie stellte es keineswegs ungeschickt an. Diese walisische Stimme, die, wie ich sehr wohl wußte, ein Dach abdecken konnte, klang nun gelassen und gedämpft, ja geradezu förmlich wie die Stimme einer Sekretärin. Ich erfuhr von ihr, daß man Johnny für das Verfahren an das örtliche Friedensgericht überstellt hatte, daß er in Brixton einsaß und daß ich ihn besuchten sollte.

»Wann?« fragte ich.

»Jederzeit«, sagte die dumpfe Stimme. »Ich geh' fast jeden Tag.«

»An welchem Tag gehst du *nicht*?«

Einen Augenblick lang war es still am anderen Ende.

»Am Donnerstag werd' ich nich' hingehn.«

»Schön. Sage ihm, ich komme Donnerstag.«

Es war ein gelassenerer, auf den ersten Blick beinah der alte fröhliche, unbekümmerte Johnny, der mir da hinter der Glasscheibe in der Besucherkabine gegenübersaß. Aber ich spürte bald, daß das Glitzern in seinen Augen und seine naßforsche Prahlerei von der hektischen Aufregung herrührten, in der er lebte. Er war ganz und gar beherrscht von der Frage seines ungewissen Schicksals, und sein bezauberndes, jungenhaftes Gesicht war hektisch gerötet. Er redete viel und mit einer ziemlich schrillen Stimme darüber, wie die anderen Gefängnisinsassen seine Lage einschätzten, »gewieftere Jungs« als er selbst, wie er sich in der Gaunersprache ausdrückte, die er bereits aufgeschnappt hatte. Die allgemeine Ansicht war offensichtlich, daß er, obwohl die »schwarzen Schnüffler« regelrecht »heißgelaufen« waren über das, was er gemacht hatte, nicht mehr als sechs Monate kriegen würde. Und mit Straferlaß wegen guter Führung wären das bloß noch vier.

»Das schaff' ich auf einer Backe«, tönte er.

Außerdem stand ihm wohl eine »Flüstertüte« zu, ein Pflichtverteidiger für mittellose Angeklagte. Aber das würde eine geringe Gebühr von drei Guineen kosten. Ich erklärte, daß ich das übernehmen würde. Und er würde noch mal »weich in der Birne« wegen ein paar »Fluppen«. Ich erklärte, daß ich ihm seine Zigaretten besorgen würde.

»Megan tut's leid, daß sie all das gemacht hat, Frank«, meinte er und warf mir einen seiner wunderbaren, leuchtenden Blicke zu. »Sie sagt, sie will nie mehr deine Briefe aufmachen und nie mehr mich daran hindern, dich zu besuchen. Und ich hab' ihr gesagt, daß ich mit dir in Urlaub fahre, wenn all das hier vorbei ist.« (Ich hatte ihn oft dazu gedrängt, und seine Frau hatte es immer zu verhindern gewußt.) »Sie hat nix dagegen. Sie findet jetzt auch, daß du ein echtes Goldstück bist.«

Möglich, daß ich dieser Redensart langsam überdrüssig wurde. In diesem Zusammenhang jedenfalls wurde es mir einfach zuviel. Ich ließ ein ungehöriges Geräusch hören.

»Würd'st du mir den Gefallen tun, Frank, und nach ihr sehen, solange ich sitze?«

Die Glasscheibe trennte uns voneinander, wie sie uns all diese vielen einsamen Wochen getrennt hatte. Er stand dahinter, immer noch außer Reichweite, und seine klaren braunen Augen sahen mich an. Sein Hemdkragen stand offen, und man konnte die Sehnen seines honigfarbenen Halses sehen, wo er in die Schultern überging. Dieser warme Farbton kam nicht von der Sonne, sondern war die natürliche Tönung seines Fleisches; sein ganzer glatter, makelloser Leib bis zu seinem flachen Bauch und der schmalen Taille erstrahlte darin, als sei er in ewigem Sonnenlicht gebadet. Das Wort »Ja« lag mir auf den Lippen, aber...

»Es tut mir leid, Johnny«, sagte ich.

»Macht nix. Ich weiß schon. Ich werd' dir schreiben.«

»Ich werde darauf warten, Johnny. Und ich werde herkommen und dich besuchen, wann immer du mich darum bittest – solange du mich nicht bittest, mit Megan zu kommen!«

Bald darauf kam er vor Gericht und wurde, trotz seiner Flüstertüte für drei Guineen, für ein Jahr ins Gefängnis gesteckt.

Die Busfahrt auf der langen Mile End Road nach Stratford schien kein Ende nehmen zu wollen. Es war der erste Feiertag, denn Millie hatte geschrieben, ich sei zwar auch am Heiligabend willkommen, aber sie hätten sich gedacht, daß Johnny wohl von ihnen erwarten würde, Megan einzuladen, und daher würde ich vielleicht lieber an einem der anderen Tage heraufkommen. »Nich' daß ich's übers Herz bringen tät', viel Wirbel zu machen, wo doch Johnny dort ist, wo er eben ist jetzt. Das ist das erste Weihnachten, wo er nich' zu Hause sein kann.« Es war ein milder, feuchter Nachmittag, und während der Bus durch die häßliche, verwüstete Stadtlandschaft gondelte, dachte ich traurig an die lange vergangenen Tage zurück, als Johnnys Gestalt mich am Ende der

Fahrt erwartete und sie mir wie die aufregendste Reise auf der ganzen Welt vorgekommen war. Aber immerhin konnte ich mit Millie über ihn sprechen, und sie bereitete einem immer einen warmherzigen Empfang.

Und »warm« war noch untertrieben! Den Mief der Winderschen Küche im Winter hatte ich ganz vergessen. Millie und Tom waren beide da, und Klein-Dickie thronte auf einem hohen Kinderstühlchen, das Ida freundlicherweise an sie ausgeliehen hatte. Der Tisch, an dem er mit Marmeladenbrot gefüttert wurde, war reich gedeckt mit vielen guten Sachen, obwohl Millie es ja eigentlich nicht übers Herz bringen konnte. Ich gab ihr einen Kuß, drückte Toms schwielige Hand und wandte mich Dickie zu, der nun offenbar zu meinem »Neffen« geworden war, da man von mir als Onkel sprach. Als Johnnys Sohn und Erbe war ich ihm immer wohlgesinnt gewesen und hatte mich fleißig bemüht, seine Gunst zu erlangen. Aber aus irgendeinem Grund – vielleicht weil ich Kinder nicht gewöhnt bin und nicht weiß, wie man richtig mit ihnen umgeht – war meinen Offerten niemals nennenswerter Erfolg beschieden gewesen. Sobald ich mich über ihn beugte, brach er in Tränen aus.

»Meine Güte!« sagte ich. »Das ist aber nicht sehr höflich!«

»Also, Dickie«, kollerte Millie wie eine Glucke, »was muß denn der Onkel von dir denken, wenn du so'n Gesicht machst?«

»Aber wirklich! Ich werde ihm das Geschenk nicht geben, das ich ihm mitgebracht hatte!« Und damit drückte ich dem Kind ziemlich nervös eine Art schwarzen Struwwelpeter in das klebrige Händchen. Laut aufheulend schleuderte er ihn zu Boden.

»Scheint dich nich' zu mögen«, meinte Tom mit der launigen Selbstzufriedenheit all derer, die sich in einer überlegenen Position wähnen.

»Er ist noch nich' ganz wieder der alte«, sagte Millie begütigend. »Ach Frank, du hättst ihn mal sehn sollen, als er herkam! Das arme Wurm *sah* aber auch aus! Der kleine Popo und die Beinchen ganz rot und entzündet, wo er so lang in sein' eigenen Wasser gelegen hat! ›Nun guck dir das bloß mal an!‹ sag' ich zu Tom, als ich ihn aus der Windel wickel. ›Stell dir das mal vor, ihn so rumkrabbeln lassen!‹ Aber ich hab' nie geglaubt, daß sie eine gute Mutter ist, egal was sie als Frau taugt. 'türlich hat sie ihre Probleme. Ich weiß das alles, aber das ist doch keine Entschuldigung, den Kleinen so zu vernachlässigen. Sie *ist* ein faules Ding...«

In diesem Stil ging es noch eine Zeitlang weiter; allem Anschein nach genoß Millie es, wieder Mutter zu sein. Als das Thema erschöpft schien, wandte ich mich an Tom.

»Na Tom, und wie geht es dir? Wir haben uns ja längere Zeit nicht gesehen.«

»Meckern bringt nix«, sagte er auf seine seltsam mümmelnde Art. »Hab' wohl 'ne kleine Erkältung im Kopf.«

Kein Wunder, dachte ich, denn die Luft in ihrer Wohnung war zum Ersticken. Aber ich sagte nur:

»Na, von kalten Füßen kann sie jedenfalls nicht kommen!« Er hatte ein Paar knallrote Plüschpantoffeln an. »Ein Weihnachtsgeschenk?«
»Mmmmh, von meine Frau.«
»Jetzt können wir ihn immer schon von weitem kommen sehen, was?« gackerte Millie. »Magst du sie, Frank?«
»Ob ich sie mag? Haben will ich sie!« Wie gedankenlos wir manchmal die Vorsehung herausfordern! Damals ahnte ich nicht, daß diese albernen Dinger, in gewisser Form jedenfalls, einmal mir gehören würden...
Armer alter Tom! Wenn er einem überhaupt einmal in den Sinn kam, dann genau so und nicht nur, weil er an Hämorrhoiden litt. Bleich, mager, schweigsam und um ein beträchtliches älter als Millie, war er nicht mehr als eine undeutliche Gestalt im Hintergrund ihrer warmherzigen, überschwenglichen Persönlichkeit, und man gewöhnte sich daran, ihn genauso zu sehen, als ein altvertrautes Stück im Mobiliar ihres Lebens. Es ist, wie gesagt, müßig, über Beziehungen zwischen Menschen zu spekulieren, aber Millie selbst schien der Meinung zu sein, daß er einer Erklärung bedürfe, und so hatte sie mir erzählt, daß er schon um sie zu werben begonnen hatte, als sie noch fast ein Mädchen war. Während all ihrer früheren Ehen war er standfest geblieben und hatte sich dann in den jeweiligen Phasen des Interregnums wieder gemeldet. Der vierte Anlauf glückte, denn am Ende hatte sie ihn aufgenommen. Bei soviel unverdrossener Hartnäckigkeit hätte er

eine romantische Figur abgeben können, aber er war nur eine traurige Gestalt, und in meinen Augen fiel noch nicht einmal etwas von Johnnys Glanz auf ihn zurück. Die Unerbittlichkeit, die er in seinem Werben um Millie an den Tag gelegt hatte, offenbarte sich überdies, wenn man sich nicht vorsah, auch in seinen Äußerungen. Wiewohl eigentlich ein stiller, grüblerischer Mann, konnte er sich doch, wenn er angeredet wurde, zu einer Antwort aufraffen und holte dann auf seine langsame, monotone, selbstzufriedene Weise zu Geschichten aus seiner Vergangenheit aus, die meistens den Ersten Weltkrieg betrafen, Erinnerungen, die keine bestimmte Richtung, kein Ziel, keine Pointe hatten außer der, daß er dabei von allen Beteiligten unweigerlich als Bester dastand – und all dies immer in einer dramatischen Steigerung, die man vorauszusehen gelernt hatte, die zu erreichen Millie ihm aber selten gestattete. Armer alter Tom! Obwohl Millie ihn auf ihre nette Weise ständig mit einbezog, war es doch gerade die Art, wie sie das tat, die ihn zwangsläufig ausschloß, denn entweder wartete sie seine Antworten auf ihre Fragen nicht ab, oder sie gab sie selbst. Man fing an, ihrem Beispiel zu folgen, jenes aus Menschenfreundlichkeit und Selbstschutz geborene Verfahren ebenfalls anzuwenden und ihm stets eine herzliche, aber oberflächliche Freundlichkeit entgegenzubringen, die ihn aus seinem Schweigen hervorlockte, nur um ihn so rasch wie möglich wieder dorthin zurückzustoßen.

Es war ein netter Besuch (und es wurde noch netter, als man mir auf meine Frage, ob wir nicht das

Fenster ein wenig öffnen könnten, tatsächlich einen winzigen Spalt zugestand). Allerdings war die Stimmung etwas gedämpft: Johnnys Schatten lastete natürlich schwer auf uns allen. Während wir von ihm sprachen, drückte jemand die Waschküchentür auf, und ein Hund trottete herein.

»Hallo, Evie«, sagte Millie.

Ich hatte Johnnys Hund völlig vergessen.

»Also, das ist das Tier, für das ich sorgen sollte?«

»Ja, Johnny hat keinen gefunden, der auf sie aufpaßt, und am Ende mußte ich sie nehmen. Nich' daß ich sie gewollt hätte, diese Range.«

Sie war wirklich eine hübsche Hündin, wenige Monate alt, ziemlich groß und langbeinig und geradezu verschwenderisch mit jenen scharwenzelnden, schmeichlerischen Zärtlichkeiten, die für junge Hunde typisch sind.

»Hab' ihr grade 'ne Wurmkur verpaßt«, sagte Tom, der wieder seinen Platz im Lehnstuhl am Ofen eingenommen hatte.

»Oh«, machte ich höflich. »Hatte sie denn Würmer?«

»Alle jungen Hunde haben Würmers. Werden schon damit geboren.«

Evie war mir inzwischen auf den Schoß geklettert und leckte mir über das ganze Gesicht.

»An dieser Begrüßung könnte sich Dickie mal ein Beispiel nehmen«, prustete ich, während ich versuchte, meinen Mund zu schützen.

»Vielleicht denkt sie, du bist Johnny.«

Die gute Millie! Sie machte häufig solche Bemerkungen, die mich derart elektrisierten, daß ich es fast körperlich spürte. Mit Johnny gleichgesetzt zu werden!

»Weißt du, was gut ist gegen Würmers?« fragte Tom.

»Nein!« sagte ich abweisend.

»Zerhackte Menschenhaare in Rübensirup. Hat mir mein alter Großvater erzählt. Gab nich' viel, was er nich' wußte über Hunde...«

»Nu laß ihn aber endlich in Frieden, du!« schrie Millie Evie an. »Oder ich sorg' dafür, daß du rausfliegst!«

»Hierher, Evie«, rief Tom. Sie krabbelte auf seine Knie und fing an, sein graues, leichenähnliches Gesicht zu lecken. »Tabak geht auch. Ich hatte mal 'nen Hund, der hat alle Kippen auf der Straße aufgefressen. Wenn se noch brannten, hat er se erst ausgedrückt mit seine Pfote. Hat selbst drauf aufgepaßt, daß er keine Würmers kriegt...«

»Hast du das Bild von Johnny noch?« fragte ich Millie, während ich mir die von der Hundezunge noch feuchten Lippen abwischte. Plötzlich war es mir eingefallen: ein vergrößertes Foto von ihm, das über dem Kaminsims im vorderen Zimmer hing. Millie lachte:

»Wieso? Glaubst du denn, ich würd's wegwerfen?«

»Kann ich es mir mal ansehen?«

»Natürlich kannst du.« Das gefiel ihr. »Du hast das Bild ja immer gemocht, was Frank?«

Ja, wirklich, ich hatte es immer gemocht, und beinah ein Jahr war vergangen, seit ich es zum letzten Mal gesehen hatte. Man hatte es während seiner widerspenstig absolvierten Dienstzeit als Seemann aufgenommen, und als ich zu ihm aufblickte, gab es mir einen Stich. Wie anziehend er ausgesehen hatte mit seiner kurzen, kräftigen, wohlgestalteten Figur und seiner straffen Haltung. Der Schaft seines schönen Halses, die breiten Schultern, die kräftige Brust, die schmalen Hüften – alles an ihm wurde von dieser außergewöhnlich engsitzenden Uniform mit ihren Schleifen und Seidenbändern auf fast weibliche Weise hervorgehoben. Und was für ein lustiger Bursche war er gewesen, so lebhaft und fröhlich... Ach, viel Zeit war seither verflossen. Ein Anflug von Ärger und Selbstmitleid überkam mich bei dem Gedanken, wie er damals gewesen war und was die Ehe aus ihm gemacht hatte. Obwohl für mich, der ich älter war, immer noch ein Junge, war sein gerader Rücken jetzt ein wenig gebeugt; aber sein Gesicht war doch das gleiche geblieben, und seine klaren Augen blickten hinter der Verglasung des Bildes ebenso unverwandt, ebenso verläßlich auf mich herab, wie sie mir hinter der Scheibe der Besucherkabine entgegengeblickt hatten. Er hatte mir eine glücklichere Zukunft versprochen, und es war, als bekräftigten sie dieses Versprechen. Wie erfrischt kehrte ich in die Küche zurück.

Ich bemerkte sofort, daß man das Fenster während meiner kurzen Abwesenheit wieder geschlossen hatte. Die Arbeiterschicht, so sinnierte ich achselzuckend, hegt die unausrottbare Überzeugung, daß die Erkältungen, an denen sie ständig zu leiden haben, eher der Frischluft zuzuschreiben sind als dem Mangel an Frischluft. Mit dieser flüchtigen Erklärung ging ich über einen Vorfall hinweg, dem ich besser ernsthaftere Aufmerksamkeit gewidmet hätte, wie mir klar wurde, als ich mich Monate später daran erinnerte: denn er gab das Verhaltensmuster ab für vieles, was darauf folgte. Kurze Zeit später verabschiedete ich mich und verließ Dickies Festung mit einem Mohnkuchen, den Millie extra für mich gebacken hatte.

»Frank? Hier ist Megan.«

Wieso mußte sie bloß immer so anfangen, fragte ich mich gereizt, als könnte tatsächlich irgend jemand diese ekelerregende walisische Stimme verwechseln.

»Ja?«

»Ich war bei Johnny.«

»Wie geht es ihm?«

»Ach, ihm geht's gut. Er zählt die Tage, sagt er. Nur die Abende, die vergehn so langsam, das ist am schlimmsten, sagt er. Er hat gesagt, könntest du ihm ein paar Bücher zum Lesen schicken?«

»Haben die denn keine Gefängnisbücherei?« fragte ich knapp. Johnny saß in Wormwood Scrubs, und das war ja nun nicht gerade eine Provinzanstalt.

»Ich weiß nich'«, meinte die Stimme ausweichend.

»Was für Bücher denn?«

»Ich weiß nich'. Hat er nich' gesagt. Er hat gesagt, du wüßtest schon, was ihm gefällt.«

»Ach so. Na gut.« Ihr Eingeständnis, daß er und ich eine vertraute Sphäre hatten, die ihr verschlossen blieb, besänftigte mich ein wenig. »Sonst noch was?«
»Er hat gesagt, ich soll dir beste Grüße bestellen.«
Diese Bemerkung ging mir durch und durch. »Morgen schreib' ich ihm; soll ich ihm was von dir bestellen?«
»Ja, sag ihm von mir *alles Liebe*«, antwortete ich. Diese Kröte mußt du erst mal schlucken, dachte ich, als ich den Hörer auflegte.

Zwei Monate vergingen, bevor ich wieder nach Stratford fuhr. Als die Zeit für meinen zweiten Besuch gekommen war, hatte ich an dem Wochenende anderswo zu tun, und Millie hatte meinen Vorschlag abgelehnt, sich auf halber Strecke in Aldgate zu treffen. Sie könne Dickie nicht allein lassen, meinte sie. Also schickte ich das Geld mit der Post. Aber eine Anzahl von Briefen hielten mich auf dem laufenden; sie erzählten von den Fortschritten, die er machte, von den Erkältungen, die sie ständig untereinander weitergaben, vom Wetter. Aber diese Briefe und die Telefonanrufe, die ich von Megan bekam, erinnerten mich doch immer nur an die Nachricht, die mich *nicht* erreichte, auf die ich wartete, die ich zunehmend vermißte und die ich doch mindestens verdient zu haben glaubte: einen Brief von Johnny. Von ihm direkt hatte ich noch überhaupt nichts gehört.

Ende Februar machte ich die lange Busfahrt erneut. Es war ein schöner, kalter, sonniger Nachmittag.

»Und wie geht es all euren Erkältungen?« fragte ich, als ich Millie durch den engen Flur folgte.

»Tom geht's nich' besonders. Er hat Probleme mit seinem Rücken.«

Ich wußte, das bezog sich auf seine Hämorrhoiden. Die Küche war wie ein Ofen.

»Das tut mir leid zu hören«, sagte ich, während ich ihm die Hand entgegenstreckte. »Immerhin ist ja mein Neffe offenbar prima in Form«, fügte ich mit einem wachsamen Blick auf das Kind hinzu, das mir den Rücken zukehrte.

»Isser nich' prächtig?« strahlte Millie stolz. »Was meinst du, Frank? Er sieht schon viel besser aus, wie? Sieh doch bloß, wie dick und rosig seine Bakken sind! Na, nun guck mal, wer dich hier besuchen kommt, Dickielein!«

Dickie, der selig damit beschäftigt gewesen war, mit einem Löffel auf seine Stuhllehne einzudreschen, drehte sich um. Sofort legte sich sein erbärmliches kleines Gesicht in Falten.

»Na, na!« machte ich und hob wie zur Verteidigung meinen Arm. »Was ist denn bloß mit mir nicht in Ordnung?«

Tom kicherte vom Ofen herüber.

»Er meint's ja gar nich' so«, warf Millie hastig ein. »Vielleicht isses deine Brille?« setzte sie hinzu. »Solche Dinger kennt er ja gar nich'.«

»Das ist die Idee!« Ich nahm sie herunter. Dickie brach in Tränen aus. »Tatsächlich, es ist wirklich die Brille«, erklärte ich täppisch und setzte sie wieder auf. Aber Millie schien ein bißchen verstimmt. Also wechselte ich zu einem Thema, das mir ohnehin fast ausschließlich im Kopf herumschwirrte, und fragte: »Hast du etwas von Johnny gehört?«

»Nein, aber ich warte jeden Tag auf einen Brief von ihm«, gab sie zurück, während sie das Kind beschwatzte und neckte, um es wieder zu beruhigen. »Und du?«

»Nichts. Ich habe ein Versprechen erhalten, aber keinen Brief. Die einzigen Neuigkeiten, die mich erreichen, bekomme ich aus zweiter Hand von Megan. Sie schöpft den Rahm ab, wie's scheint.«

»Sie erlauben dem armen Jungen nich' viel Sachen wie Briefe und so was«, meinte Millie unbestimmt. »Daran liegt's.«

Ihre Loyalität Johnny gegenüber war ungebrochen und manchmal nachgerade empörend. Auch sie war in der Vergangenheit von ihm viele Male enttäuscht worden, und das liebevoll zubereitete Abendessen, zum Warmhalten in den Ofen gestellt, wenn er sich verspätet hatte, war oft die ganze Nacht darin geblieben. Dennoch hatte sie Kritik an ihm nie zu ertragen vermocht, sondern suchte dann gleich nach Entschuldigungen. Aber ich wollte mir diese Beute nicht entgehen lassen.

»Das weiß ich. Aber er kommt auf ungefähr einen Brief und einen Besuch pro Monat, und weil er jetzt drei Monate da ist, heißt das mindestens drei Besuche und drei Briefe, und sie hat alles gekriegt.«

»Er sollte dir wirklich auch mal schreiben, nach allem, was du für ihn getan hast«, sagte Millie und löffelte Milchbrei in Dickies Gesicht.

»Und dir ganz genauso. Warum zum Teufel kriegt sie alles?«

»Sie denkt wohl, sie kommt zuerst, weil sie seine Frau ist«, meinte Millie friedfertig. »Und außerdem, in ihrem Zustand...«

»Den nützt sie bis zum Allerletzten aus, da bin ich ganz sicher«, knurrte ich verdrossen.

»Sie hat mir gesagt, daß sie Extrabesuche aus familljäre Gründe beantragen will, und sie glaubt, daß sie die kriegt, und dann würden wir alle mehr von ihm hören und sehen. Letzten Sonntag ist sie hingefahren, sie und Klein-Rita, und dabei waren sie grad kurz vorher bei ihm gewesen. Wie denkst du über Rita, Frank?«

Da war es wieder, Millies kleines Spielchen. Sie wußte nur zu gut, was ich über Rita dachte, und dachte genauso, wollte aber das Zerstörungswerk nicht selbst beginnen. Ich fühlte mich zu erhitzt und geschwächt für eine Spielerei.

»Ich versuche, gar nicht an sie zu denken.«

»Sie hat nich' viel, was für sie spricht, was Frank?« krähte Millie fröhlich. »Was für ein Pärchen! Aber Megan sagt mir meistens vorher, wenn sie zu Johnny geht, das muß ich zugeben, und jetzt, wo sie offenen Zugang hat, wie sie das nennt, statt daß sie ihn bloß hinter eine Scheibe zu sehen kriegt, was ich nicht machen würde, geb' ich ihr gern eine Packung Zigaretten für ihn mit, was nicht erlaubt ist, weiß ich, aber sie schafft's irgendwie, sie ihm zuzustecken, und dem armen alten Johnny fehlen seine Kippen doch so sehr. Danach kommt sie immer vorbei und bringt uns Neuigkeiten von ihm. Muß man ihr lassen, *die* Mühe macht sie sich. Aber sagen tut sie nich' viel, wenn sie dann kommen tut, und was sie dann so sagt, hört sich ein bißchen herzlos an für meinen Geschmack, na, du weißt schon. Er ist dicker geworden und sieht besser aus wie als er reinkam, so hat sie's uns erzählt; aber ich muß ihn mit meine eigene Augen sehn, bevor ich ihr das glaube, denn gesund kann's doch nich' sein in diese scheußliche Dinger. Und einen Job hat er, Abwaschen in der Küche, wo er ein paar Pennys verdient, hat sie gesagt, und daß sie froh ist, daß er da was Nützliches lernt für wenn er nach Hause kommt. Aber mir hat sie nie Hilfe beim Abwasch angeboten, mir nich'. Nich' daß ich sie gelassen hätte, wenn sie's gemacht haben würde. Sie ist nich' grad das, was man so angenehme Gesellschaft nennt, und das merkt man jetzt immer mehr, weil sie Johnny nich' mehr hat, der ihr immer alles abnimmt. Vielleicht ist sie auch bloß schüchtern.«

»Was, *die*?!« platzte Tom vom Ofen herüber dazwischen. Millie gackerte.

»*Du* mußt grad tönen, was?« Dann meinte sie, zu mir gewandt: »Er tut sie noch nich' *einmal* ankukken, wenn sie hier ist. Tut da bloß rumhocken und in seine Zeitung lesen, und ich muß alles alleine machen.«

»Kann es sein, daß du sie nicht magst, Tom?« fragte ich, während ich mir die Stirn wischte. Millies wohlausgewogene Urteile paßten mir überhaupt nicht, und wenn es auch tollkühn war, ihn aus der

Reserve zu locken, so schien mir sein Einwurf doch lohnendere Aussichten zu eröffnen.

Er kaute an seiner Pfeife herum, bevor er sich schließlich erklärte.

»Tückisch isse. Hab's gleich gemerkt, als ich sie zum ersten Mal gesehen hab', stimmt's Kumpel?« Das bezog sich auf Millie. »Habe immer gesagt, für Johnny bringt die nix Gutes.«

»Hört, hört!« pflichtete ich ihm bei. »Du hattest noch nie so recht wie jetzt, Tom. Aber was ich einfach nicht verstehen kann, ist Johnnys eigenes Verhalten. Ihre verfluchte Eifersucht stand ihm vor kurzer Zeit noch bis hier, und so, wie er von ihr redete, hätte man denken können, daß er sie geradezu haßt. Wirklich, er hat mir einmal gesagt, er hätte sie satt bis obenhin und wollte sie verlassen. Aber kaum daß diese Sache passiert ist, läßt er nichts mehr auf sie kommen. Zum Verrücktwerden!«

»Ja, du hast gesagt, daß sie eifersüchtig auf dich ist«, sagte Millie ermunternd.

»Na, sie is' nun mal seine Frau, so oder so«, bemerkte Tom in plötzlicher Verstimmung. »Und zwischen Mann und Frau, da kannste nich' zwischen.«

»*Ich* kann!« sagte ich schnippisch, aber diese Bemerkung war wohl nicht angebracht.

»Also...«, begann Tom, aber Millie fuhr mit einem »Das reicht jetzt!« dazwischen.

Wiewohl einen Augenblick lang etwas bestürzt über diesen kurzen Wortwechsel, beachtete ich ihn doch nicht weiter und machte dem darauffolgenden Schweigen ein Ende, indem ich milde bemerkte:

»Na, jedenfalls ist es Zeit, daß ihn auch mal jemand anders zu sehen bekommt. Außerdem war ich schon lange sein Freund, bevor sie seine Frau wurde.«

Der Schweiß lief mir nun den Rücken hinunter, und ich bemerkte, daß auch Millies Gesicht hochrot und feucht glänzte. Irgendwelche Anzeichen von Unbehagen waren von Tom nicht zu erwarten; er schien kein Tröpfchen Flüssigkeit im Leib zu haben. Sollte ich die Frage wagen, ob man nicht das Fenster öffnen könnte? Vielleicht besser nicht. Ihnen war ihr Mief lieber...

»Millie, meine Liebe, es ist furchtbar heiß hier. Hättest du etwas dagegen, wenn ich für einen Moment das Fenster aufmache?«

»Natürlich, nur zu. Mir kam's selbst grade ein bißchen warm vor, und ich weiß doch, du magst ein bißchen Frischluft.«

»Ein bißchen Frischluft!« dachte ich. Wenn ich schon dazu verdammt sein sollte, den Rest eines schönen Nachmittags in diesem Hexenkessel von Küche zu schmoren, so wollte ich doch soviel Frischluft wie möglich hereinlassen. Ich beugte mich über den riesigen Tisch, der ungefähr ein Drittel des Raumes beanspruchte, ergriff das untere Schiebefenster und riß es hoch. Das Ergebnis war, um es vorsichtig auszudrücken, verblüffend. Eine Art Wolf, der sich draußen auf dem Hof gesonnt haben mochte, erhob sich auf seine Hinterbeine, setzte seine Vorderpfoten auf das Fensterbrett und blickte neugierig zu uns hinein.

»Mein Gott!« rief ich und fuhr zurück. »Nun sagt bloß nicht, daß das Johnnys Hund ist!«

Das Tier war riesig – oder sah doch in seiner jetzigen Stellung zumindest so aus. Und es war auffallend schön. Sein hellgrauer, fuchsartiger Kopf lief lang und spitz zu und wurde gekrönt von außerordentlich langen Ohren. Die sinkende Wintersonne leuchtete durch das hauchfeine Gewebe dieser aufgereckten Wunderwerke und tauchte sie in ein zartes Gelbrosa.

»Ganz schön groß geworden, was?« meinte Millie.

Aber kaum hatte sie zu Ende gesprochen, als Evie mit einem einzigen federnden Satz über das Fensterbrett in unsere Mitte sprang, wobei sie mit ihrem langen, buschigen Schwanz ein paar Teetassen umwarf. Es gab sofort Geschrei.

»Nu kuck dir an, was du gemacht hast!« schrie Millie. »Sie hat den Henkel von eine von meine Tassen abgebrochen!«

»Hierher, Evie, raus mit dir!« sagte Tom und schloß das Fenster.

»Nein, laßt sie doch bleiben!« bat ich mit erstickter Stimme, denn Evies ungezwungene Geselligkeit hatte mich auf den Stuhl zurückgeworfen, und ich bemühte mich, zugleich ihre Begrüßung zu erwidern und zu verhindern, daß ihr wedelnder Schwanz noch mehr Schaden anrichtete.

»Na dann laß sie man, wenn's Frank nich' stört«, sagte Millie. »Wir haben sie erst kurz bevor du gekommen bist rausgeschickt. Sie *ist* aber auch ein wildes Biest. Jetzt aber runter! Schluß jetzt!« Das Tier hatte seine Aufmerksamkeit nun nämlich ihr zugewandt.

»Aber wie kommst du nur mit ihr klar?« fragte ich. »Sie ist so groß!«

»Also, ehrlich gesagt, Frank, ich weiß es selbst nich'. Und wenn's nich' Johnny wär', hätt' ich sie auch nich' genommen. Was nich' heißen soll, daß sie nich' ein nettes Hundchen ist, denn das ist sie, und sie und der Kleine kommen ganz prima miteinander aus, was Tom? Du müßtest die mal sehn, wenn sie abends zusammen auf dem Teppich liegen, *was* ein Anblick! Aber sie macht einem wirklich verdammt viel Arbeit!«

»Dabei bist *du* immer noch ganz gut dran, Kumpel«, sagte Tom trocken.

Millie brach in einen ihrer blitzartigen Lachanfälle aus.

»Er muß Schlange stehen für ihr Fleisch! Aber ich kann doch nich' alles machen, oder? Evie ist sein Job und Dickie ist meiner, nich' war, mein Schätzchen? Er brauch' noch nich' mal hinter ihr saubermachen! Und dabei ist sie wirklich ein Schweinehund! Du kannst nichts rumliegen lassen, sonst holt sie sich's. Ach Frank, es tat mir so leid; ich wußte nich', ob ich's dir sagen soll, aber sie hat sich die Puppe geholt, die du Dickie mitgebracht hast zu Weihnachten. Ich hab' sie nirgends finden können, und dann hab' ich sie plötzlich auf dem Hof liegen sehen, mit all den Innereien rausgepult. Ach, sie hat sie völlig auseinandergerupft! *Ich* war vielleicht böse mit ihr!«

»Na ja«, lachte ich, »ich bin froh, daß die Puppe wenigstens einem gefallen hat, denn Dickie hat ja nicht gerade viel von ihr gehalten.«

»Doch, hat er«, sagte Millie ohne rechte Überzeugung. »Als du weg warst, hat er damit gespielt.«

Währenddessen saß Evie kerzengerade auf einem Stuhl und betrachtete uns mit der lebhaftesten Anteilnahme. Sie war wirklich ausnehmend hübsch. Nie hatte ich eine hübschere Hündin gesehen: steingrau, mit einer Art schwarzem Überwurf und einem höchst elegant gezeichneten Gesicht. Ihre Schnauze und Lefzen waren braunschwarz, ebenso die Ränder ihrer hellbraunen Augen, über die die winzigen schwarzen Büschel ihrer Brauen wie Akzente gesetzt waren, und auf der Stirnmitte trug sie einen dunklen, senkrechten Streifen wie ein hinduistisches Kastenzeichen.

»Sie muß ein ziemlich wertvolles Tier sein«, sagte ich.

Toms hageres Gesicht nahm einen listigen Ausdruck an.

»Oh, sie ist ein schönes Stück, das ist sie! Mit ihr hat Johnny mal einen guten Griff gemacht! *Da* hat er mal sein Grips gebraucht. Ihre Welpen bringen bestimmt zehn bis fünfzehn Mäuse pro Stück, und sie kann ein Dutzend oder mehr kriegen jedesmal. Ich kenn' mich aus mit Hunde. Ich hatte inne Armee mit ihnen zu tun. Ich . . .«

»Woher in aller Welt hat er sie bekommen?«

»Sie haben sie ihm geschenkt, hat er gesagt!« grinste Tom.

»Und wenn er das gesagt hat, dann war's auch so!« fauchte Millie. »Ich laß nich' zu, daß du den Jungen hinter seinen Rücken einen Lügner nennst!«

Evie stand mittlerweile am anderen Ende des Raumes auf ihren Hinterbeinen und drückte ihre

Schnauze zwischen verschiedene Kleidungsstücke, die dort an der Wand hingen.

»Was macht sie denn da?« fragte ich.

»Da hängt ihre Leine«, erklärte Millie. »Sie wird wohl mal raus wollen. Ist ein paar Tage lang nich' draußen gewesen. Tom war nich' danach. Warum gehst du nich' jetzt ein bißchen mit ihr raus, Tom? Deinem Rücken geht's doch besser, und sie muß langsam ein bißchen rumrennen können.«

»Ihr geht's gut«, grunzte Tom. »Sie hat doch den Hof.«

Man erreicht im Laufe des Lebens, wie ich inzwischen weiß, eine gewisse Anzahl kritischer Wendepunkte, die man als solche erst im nachhinein erkennt, lange nachdem sie vorüber sind. Dieser Moment nun war, wie mir später bewußt werden sollte, ein Wendepunkt in meinem Leben.

»Ich gehe mit ihr«, sagte ich.

»Willst du wirklich?« fragte Millie. »Johnny würde sich freuen, das weiß ich. Aber die reißt dich um! Oh, die kann zerren, sag' ich dir! Ich bin früher selbst mit ihr gegangen, aber ich kann sie nich' mehr halten. Sie ist ein wahrer Teufel!«

»Ich werde es schon schaffen, denk' ich.«

»Würd's dir was ausmachen?«

»Ich würde es gern tun«, antwortete ich, und das stimmte. Jede Gelegenheit zur Flucht aus dieser stikkigen Küche war mir mehr als willkommen.

»Meinst du, sie geht mit dir?« warf Tom ein, mit seinem trockenen Lachen. »Das sind Ein-Mann-Hunde, verstehste?«

So ein sturer Kerl! Weshalb fing er immer an zu sticheln! Vielleicht wollte sie ja wirklich nicht mit mir gehen, aber weshalb dieser hämische Unterton in seiner Stimme? Im gleichen Ton hatte er mir seine Überlegenheit in Hinblick auf Dickie klarmachen wollen, und er schien zu bedeuten, daß ihm nichts größere Befriedigung verschaffen könnte, als wenn mich auch der Hund zum Außenseiter und Narren machen würde. Es machte mich fuchsig.

»Mehr als einen Versuch machen kann man nicht«, entgegnete ich kühl und stand auf.

»Noch 'ne Tasse Tee, bevor du gehst?« fragte Millie. »Wasser kocht schon.«

»Kann ich sie haben, wenn ich wiederkomme, meine Liebe? Das heißt, wenn wir *überhaupt* losgehen.«

»Ganz wie du willst. Ich hol' die Leine.«

Wie immer Evies letzte Entscheidung darüber, mit mir loszugehen, ausfallen mochte, so war sie doch sichtbar entzückt, als ihre Leine von der Wand losgehakt wurde.

»Wohin kann man denn hier mit ihr gehen?« fragte ich und wandte mich ausschließlich an Millie.

»Tom führt sie durch die Gasse zur Condy Road. Da ist nich' viel los. Wenn du rausgehst, rechts, dann ist es nich' mehr weit.«

»Gibt es hier keine Grünanlagen oder Parks?«

»Na, es gibt doch die Spielwiese.«

Die Spielwiese kannte ich. Ein kleiner Sandspielplatz mit ein paar Schaukeln und Wippen. Evie zog mich zur Tür.

»Gib ihm mein' Stock«, warf Tom plötzlich ein. »Damit mußt du ihr einen überziehn, wenn se zerrt.«

»Nein!« Es hatte schroff klingen sollen, aber hörte sich doch heftiger an, als ich es beabsichtigt hatte, und so fügte ich hinzu: »Ich werde schon so alle Hände voll zu tun haben.«

»Du mußt sie ganz kurz halten, verstehste?« sagte er. »Die haut ab, sobald sie kann.«

Das schien kaum mit seiner anderen Voraussage übereinzustimmen, aber selbst wenn ich gewollt hätte, wäre mir eine Antwort nicht möglich gewesen, denn schon wurde ich von dem erregten Tier den Flur entlanggeschleift. Ich hörte, wie Millies Gegacker hinter mir herschallte; ich hörte Toms Gebrüll: »Leine kurz nehmen! Du mußt die Leine kurz nehmen!« Irgendwie schaffte ich es, die Außentür aufzufummeln und sie hinter mir zuzuwerfen: Dann flogen wir die Straße hinunter. »Meinst du, sie geht mit dir?« dachte ich höhnisch. Zwei andere Dinge wurden jetzt ebenfalls sehr deutlich: Millie hatte nicht übertrieben, als sie davon sprach, daß der Hund kräftig zerrte, und ich hätte nach der Gasse gar nicht zu fragen brauchen, denn Evie führte mich sogleich an ihren Eingang. Sie war an diesen Weg ganz offensichtlich gewöhnt. »Führte« ist allerdings ein beschönigender Ausdruck; mit froschartig weit gespreizten Beinen krallte sie sich keuchend über das Pflaster und schleppte mich hinterdrein. Die Vorstellung, daß die dicke Millie sie ausführen könnte, war geradezu lächerlich. Ich versuchte, die Leine kürzer zu nehmen. Ich sprach besänftigend und vorwurfsvoll auf sie ein, ohne die geringste Wirkung. Sie schleifte mich hinter sich her, erdrosselte sich dabei fast mit ihrem Halsband und drehte mir den Arm aus dem Gelenk. Als wir die Gasse erreichten, dehnte sich diese lang und menschenleer vor uns. Ich zog das wilde Geschöpf zu mir heran und machte die Leine los.

Es war, wie mir später klar wurde, zweifellos das erste Mal in ihrem Leben, daß man ihr außerhalb des Hauses ihre Freiheit gegeben hatte. Und für einen Augenblick wußte sie nicht, was sie damit anfangen sollte. Sie stand stocksteif vor mir und starrte mir gespannt ins Gesicht. Dann, mit einem Zucken ihres langen Schwanzes, war sie auf und davon. Aber sie lief nicht weit. Gerade als mir der Gedanke kam, daß mir doch Johnnys Hund nicht entlaufen durfte, sprang sie wieder auf mich zu und leckte mir die Nase, indem sie ihre Vorderpfoten gegen meine Brust stemmte. Dann war sie wieder auf und davon. Ob sie auf ihren Namen hören würde? »Evie!« rief ich. Sofort kehrte sie zurück und blickte mich erwartungsvoll an. »Braves Mädchen!« sagte ich und klopfte ihr auf den Rücken. So gingen wir weiter.

Sie machte überhaupt keine Schwierigkeiten. Im Gegenteil: Sie schien ebenso besorgt zu sein, mich nicht aus den Augen zu verlieren, wie ich sie nicht verlieren wollte. Als das Ende der Gasse in Sicht kam, rief ich sie herbei, und sie duldete es, daß ich sie wieder an die Leine nahm. Aber sobald sie angeleint war, begann sie wieder mit ihrem wilden Gezerre. Daß sie einen tiefen Widerwillen gegen die Leine hegte, war offensichtlich – und daß sie viel zu erregbar und ungestüm war, um sie in jeder Straße, die nicht wirklich vollkommen ungefährlich war, ohne Leine laufenzulassen. Condy Road sah völlig ungefährlich aus; mit Ausnahme eines schläfrigen Hundes, der vor seinem Gartentor hockte, war sie so leer wie die Gasse eben. Da man annehmen konnte, daß auch Hunde es genießen, ein Schwätzchen zu halten, machte ich sie wieder los und führte sie hin, um sie einander vorzustellen. Das wurde ein großer Erfolg. Es war ein Rüde, sehr verspielt und entzückt, eine junge Hündin kennenzulernen, die ebenso albern war wie er. Nach einer kleinen, höflichen Inspektion ihres jeweiligen Gegenübers und ein wenig angeregter Schwanzwedelei waren Spiel und Spaß angesagt, und die beiden wirbelten umher wie zwei Derwische.

Es war ein schöner Nachmittag, und ich blieb länger mit ihr draußen, als ich beabsichtigt hatte. Aber ich verdankte ihr nicht nur die Gelegenheit, Tom eins auszuwischen, ich war auch ziemlich gerührt, ja ergriffen. Ergriffen von ihrer Schönheit, von der Anmut, mit der sie sich bewegte, und der unbändigen Kraft und Lebendigkeit, die sie ausstrahlte. Auch war ich von dem aufmerksamen, beinahe vertraulichen Blick ergriffen, den sie immer wieder auf mich richtete. Und ich war ergriffen von ihrer Dankbarkeit, die sie von Zeit zu Zeit zu mir zurückfliegen ließ, wie um »Danke!« zu sagen. Was für ein erbärmliches Schicksal für ein so großes und lebhaftes Tier, dachte ich, in diesem schäbigen Häuschen und dieser trostlosen Gegend sein Dasein fristen zu müssen. Nach einer Stunde führte ich sie wieder die Gasse hinauf, nahm sie an die Leine, als wir die Straße erreichten, in der die Winders wohnten, und wurde zu ihrer Haustür zurückgeschleift.

»Na, da bist du ja wieder!« sagte Millie fröhlich, als sie öffnete. »Wir dachten schon, du hättst dich verlaufen. Jetzt kannst du dein Tee bestimmt gebrauchen, was? Schluß jetzt, Evie! Dein Fressen ist auch fertig.«

»Hier lang, Evie!« knurrte Tom, und der Hund verschwand mit ihm in der Waschküche.

»Johnny wird sich freuen, daß du mit ihr aus warst«, sagte Millie. »Werd' ich ihm erzählen, wenn ich ihn besuche. Du nimmst doch keinen Zucker, oder? Na, nu setz dich man; hast doch bestimmt Hunger. Mehr Butter ist leider nich' da, aber was glaubst du, was Dickie gemacht hat, grad als du weg warst? Er hat die Butter aus der Schale gepult und sein Gesicht damit gewaschen, wie wenn's ein Stück Seife gewesen war! Das hättste mal sehen sollen, Frank! Er hatte Butter in die Augen und sogar in seine kleine Nase! Hat ausgesehen wie ein kleiner Schinese!« Es schüttelte sie. Aber auch ich hatte Neuigkeiten zu berichten und war dazu fest entschlossen. Und dazu, Tom in seine Schranken zu weisen.

»Also, es hat ihr wirklich Spaß gemacht«, sagte ich, als er wieder eintrat. »Und ihr Gezerre...«

»Sie is'n Aas, was?« sagte Millie. »Hat sie dich umgerissen? Mir ist sie über.«

»Kann ich mir vorstellen! Aber hört mal her: Es geht ganz prima, solange sie nicht an der Leine ist. Ich habe sie in der Gasse und auf der Condy Road einfach laufen lassen. Sie war so brav wie nur was.«

»Na, kuck einer an«, meinte Millie unbestimmt. »Tom, mach mir mal den Kessel voll, ja? Das Wasser ist schon ganz verkocht, scheint's. Also ich würd's nich' drauf ankommen lassen«, fuhr sie fort. »Sie würde vielleicht davonhüpfen, und ich hab' keine Lust, da hinterherzusausen. Für so 'n Affenzirkus bin ich zu fett.«

»Nein, würde sie nicht. Sie läuft nie weit weg und kommt sofort, wenn man sie ruft. Natürlich muß man sie zuerst auf eine sichere Straße führen. Wundert mich, daß du das selbst noch nicht bemerkt hast«, sagte ich sanft zu Tom, wohl wissend, wie sehr er es haßte, belehrt zu werden. »Probier's doch aus, nächstes Mal! Ist wirklich ein guter Tip. Den eigenen Arm strengt es nicht so an, und ihr macht es mehr Spaß.«

Einige Augenblicke sah er so aus, als hätte er mich nicht gehört. Dann mümmelte er plötzlich: »Was sie eigentlich brauch', ist eine von diese Ketten. Ich hab' schon mal rumgekuckt nach einer gebrauchten. Die tut in den Hals kneifen, verstehste, wenn so'n Hund anfängt zu zerren.«

»Das klingt aber nicht sehr nett«, sagte ich und runzelte die Stirn.

»Die sind prima, diese Dinger!« sagte er streng. »So was hamse auch für wenn se die Hunde tränieren inne Armee und bei die Polizei. Da lernen sie spuren. Die Kette tut sie in den Hals kneifen, wenn sie ziehen, verstehste, und das mögen sie nich', also hören sie auf damit.«

Die Erinnerung an das lebhafte Geschöpf, das seine Freiheit genoß, war noch ganz frisch, und ich sagte sarkastisch:

»Ja, ich hab' es so gerade noch verstanden, was du meinst. Aber sie ist jung und lebendig. Sie braucht Freiheit, nicht Zwang!«

Tom Winder starrte ins Feuer. Dann sagte er:

»Du hast nie mit Hunde zu tun gehabt als wie ich. Ich weiß Bescheid über Hunde. Träniert werden müssen die. Tückisch sind die. Hochintelligent, aber tückisch. Kuck dich doch mal um auf der Straße. Da siehst du bestimmt keine solche Hunde frei rumrennen wie so kleine Straßenköters. Sie sind immer an diese Ketten, dann lernen se gehorchen. Aber gleich wenn se gelernt haben, wer hier der Herr ist, dann gehörn se dir bis Ladenschluß. Das sind Ein-Mann-Hunde, und folgen tun se dir wie 'n Schatten. Wart' man ab, bis Johnny rauskommt, und dann wirst du schon sehn. Er wird se dann bald da haben, wo er se haben will, und das heißt, sie folgt ihm wie 'n Schatten. Also, ich sag dir mal was...«

»Schluß jetzt, Tom«, sagte Millie. »Dein Tee wird kalt.«

»Frank? Hier ist Megan.«

»Ja.«

»Ich war gestern bei Johnny.«

»Schon wieder! Du warst doch gerade erst da!«
»Ich hatte einen Antrag gestellt auf Extrabesuch wegen familiäre Gründe.«
»Ist er krank?« fragte ich boshaft.
»Nein, ist wegen meinem Zustand«, sagte die Stimme kleinlaut.
»Ah ja, ja natürlich. Hatte ich ganz vergessen.«
»Er sagt, ich soll dir schöne Grüße bestellen, und könntest du ihm mehr Bücher wie die beim letzten Mal schicken? Die waren toll, sagt er.«
»Wieso schreibt er mir nicht, wenn er etwas will?« fragte ich barsch. »Ich möchte hinzufügen: Wieso schreibt er mir nicht überhaupt einmal?«
»Er sagt, er schreibt dir bald«, meinte Megan.
»So was habe ich, glaube ich, schon mal gehört.« Sie sagte nichts. »Außerdem müssen die doch eine Gefängnisbücherei haben. Hast du ihn gefragt?«
»Ich hab' ihn gefragt. Er sagt, man kriegt nur ein Buch pro Woche, und er hat's an einem Tag durch.«
»Also, wenn er etwas von mir haben will, wird er mich persönlich darum bitten müssen. Ich hab' die Nase voll von diesen indirekten Anfragen. Sag ihm das.«
»Gut, Frank. Aber er hat gesagt, daß er schreiben würde, und er hat gesagt, ich soll dir sagen, du sollst ihm schreiben.«
»Ihm schreiben? Wie kann ich ihm schreiben, wenn ich nie von ihm höre?«
»Er sagt, das macht nix.«
»Aber ich dachte, er bekommt nur einen Brief pro Monat, und es muß eine Antwort auf einen Brief sein, den er geschrieben hat?«

»Ja, aber er sagt, andre Briefe kommen oft durch, ohne daß bei den Greifern die Lampe angeht.«

»Ohne daß was?«

»Ohne daß es die Wärter merken«, sagte Megan mit einem Kichern.

»Aha. Das heißt also, es ist nicht sicher, daß er die Briefe wirklich bekommt?«

»Er glaubt, seine Schangsen sind gut.«

»Aber sicher ist er sich nicht?«

»Ich weiß nich'«, sagte Megan dumpf. »Jedenfalls hat er gesagt, daß ich das sagen soll.«

»Na danke!« Briefe zu schreiben, die vielleicht ihr Ziel erreichten, vielleicht aber auch nicht, das war nicht gerade meine Lieblingsbeschäftigung. »Sonst noch etwas?«

Die Stimme zögerte. »Ihm fehlen seine Kippen«, sagte sie dann.

»Kann ich mir denken.«

»Das ist am schlimmsten, sagt er. Ich bring' ihm immer eine Schachtel mit, wenn ich hingeh'. Ich kann's mir nich' leisten, sie selbst zu besorgen, aber seine Mutter hilft mir aus. Ich kriege jetzt direkten Zugang, also kann ich sie ihm zustecken. Aber ich kann ihm natürlich nich' viele zuschieben, und lange reichen sie sowieso nich'.«

»Klingt ja ziemlich gefährlich.«

»Ein paar von den Greifern – von den Wärtern sind nich' so, aber man muß fix sein.«

»Ich muß sagen, es ist dämlich, so etwas zu riskieren. Sie werden ihn erwischen, und dann bekommt er keinen Straferlaß mehr.«

»Ach, er wird noch mal weich in der Birne wegen der Kippen. Er wird verrückt, sagt er.«

»Nun, ich weiß wirklich nicht, was das mit mir zu tun hat«, knurrte ich ungeduldig. »Sonst noch was?«

Die Stimme stockte wieder. »Er sagt, er wird schreiben«, sagte sie schwach.

»Tut mir leid, daß ich letztes Wochenende nicht kommen konnte«, sagte ich zu Millie.

»Das war nur gut so, Frank. O je, ich *war* aber auch verquer. Hätte gar nich' mit dir reden können. Hatte überhaupt keine Stimme. Kam nix aus mir raus, gar nix, nich' für Geld und gute Worte!« Sie fing an zu lachen. »›Lauter, Kumpel!‹ hat Tom immer gesagt. ›Was flüsterst du denn so?‹ ›Ich flüster' doch gar nich'‹, sag' ich, ›sei doch nich' so blöd!‹ ›*Was* war das?‹ sagt er, ›Ich versteh' kein einzigstes Wort!‹ Aber ich konnt's ihm nich' klarmachen, ich konnt's einfach nich', egal wie ich mich angestrengt habe. *Das* war vielleicht ein Affenzirkus! War wohl wegen diese dunstige Luft überall.«

Sie war gerade damit beschäftigt, Dickies frische Windel festzustecken. Es war ein Mittwoch, also hatte sie einen halben Tag frei. Ich hatte den genauen Termin meines Besuchs nicht angegeben, nachdem ich gemerkt hatte, daß es mir am Wochenende nicht passen würde, aber mir waren ihre Mittwochnachmittage eingefallen und hatte gedacht, es wäre nett, sie einmal ganz allein anzutreffen. Daher war ich rasch hinausgefahren. Sie war allein in der Küche, mit Ausnahme des Jungen, der, vielleicht weil er auf dem Bauch lag, mir nicht seinen üblichen Willkommensgruß entboten hatte.

»Hast du von Johnny gehört?« fragte sie.

»Nein, hab' ich nicht«, entgegnete ich knapp.

»Oh, das tut mir leid. Megan hat uns erzählt, daß er dir schreiben wollte. Überrascht mich, daß er nich' geschrieben hat.«

»Mich nicht. Ich habe mich an seine leeren Versprechungen gewöhnt.« Sie sagte nichts. »Hast *du* etwas gehört?«

»Nein, er hat mir noch nich' geschrieben. Mir macht das ja nix aus, solang als wie ich weiß, daß es ihm gut geht, aber es tut mir leid, daß er dir nich' geschrieben hat.«

»Mir tut das mehr als leid, ich bin sehr verärgert. Das Beste, was er offenbar für mich zu tun imstande ist, besteht darin, mich auf indirektem Weg um alles mögliche anzuschnorren und mich dazu zu bringen, ihm Briefe zu schreiben, die er wahrscheinlich nie kriegen wird.«

»Ja, das hat sie uns auch erzählt«, meinte Millie gelassen. »Ich hab' ihm grad einen geschrieben, damit er nich' enttäuscht ist.«

»Aber das ist einfach nicht fair, Millie! Warum soll *sie* alles kriegen?! Sie ist nicht die einzige, die an ihm hängt und *alle möglichen* Dinge für ihn erledigt!«

»Das ist sie weiß Gott nich'!« sagte Millie. »Ich denke, es ist...«

»... ihr Zustand!« ergänzte ich giftig. »Zur Hölle mit ihrem verdammten Zustand!«

»Dir geht's nich' besonders, was Frank?« sagte sie sanft, während sie mich über den Babyhintern hinweg anblickte.

»Nein, nicht besonders.«

»Das konnte man schon sehen, als du reinkamst.«

»Es ist nicht nur, weil ich von ihm hören und ihn sehen will, obwohl ich das natürlich auch möchte. Es geht hier ums Prinzip. Er darf ihr doch nicht all diese Privilegien einräumen, nachdem sie sich so mir gegenüber benommen hat.«

»Ich versteh' dich nich', wenn du immer diese lange Wörter benutzt«, meinte Millie ruhig und drehte das Baby auf den Rücken.

»Was ich sagen will, ist...«, begann ich und hielt inne. Was *wollte* ich sagen? Ich war durcheinander und verwirrt, wie einer, der sich in einem Labyrinth verlaufen hat. Ich versuchte, meine Gedanken zu ordnen. »Also, ich will sagen, wenn sich die ganze Sache in Zukunft für mich bessern soll, wenn es wieder so werden soll wie früher, wie er's mir versprochen hat, dann will ich dafür *jetzt* Beweise sehen. Kannst du das nicht verstehen? Sie hat bisher alles genau so bekommen, wie sie's wollte, und sie scheint noch immer alles so zu bekommen, wie sie es will. Johnny ist so verflucht schwach, Millie, *das* ist das Problem! Sie macht mit ihm, was sie will; und obwohl er sagt, daß sie mich jetzt auch für ein Goldstück hält und daß sie sich nicht mehr einmischen will zwischen uns, diese miese kleine Ratte, so glaube ich ihr kein Wort davon. Den Charakter eines Menschen kann man nicht ändern, und sie wird sich, wenn er herauskommt, wieder genauso mies verhalten, *wenn* er sie nicht sofort in ihre Schranken weist. Das siehst du doch auch so, oder? Und das kann er dadurch erreichen, daß er mir meinen Anteil an Briefen und Besuchen zugesteht – *zu ihren Ungunsten*. Verstehst du jetzt, was ich sagen will?«

Millie betrachtete mich mit kühler Neugier, was mich ein wenig aus der Fassung brachte. »Nicht daß ich eifersüchtig wäre«, warf ich ein, »wenn es das ist, was du jetzt denkst. Ich bin durchaus kein eifersüchtiger Mensch. Ich bin ganz und gar bereit dazu, Megan anzuerkennen, solange sie mich anerkennt. Ich will nur...«

»Mammma, Mammm, Mammm«, machte Dickie.

Millie strahlte über das ganze rote, fette Gesicht.

»Frank! Hast du das gehört, Frank? Er hat mich ›Mama‹ genannt! Er denkt, *ich* bin jetzt seine Mama!«

»Kann ich Evie hereinlassen?« fragte ich verärgert. Ich konnte hören, wie sie draußen im Hof winselte und an der Tür kratzte.

»Ich werd' sie gleich reinlassen«, sagte Millie, atemlos vor Erregung. »Also das muß ich dir erzählen, Frank! Du hättst dabeisein müssen an dem Tag, Sonntag letzte Woche, als Megan hier war! Wie sich Dickie da aufgeführt hat! *Das* war vielleicht ein Witz! Nix wollt' er mit ihr zu tun haben, rein gar nix, noch nich' mal ankucken wollt' er sie, und wie sie ihn hochheben will, da hättst du ihn mal *hören* sollen! ›Mama, Mama, Mama‹, hat er immer nur geschrien und seine kleine Hände nach mir ausgestreckt! Er dachte, *ich* bin seine Mama, verstehst du, und da war nix zu machen, bis ich ihn ihr abgenommen hab', was ich am End' machen mußte, sonst hätt' er noch einen äppeliptischen Anfall gekriegt. Junge, was *hat* er geheult!«

Ich starrte sie voller Verwunderung an. Ihr Gesicht war gerötet, ihre Augen leuchteten, sie sah aus wie ein junges Mädchen, als sie diesen Vorfall berichtete. Es war ein ziemlich peinlicher Anblick.

»Hat es ihr etwas ausgemacht?« fragte ich.

»Ich wüßte nich' zu sagen, wie sie darüber dachte, aber sie ist ziemlich fix drüber hinweggegangen, will ich mal sagen. ›Na na, wo hast du nur deinen Kopf, Dickie‹, sag' ich. ›*Ich* bin doch nich' deine Mama.‹ Aber ›Mama, Mama, Mama‹ hat er immer weiter geschrien, genau wie eben, aber so laut er konnte. ›Also du willst mich nich' mehr?‹ sagt sie, ›du hast jetzt eine andere Mama, was?‹ Aber sie mußte ihn am Ende doch hergeben mit seinem Gesicht ganz krebsrot überall. Du hättst ihn mal *sehen* müssen! Oh, du *warst* aber auch ein schlimmer Junge, was Dickieschätzchen?« Sie drückte ihn an sich und setzte ihn dann in sein Stühlchen. »Na, wie findest du ihn, Frank? Du magst ihn doch, oder?« Gierig waren ihre großen blauen Augen auf mich gerichtet.

»Oh, er ist einfach phantastisch!« sagte ich mürrisch. Wie langweilig und lästig sie wurde!

»Kuck nur, er sieht dich an! Und er hat heut noch gar keinen Flunsch gezogen!«

Ich warf einen Blick auf das Kind. Es starrte mich aus schwerfälligen, dummen Augen an. Ich versuchte ein schüchternes Lächeln. Keine Reaktion. Ich zwinkerte und zog eine lustige Grimasse. Die kleinen, leeren Augen glotzten mich stumpfsinnig an. Also wirklich! Ich fühlte mich wie von einem Dorfdepp begafft. Es war regelrecht enervierend.

»Siehst du, wie ähnlich er Johnny ist?« fragte Millie voller Stolz.

»Johnny?!« rief ich entgeistert. Zum Glück bemerkte sie das Entsetzen in meiner Stimme nicht.

»Na klar! Wie er kuckt und wie er seine kleine Hände bewegen tut! Ganz genau wie Johnny, als er noch ein Baby war.«

»Wirklich?« Mich überkam ein plötzliches Gefühl von Schwäche, und ich vergrub mein Gesicht in den Händen. Wir schwiegen beide.

»Du vermißt Johnny, nich' wahr, Frank?« fragte Millie in einem so freundlichen, verständnisvollen Ton, daß ich für einen Moment außerstande war, etwas zu antworten oder sie auch nur anzublicken. Dann sagte ich heiser:

»Ja, ich vermisse ihn. Wenn ich nur glauben könnte, daß er auch mich vermißt...«

»'türlich tut er das. Ich weiß doch, was er fühlt, wegen was er mir über dich gesagt hat.«

»Was hat er denn gesagt?«

»Oh, das wär' ja Tratschen!« lachte Millie.

»Millie! Was hat er gesagt?«

»Na ja, er hat gesagt, du bist der allerbeste Kumpel von allen. Er hat gesagt, daß er nie einen besseren

Freund gehabt hat und keinen besseren haben könnte. ›Es gibt nix, was er nich' für mich tun würde, Mama‹, hat er gesagt. Wirklich, er findet, du bist ein Goldstück.« Ich starrte auf meine Füße. »Du machst dir einfach zu viele Sorgen, mein Lieber. Deshalb bist du auch so dünne. Tut mir leid, daß er dir noch nich' geschrieben hat. Ich glaube, du hörst schon bald von ihm, aber wenn er nich' schreibt, heißt das noch lange nich', daß er nich' an dich denkt. Er denkt an mich, das weiß ich, aber er hat mir auch noch nich' geschrieben.«

Ich sagte: »Ich weiß, er ist ein guter Junge, Millie. Er ist ein Schatz. Ich bin sicher...« Wessen war ich mir sicher? Ich hatte Kopfweh und konnte mich nicht daran erinnern. »Sie ist es, die an all dem Ärger schuld ist.«

»Also, ich sprech' mit ihm über dich, wenn ich ihn besuche. Ich hab' ihm eine Menge zu erzählen. An dem Tag werden dir die Ohren klingeln, wollen wir wetten? Hab' ich dir schon erzählt, daß wir Dickie mitnehmen beim nächsten Besuch?«

»Ach, du gehst hin?« rief ich aus. »Da bin ich aber froh! Hat Megan also verzichtet?«

»Nich' daß ich wüßte. Sie wird wohl mitkommen, denk' ich.«

»Aber Millie, das sind ja herrliche Neuigkeiten! Wie hast du das nur geschafft? Hast du sie gebeten, dich mitzunehmen?«

»*Sie* gebeten!« trompetete Millie. »Ich bitte keinen nich' um Erlaubnis, mein eigenen Sohn zu besuchen! Ich hab' ihr *mitgeteilt*, daß wir mitkommen!«

»*So* ist es richtig!«

»Wieso gehst *du* nich' mal mit ihr mit? Wär' wirklich kein Problem, weißt du. Aber das möchtest du wohl nich' so gern?«

»Nein, das möchte ich nicht!« Es war zum Verrücktwerden! Nicht ein einziges Wort hatte sie verstanden! Nicht ein einziges Wort! »Darum geht's doch gerade! Er müßte *ihr* etwas wegnehmen und es *mir* geben, *mir* etwas geben, für mich ganz allein, einen Brief, einen Besuch, warum nicht *beides*? Sozusagen als Zeichen, als Geschenk, nur für mich. Für mich heißt es immer nur geben und nichts bekommen. Sie sollten eine Art Opfer bringen –«

»Mammm, Mammm, Mammm«, machte Dickie.

»Da, er fängt schon wieder an!« gluckste Millie.

»Kann Evie jetzt reinkommen?« fragte ich gereizt.

»Ja, laß sie nun rein. Sie weiß wohl schon, daß du da bist.«

Kein Zweifel! Ekstatisches Gebell ausstoßend stürzte sich das anmutige Geschöpf mit so einer Wonne auf mich, daß ich mich rasch in Toms Lehnstuhl fallen ließ, teils um nicht umgeworfen zu werden, teils um ihre Gefühlsäußerungen auf die am wenigsten anfällige Ecke des Raumes zu begrenzen. »Evie! Evie!« lachte ich unter ihrem zärtlichen Gelecke und Gekratze: »Nun beruhige dich, komm schon!« Aber es dauerte einige Zeit, bevor sie sich ganz ausgesprochen hatte. Dann lag sie, während ich sie streichelte und hätschelte, ruhig schnaubend mit dem oberen Teil ihres Körpers auf meinem Schoß, ihren Kopf unter mein Jackett gegen meine Rippen gedrückt.

»Ist sie gesund?« fragte ich. »Ihre Nase fühlt sich ziemlich warm und trocken an.«

»Sie hatte ein bißchen Verstopfung, aber Tom hat ihr etwas Rizinusöl gegeben, und heute geht's ihr schon besser.«

»Vielleicht hat sie nicht genug Auslauf«, sagte ich. Evie hatte von mir abgelassen und versuchte, ihre Leine von der Wand zu zerren.

»Das isses«, sagte Millie. »Sie hat nich' genug Auslauf.«

»War sie heute schon draußen?«

»Nein, ist wohl schon ein, zwei Wochen her, seit Tom sie letztes Mal ausgeführt hat.«

Ich starrte sie ungläubig an.

»Willst du damit sagen, daß der Hund vierzehn Tage lang nicht außer Haus gewesen ist?«

»Muß wohl so sein«, sagte Millie. »Ich sag immerfort zu Tom, er soll sie ausführen, und er sagt immer, er macht's, und dann bleibt er in seinen Stuhl hängen und tut's doch nich'.«

»Also wirklich, Millie, so geht das nicht weiter. Wie oft war sie draußen, seit ich sie letztens mitgenommen habe?«

»Na, wohl nich' mehr als zwei- oder dreimal«, sagte sie, nachdem sie einen Augenblick nachgedacht hatte.

»Guter Gott, Millie! Das ist ja mehr als einen Monat her! Das ist nicht richtig! Das ist schrecklich!«

»Natürlich hat sie den Hof«, meinte Millie etwas entschuldigend.

»Meine Liebe, was kann der Hof einem Hund wie ihr nützen? Das ist so, als würde man ein Rennpferd ständig im Stall stehen lassen. Kein Wunder, daß sie Verstopfung hat!«

»Hast ganz recht, Frank. Sie müßte mehr rauskommen. Ich würde ja selbst mit ihr gehen, aber sie tut so furchtbar ziehen, viel schlimmer als früher. Einmal hab' ich's versucht, aber da hat sie mich umgerissen, und ich bin rumgekegelt wie ein Nudelholz.«

»Natürlich kannst du nicht mit ihr gehen. Aber warum tut Tom es nicht?«

»Den reißt sie auch um.«

»Aber er könnte sie doch losleinen. Sie macht überhaupt keine Schwierigkeiten. Ich hab's ihm doch gesagt.«

»Das will er lieber nich' ausprobieren«, meinte Millie. »Ist doch dunkel, wenn er mit ihr rausgeht.« Dann: »Ehrlich gesagt, Frank, er hat, glaub' ich, keine Lust, und ich kann ihm daraus nich' mal ein Vorwurf machen. Er kommt müde von der Arbeit nach Hause, und wenn er dann sein Tee getrunken hat und am Ofen sitzt, ist ihm nich' mehr nach Rausgehen, besonders an diese kalten Abende.«

»Ja, das kann ich mir denken. Aber irgend jemand muß das arme Tier ausführen.«

Während wir so redeten, hatte sich Evie zwischen mir und der Leine hin- und herbewegt, als wollte sie eine Verbindung zwischen uns herstellen. Nun hockte sie unter ihr an der Wand und starrte mich fest und unverwandt an. Ich bemerkte, daß die dunkle Zeichnung in der Mitte ihrer hellgrauen Stirn nun deutlichere Umrisse angenommen hatte. Sie hatte die Form einer Raute, eines Diamanten. Es war ein schwarzer Diamant, und er sah aus, als hänge er an einem feinen, dunklen Fädchen, das, nicht breiter als ein Bleistiftstrich, von dort bis zum blaßgrauen Hinterkopf zwischen den beiden großen Ohren hinauflief. Wolf, Fuchs, große Katze – sie besaß eine außerordentliche Noblesse, die Noblesse eines wilden Tieres, die Noblesse eines Aristokraten. In dieser winzigen Arbeiterküche war sie auf schockierende Weise fehl am Platz.

»Dann muß ich wohl selbst mit ihr gehen«, sagte ich mürrisch. »Viel Zeit habe ich nicht.«

»Das brauchst du nich' machen. Setz dich nur ruhig hin und trink erst mal eine schöne Tasse Tee. Ich werd's Tom noch mal einschärfen, daß er sie mitnimmt, wenn er nach Hause kommt.«

»Nein, ich muß mit ihr gehen. Sie bittet mich drum.«

»Wie du willst.« Millie war enttäuscht. »Johnny wird dir dankbar sein, das weiß ich. Letzte Woche hatte ich einen Jungen hier, der wollte sie mitnehmen.«

»Ein Junge?« fragte ich scharf. »Was für ein Junge?«

»So ein junger Bursche«, meinte Millie unbestimmt. »Er wohnt am Ende der Straße, glaube ich, aber ich kenne ihn nich'.«

»Aber was wollte er? Warum ist er gekommen?«

»Hat sie wohl draußen mit Tom gesehen oder so und sich in sie verkuckt, und so hat er gefragt, ob er sie auch mal ausführen kann. Kam mir ein bißchen frech vor, aber er hat's wohl nich' böse gemeint.«

»Millie!« rief ich. »Du willst doch damit nicht sagen, daß du abgelehnt hast?«

»Na, er war doch man bloß so ein junger Bursche, und ich konnte doch nich' riskiern, daß ihr was passiert. Sie ist Johnnys Hund, und er hat sie mir gegeben zum Aufpassen, also bin ich für sie verantwortlich, wie du sagen würdest.«

»Aber, liebe Millie«, platzte ich gereizt los, »wenn sie nicht nach draußen kommt, wird etwas passieren! Sie wird krank oder verrückt. Erkundige dich nach dem Jungen und erlaube ihm, sie auszuführen. Das ist doch *die* Lösung!«

»Ohne Johnnys Erlaubnis kann ich das nich' machen. Ich müßte ihn zuerst fragen.«

»Er sagt sicher ja.«

»Ich müßte ihn fragen. Ehrlich gesagt, Frank, manchmal wünsch' ich, ich hätte sie nie genommen, dann tät's mir nich' so leid, sie wieder loszuwerden. 'türlich, sie ist ein netter Hund, und der Kleine mag sie, aber, meine Güte, sie *ist* auch ein wahrer Teufelsbraten! Nix ist vor ihr sicher, und nun fängt sie auch noch an, mir die Wäsche von der Leine zu zerren! Lag alles im Dreck letzte Woche, als ich vom Einkaufen heimkam, und ich mußte alles wieder von vorn machen. Oh, sie *kann* einem aber auch auf die Nerven gehen! Nun kann ich sie nich' mehr im Hof draußenlassen.«

»Dann hat sie also noch nicht einmal mehr den Hof?!«

»Nicht wenn meine Wäsche da hängt. Dann muß sie in die Waschküche.«

»Das liegt doch alles nur daran, daß sie nicht genug Auslauf hat. Das verstehst du doch, oder? Weil sie keine Gelegenheit bekommt, ihre Energie draußen auszutoben, tobt sie sie im Haus aus.«

»Hast ganz recht, Frank«, sagte Millie. »Sag' ich Tom auch immer.« Plötzlich wurde sie von einem wolkenbruchartigen Lachanfall geschüttelt. »Letzte Woche hat sie sich Toms Pantoffeln geschnappt. Du weißt doch, diese roten Dinger, die ich ihm zu Weihnachten geschenkt hab'?! Ich weiß nich', wie sie an die rangekommen ist, denn ich tu immer alles wegräumen, wenn ich aus dem Haus gehe. Aber sie hat sie sich geschnappt, und wie! Hättst sie mal sehen sollen, als ich zurückkam! War nix mehr übrig von, gar nix!« Ein erneuter gewaltiger Lachausbruch. »Und Toms Gesicht hättste mal sehen sollen, als er heimkam und sah, was sie angerichtet hatte! Lachen! Man konnte einfach nur laut loslachen! Oh, er hat's ihr aber auch heimgezahlt! Hat seinen Gürtel abgenommen, und dann hat er ihr's gegeben. ›Du darfst sie nich' so feste hauen, Tom‹, hab' ich gesagt, ›das ist nich' fair. Ist doch deine eigene Schuld. Hättst sie eben mehr ausführen müssen.‹ Aber er hat nur gesagt, ich soll mich da raushalten. Meine Güte, er hat's ihr aber auch gegeben!«

Für einen Augenblick war ich sprachlos. Ich zitterte vor Wut und Empörung. Dann zischte ich hitzig: »Widerlich!«

Millie warf mir einen bestürzten Blick zu.

»'türlich tat's ihm leid hinterher«, sagte sie mit ihrer bedächtigen Stimme. »Konnte ich deutlich sehen. An dem Abend hat er sie besonders betütelt.«

»Schlägt er sie oft?« Mir wurde übel, als ich das ungewöhnlich schöne Gesicht neben der Tür betrachtete.

»Oft würd' ich nich' sagen«, entgegnete Millie milde. »Manchmal ist er ein bißchen ruppig zu ihr, wenn er schlechte Laune hat oder sein Rücken ihm auf die Nerven geht. Aber du darfst nich' glauben, daß er ein grausamer Mensch ist, das isser nämlich nich'. Eigentlich hat er ein weiches Herz, und er mag sie. O ja, er findet, sie ist ein Goldstück, wirklich.«

»Das gleiche meint Johnny von mir!« gab ich zurück und erhob mich.

Natürlich sind es die Ohren, dachte ich. Diese hochaufgerichteten Spitzen, die ständig auf mich gerichtet blieben, zogen meine Aufmerksamkeit auf sich, wie sie ihre Aufmerksamkeit mir widmeten. Aber hatte ich nur deshalb das Gefühl, daß sie mich nicht nur beobachtete, sondern sich auch mit mir zu verständigen suchte?

Unser Spaziergang verlief ähnlich wie der letzte, nur daß mein Arm stärker beansprucht wurde, da sie nun größer und, wie Millie angedeutet hatte, noch ungestümer geworden war. Sobald ich sie in der langen Gasse von der Leine gelassen hatte, hatte sie sich von einem ekelerregenden, grauen Kotbrei erleichtert. Dann waren wir auf unserem Streifzug auf ein weites, zerbombtes Trümmerfeld gestoßen; die Hälfte dessen, was einmal ein großer Block

Sozialwohnungen gewesen war, war zerstört worden und hatte so dem neben dem Spielplatz offenbar einzigen Freiraum der ganzen Gegend Platz gemacht. Dort hatte sich inmitten von Geröll und Müll eine kümmerliche Grasnarbe festsetzen können. Ich hatte mir zwischen den Schuttbergen hindurch einen Weg zur Mitte der Fläche gebahnt, wo nicht so viel herumlag, mich auf ein herabgestürztes Mauerstück gehockt und mir eine Zigarette angezündet, um meiner Erregung Herr zu werden. Als ich das Streichholz zwischen meinen Händen hielt, bemerkte ich, daß sie vom Streicheln des Hundes fast schwarz waren.

Im schwindenden Licht dieses frühen Märzabends stand sie vor mir und blickte mich aufmerksam an. Wie hübsch sie war! Wie elegant geschnitten ihr schlichtes, grauschwarzes, zweiteiliges Kleid! Ihr scharfgeschnittenes, wachsames Gesicht wurde umrahmt wie von einer zarten elisabethanischen Halskrause, die sich von ihren Ohren wegkräuselte und als schneeweißes Vorhemd Hals und Brust bedeckte. Sie stand da wie eine Statue – nein, dafür wirkte sie zu leicht und geschmeidig, eher wie eine Tanzende... Oder woran erinnerte sie mich, wie sie mir so gegenüberstand in ihrem schmucken Kostüm und meine Aufmerksamkeit auf sich zog mit ihrem stillen, verständigen Blick? An ein Werbeplakat vielleicht? Aus irgendeinem Grund kam mir – eine absurde Assoziation – das Plakat mit jener anziehenden, uniformierten jungen Frau in den Sinn, die, eine Packung Sanitas in der Hand, um die Erlaubnis bittet, einem das Telefon zu desinfizieren. Ich lächelte Evie zu. Was wollte sie? Was versuchte sie mir zu sagen?

»Was ist es, meine Hübsche?« fragte ich und streckte meine Hand aus.

Ihre großen Ohren legten sich sofort zurück, ihr Gesicht nahm einen sanften, ja holden Ausdruck an, und sie machte ein oder zwei Schritte, um sie mit ihrer Nase zu berühren; dann zog sie sich wieder zurück und betrachtete mich unverwandt, die Ohren steil aufgerichtet, den herabhängenden Schwanz leise hin- und herbewegend. Aber natürlich! Spielen wollte sie! Ich suchte einen Stock auf und warf ihn fort. Sie flog ihm nach und brachte ihn zurück. Aber mit einem Anflug reizendster Koketterie wollte sie ihn mir nicht überlassen; sie bot ihn mir an, und als meine Hand danach griff, zog sie das Angebot mit einem lustigen, neckischen Blick wieder zurück. Sie wollte Fangen spielen; ich jagte sie herum, fing sie, nahm ihr ohne Schwierigkeiten den Stock aus dem Rachen und warf ihn fort. Wie sie es genoß, ihre Muskeln, ihre kräftigen, jungen Glieder zu gebrauchen! Wenn Tom oder der abgewiesene Junge sie jeden Tag an der Leine durch diese miesen Straßen führen würden, was würde ihr das nützen?! Sie müßte täglich ihre zehn Meilen über die Wiesen rennen können! Sie gehörte aufs Land.

Gedankenverloren spielte ich mit ihr herum und dachte über ihr Dasein nach. Millie und Tom arbeiteten beide den ganzen Tag über; offenbar war sie von morgens um acht bis sechs Uhr abends völlig allein, außer wenn Millie in ihrer Mittagspause nach Hause kam, was sie manchmal tat, um ein paar kleine Einkäufe zu erledigen. Womit in aller Welt beschäftigte sich der Hund diese ganze Zeit? Zweifellos wälzte sie sich, dem Zustand ihres Fells nach zu urteilen, auf dem Rücken im Kohlenstaub umher und strampelte mit ihren Beinen in der Luft herum, weil sie keine andere Beschäftigung für sie hatte. Dann kam endlich der Höhepunkt ihres Tages, wenn beide heimkamen, denn das bedeutete doch immerhin Gesellschaft. Und wie sie sie dann begrüßte, wie sie es ihnen dankte! Sie würden sie in die Küche hineinlassen, solange sie ihren Tee tranken, damit sie zusammen mit dem lieben Kleinen ein gar hübsches Bild auf dem Teppich abgäbe – wenn sie brav gewesen war! Aber mir wurde übel bei der Vorstellung, wie dieser häßliche Gnom seinen Gürtel abnahm, um dieses verspielte, zärtliche Geschöpf zu schlagen. Und dann ihre Hoffnung, die ständig aufkeimte und ständig erstickt wurde... Sie würde immer wieder sehnsüchtig zu ihrer Leine an der Wand emporstarren, zu ihr hinübertrotten, um sie mit ihrer schwarzen Nase eingehend zu untersuchen, würde all ihre kleinen Kunststückchen vollführen, um auf ihre Bedürfnisse aufmerksam zu machen – und nichts würde sie dafür bekommen, nichts, man würde sie auffordern, Geduld zu haben, »Platz« zu machen, und das machte sie doch immer... Tag für Tag, Tag für Tag, nichts, nichts! Immer Geben und nie Bekommen, Hoffen und Warten auf etwas, was nie eintritt! Ohnmacht und Einsamkeit! Ich knurrte diese gräßlichen Worte hervor, als ich den Stock zum letzten Mal wegschleuderte.

Bedrückt kehrte ich zu meinem Sitzplatz aus Beton zurück. Aber sie wollte nicht, daß ich mich setze. Zuerst fischte sie meine Handschuhe aus einer meiner beiden Taschen, dann, nachdem ich ihr Verlangen, sie zurückzuerobern, befriedigt hatte, meine Baskenmütze aus der anderen. Damit hüpfte sie davon und schielte zu mir herüber in der Hoffnung, daß ich sie verfolgen würde. Aber ein Gefühl von Trübsinn und Verzweiflung hatte mich derart überwältigt, daß ich nicht aufstehen konnte. Da ich offenbar nicht bereit war mitzumachen, ließ Evie die Mütze fallen und fing, als sie wieder auf ihren Stock gestoßen war, plötzlich an, mit sich allein zu spielen. Mit ungebremstem Ungestüm stürzte sie sich überfallartig auf ihn, schleuderte ihn hoch in die Luft und stob, als er fiel, mit angelegten Ohren und eingekniffenem Schwanz vor ihm davon, als hätte er sie gestochen. Dann, in einiger Entfernung, wirbelte sie herum, kauerte sich nieder und starrte ihn unverwandt an. Die hypnotische Konzentration ihres Blicks, ihre gespannte Haltung, mit der sie, den tief gesenkten Kopf dicht über dem Boden, in voller Länge wie ein Raubtier dalag, machten einen derart dramatischen Eindruck, daß auch ich das Stück Holz anstarrte in der Erwartung, es würde sich sogleich bewegen. Noch immer am Boden kauernd schob sie sich langsam, unerbittlich, die lange, spitze Nase auf ihr Opfer gerichtet, an ihn heran, bis sie sich mit einem jähen Satz auf den Stock stürzte, ihn packte, in die Luft schleuderte und, als er herabfiel, voller Angst davonstob, um die ganze Sache wieder von vorn anzufangen. Wie gebannt beobachtete ich sie, ein großes, katzenartiges Geschöpf, das in der Dämmerung sein spiegelfechterisches Spiel vollführte. Zweifellos hatte sie sich dieses Spiel ausgedacht, um sich ihre Zeit während der einsamen Stunden im Hinterhof der Winders zu vertreiben.

»Millie, meine Liebe, mir ist gerade eine großartige Idee gekommen. Eine Kusine von mir wohnt auf dem Land, und ich werde sie fragen, ob sie nicht für Evie sorgen kann, bis Johnny herauskommt. Da bekommt sie all den Auslauf, den sie braucht, und Tom hat nicht mehr den ganzen Ärger mit ihr.«

»Aber vielleicht will deine Kusine sie gar nich'«, meinte Millie nach einer Pause.

»Bestimmt will sie. Sie hat ein kleines Häuschen mit Garten und nichts zu tun. Sie wird sich freuen. Und für Evie wäre es das reinste Paradies.«

»Auf der andern Seite ist sie auch ein guter Haushund...«

Liegt es daran, daß die Arbeiterschicht unsere Gefängnisse mit Dieben wie Johnny füllt, daß vor allem Angehörige dieser Bevölkerungsgruppe zu glauben scheinen, ihr erbärmliches Eigentum bedürfe eines besonderen Schutzes?

»Sie ist *kein* Haushund, Millie«, sagte ich geduldig. »Sie ist ein Schäferhund. Sie ist für ein Leben an der frischen Luft geschaffen, und das hat sie hier nicht.«

»Hast ganz recht«, sagte Millie gelassen.

»Außerdem habe ich sie noch nie bellen hören«, fügte ich hinzu.

»Die tut aber bellen. Aber sie erkennt dich wohl an deinen Gang. Nu setz dich mal hin und trink deinen Tee, bevor er ganz kalt wird. Los, Evie,« – und damit öffnete sie die Tür zur Waschküche – »du hast dein Spaß gehabt, jetzt geh und mach Platz!«

»Findest du nicht auch, daß das eine gute Idee ist?« beharrte ich. »Du hast ja vorhin gerade gesagt, du würdest sie gern wieder loswerden.«

»Ooch, mir ist das ganz egal. Dickie ist ja mein ein und alles. Aber ich muß zuerst Johnny fragen.«

»Aber warum denn?« entgegnete ich gereizt. »Das ist Zeitverschwendung, und außerdem steht ihm die Entscheidung doch gar nicht zu. Ich meine, er hat uns dieses ganze Durcheinander hinterlassen, und wir müssen sehen, wie wir damit fertig werden.«

»Ich müßte ihn zuerst fragen«, sagte Millie ruhig. »Ich könnte nix dergleichen machen ohne seine Erlaubnis.«

Ich nahm mich zusammen. »Glaubst du wirklich, daß das notwendig ist? Sieh mal: Hätte ich es von Anfang an übernommen, für sie zu sorgen, als er mich darum bat, wäre ich genauso verfahren, denn auch ich hätte ihr nicht das Leben ermöglichen können, das sie braucht. Ich hätte die Sache für ihn entschieden. Und überhaupt wird er ganz sicher zustimmen, sobald er erfährt, was für ein Leben sie hier hat. Außerdem wäre es für sie von großem Nutzen, wenn sie zu meiner Kusine käme. Da würde sie ein bißchen Manieren bekommen, und die hat sie bitter nötig.«

»Hast ganz recht, Frank, und ich werd's Johnny sagen, wenn ich ihn besuche. Er wird sich freuen, daß du dir immer soviel Mühe machst. Aber er hat sie mir gegeben zum Aufpassen, also bin ich für sie verantwortlich, wie du sagen würdest. So, nun haben wir aber genug über Evie geredet. Du hast noch nich' mal deinen Tee getrunken. Probier mal ein Stück von diesen Kuchen. Hab' ich extra für dich gemacht. Und mach dir nich' so viele Sorgen! Davon geht der dickste Ochs vor die Hunde, sozusagen.«

Ich spürte, daß sie unser Gesprächsthema langweilte und sie über andere Dinge plaudern wollte, ganz bestimmt über Dickie. Aber ich konnte Evies elende Lage und ihre stille Anwesenheit hinter der Waschküchentür nicht aus meinen Gedanken verscheuchen. Als ich mich erhob, um zu gehen, hatte ich das Bedürfnis, mich von ihr zu verabschieden, aber angesichts der leisen Verstimmung Millies hielt ich es für unklug, es zuzugeben. Statt dessen fragte ich, ob ich ihre Toilette benutzen könnte.

»Du weißt ja, wo's langgeht«, sagte sie.

Mit Ausnahme der Fäden schwindenden Tageslichts, die den Umriß der schlecht eingepaßten Hoftür zu meiner Linken hervorhoben, war es, nachdem ich die Küchentür hinter mir geschlossen hatte, stockdunkel in der Waschküche. Ich konnte mich nicht erinnern, wo der Lichtschalter war, und stand für einen Moment reglos im Düstern. Rechts von mir bewegte sich etwas, eine weiche Nase – kühler, wie ich erleichtert feststellte – berührte meine Hand, und Evie erhob sich leise aus dem Dämmerlicht und begrüßte mich. Ich fummelte die Hoftür auf, und sie führte mich hinaus, als sei sie eine Art Grundherrin auf diesem Land, die ihrem Gast ihren Besitz zeigt. Es war ein schmaler gepflasterter Streifen, ein dutzend Schritte lang und vielleicht halb so breit, und er beherbergte einen Haufen staubiger Kohle, Toms Schrebergartengeräte und die Ständer von Millies Wäscheleine. Am hinteren Ende gab es ein offensichtlich nie benutztes Tor, das auf eine verkrautete und mit Mülltonnen vollgestellte Gasse führte, die die Hinterhöfe dieser kleinen Häuschen wie auf einer Schnur aufreihte. Der lange, schwarze Hügelkamm quer über den Abendhimmel entpuppte sich als Bahndamm der London and North Eastern Railway.

Das Örtchen stand neben dem Tor, und weil ich nun einmal da war, konnte ich es ja auch benutzen. Evie war zurückgeblieben; ich konnte sie in der Nähe des Kohlehaufens am anderen Ende des Hofes herumstöbern hören. Als ich hinaustrat, stand sie mir vor der Toilettentür gegenüber und blickte mich aus ihren leuchtenden, schwarzgeränderten Augen an. Aber wie eigenartig sie aussah, als streckte sie mir ihre Zunge heraus! Dann sah ich, daß es nicht ihre Zunge war; sie hatte etwas zwischen den Zähnen, etwas Rotes. Ich streckte meine Hand danach aus, und sie überließ es mir behutsam. Es war ein

Stück von Toms Weihnachtspantoffeln, noch warm von ihrem Atem. Sie hatte es für mich aus einem geheimen Versteck hervorgeholt. Ich bückte mich hinab und küßte sie. Was für ein süßes Geschöpf! Sie jedenfalls hatte mir ein Geschenk gemacht.

Millie begleitete mich zur Tür. Sie ist ein wahrer Trampel, aber auch ein wahrer Schatz, dachte ich, als ich ihr fettes, rosiges Kindergesicht mit den ziemlich weit hervorquellenden Augen betrachtete. Von einem jähen Glücksgefühl gepackt, gab ich auch ihr einen anständigen, schmatzenden Kuß.

»Und du vergißt nicht, es Johnny zu sagen?«

»Nein, ich vergess' es nich', Frank. Ich schreib' dir, sobald ich ihn besucht habe. Und ich werd's Tom noch mal einschärfen, daß er sie mit nach draußen nimmt.«

Als ich durch die Pforte ging, wäre ich beinahe mit diesem trostlosen Burschen, der auf seinem Heimweg war, zusammengestoßen. Obwohl ich nicht dazu aufgelegt war, mit ihm zu plaudern, hielt ich für einen Moment inne und sagte etwas wie: »Hallo, Tom! Bin grad am Gehen. Schade, daß du nicht zu Hause warst.« Aber er taumelte an mir vorüber wie ein Gespenst, so daß ich, obwohl er nie den Eindruck eines schweren Trinkers gemacht hatte, annehmen mußte, daß er wohl ein bißchen zu tief ins Glas geschaut hatte.

Zu meiner Verärgerung weigerte sich meine Kusine in Surrey, Evie aufzunehmen. »Ich würde sie bestimmt liebgewinnen«, schrieb sie, »und dann würde es mir leid tun, mich wieder von ihr trennen zu müssen, wenn der Zeitpunkt gekommen ist. Außerdem kenne ich deine Freunde gar nicht; wieso sollte ich mir ihre Angelegenheiten aufbürden? Ich habe genug eigene Probleme. Wenn es *dein* Hund wäre, wäre es etwas anderes.« So ein dämliches Weibsbild! Aber ich hätte es mir denken können. Es war typisch für sie, daß sie bereit, ja sogar eifrig bemüht war, alles für mich zu tun, außer mir nützlich zu sein. Und da sie meine Zeit häufig in Anspruch nahm, um sich *ihre* verwickelten Angelegenheiten entwirren zu lassen, erzürnte mich ihre Antwort. Allerdings machte sie ein nachträgliches Hilfsangebot, indem sie hinzufügte, daß eine ihrer Nachbarinnen, eine Miss Sweeting, einen Hundezwinger besäße und mir vielleicht von Nutzen sein könnte, wenn ich mich nur an sie wenden würde. »Ich habe gerade mit Miss Sweeting gesprochen«, hieß es in einem Postskriptum, »da sie zufällig gerade vorbeikam. Sie schien nicht begeistert zu sein, aber sie sagt, du könntest sie ja anrufen, wenn du wolltest. Außerdem hat sie gesagt, daß du deinen Freunden erzählen solltest, daß es unklug ist, Hunde wie Evie zu schlagen, weil es sie nur wild macht. Warum kommst du nicht mal herunter und sprichst selbst mit ihr? Und mit mir? Ich brauche Rat in ein paar Geldangelegenheiten.«

Daraufhin wartete ich ab. Miss Sweetings Vorschlag war wahrscheinlich nicht ganz uneigennützig, und obwohl ich keine Zweifel an Johnnys Antwort hatte, schien es doch besser zu sein, sie erst einmal abzuwarten. Aber so sehr ich in den folgenden Tagen auch mit Arbeit überhäuft war, Evie ging mir nicht aus dem Kopf – und auch nicht die unangenehme Erinnerung an den gespannten, erwartungsvollen Blick, den sie auf mich geheftet hatte.

Millies Brief erreichte mich vierzehn Tage später. »Es war ein netter Besuch«, schrieb sie, »trotzdem wir scheint's zu viele gewesen waren weil nur zwei sind erlaubt aber sie haben keinen Aufstand gemacht was nett war von ihnen, also sind wir alle rein und der Kleine hat ›Ba Ba‹ gesagt als Johnny ihn hochgenommen hat und da hab ich einen Kloß im Hals gekriegt davon, es stimmt was Megan gesagt hat nämlich das er dicker ist im Gesicht aber er sah mir gar nicht gut aus und ich mach mir Sorgen um ihn. Er hat viele nette Sachen gesagt über dich und das er dir nie all das zurückgeben könnte was du für ihn getan hast und er dir bald schreiben würde und er will nicht das Evie zu deine Kusine geht weil wenn er rauskommt will sie sie bestimmt nicht hergeben und, er will auch nicht das so ein Junge sie nimmt, er sagt das wenn du und Tom sie weiterhin ausführen dann reicht das für sie.«

Auch über diesen Brief war ich entrüstet. Johnnys Argument gegen meinen Plan für Evie hatte etwas für sich; jedenfalls stand er damit, das war leider nicht zu leugnen, nicht allein da, denn das Problem, das er vorhersah, hatte gewissermaßen auch meine Kusine beschäftigt. Allerdings lag doch ein himmelweiter Unterschied zwischen *ihrer* Befürchtung, ihr könnte die Trennung von dem Hund schwerfallen, und seiner ungeheuerlichen Andeutung, sie könnte sich tatsächlich weigern, sie wieder herzugeben. Dachte er denn, fragte ich mich zornig, meine Freunde und ich seien solche Gauner wie er? Und glaubte er, ich hätte nichts Besseres zu tun, als nach Stratford hinauszufahren, um seinen Hund auszuführen? Und schließlich: Was sollte sein »du und Tom«, wenn der springende Punkt doch der war, daß dieser faule Rohling zu nichts zu gebrauchen war? Ich schrieb zurück, um Millie zu sagen, daß ich es sehr dumm von ihm fände, meinen Plan abzulehnen, daß ich mich beleidigt fühlte durch seine Begründung und mir der Rest seiner Antwort rätselhaft erschiene. Wenn ich das vorausgesehen hätte, schrieb ich, hätte ich einen Hundezwinger auf dem Land vorgeschlagen, für den aufzukommen ich bereit wäre und auf den sein Argument nicht zuträfe, denn das wäre eine geschäftliche und keine private Abmachung. Ich würde ihm das selbst so schreiben, schloß ich, sobald sein Brief hier einträfe, wenn es je dazu käme, und sie möge bitte das gleiche tun, wenn sie ihm schriebe.

Millie antwortete prompt, wie es ihre Art war; schrieb vor allem von Dickie, der seit ihrem Besuch kränkelte, dann über Ostern, das auf das kommende Wochenende fiel. Ob ich vorhätte, sie dann zu besuchen? (Wollte ich mich wieder an unseren Plan halten, war mein nächster Besuch dann in der Tat fällig.) Wenn ja, dann solle ich doch bitte nicht am

Feiertag selbst kommen, weil sie für diesen Tag Karten für eine Busfahrt an die Küste nach Margate gebucht hätten. Da Dickie mit den Nerven ein bißchen herunter sei, glaubten sie, es würde ihm guttun. Aber sie würde sich freuen, mich am Samstag oder Sonntag zu sehen; von beiden Tagen würde ich wahrscheinlich den ersten vorziehen, weil Megan am zweiten Tag kommen sollte. Zuallerletzt fügte sie kurz hinzu, daß ich mir um den Hund keine Sorgen machen solle, dem gehe es prima. Dies war der einzige Hinweis auf Evie in dem ganzen Brief, der – obwohl freundlich gehalten – meinen früheren Eindruck bestärkte, daß dieses Thema sie langweilte und daß sie mit der Bemerkung, ich sollte mich um den Hund nicht sorgen, eigentlich meinte, ich sollte sie mit diesen Sorgen in Ruhe lassen. Nicht daß ich mir überhaupt keine Sorgen machen sollte (wenngleich ich doch immer dünner davon würde, dachte ich und konnte mich, als ich den Brief noch einmal las, eines Lächelns über ihr durchsichtiges Manöver nicht erwehren). Aber ich müßte lernen, mir über die richtigen Dinge Sorgen zu machen, und die legte mir ihr Brief stillschweigend und in der richtigen Reihenfolge zurecht. Aber meine Gedanken waren nicht bei Dickie und seinen Unpäßlichkeiten, als ich den Brief niederlegte. Ich fragte mich, was wohl mit Evie passieren würde, wenn sie alle für einen Tag nach Margate fahren würden. Mitnehmen konnten sie sie nicht; würden sie sie von frühmorgens bis spätabends im Haus allein lassen? Das arme Tier, es war wirklich eine Schande! Ich griff nach meinem

Federalter, um ihr zu schreiben, daß ich, wenn dies der Fall wäre, hinauskäme, um sie in ihrer Abwesenheit auszuführen. Dann legte ich ihn wieder hin. Es würde sich anhören, als wollte ich nörgeln. Das wäre ein Fehler. Besser, ich führe am Samstag hinaus und ginge dann mit ihr spazieren. Und könnte ich sie nicht auf eine anständige Wanderung mitnehmen? Es mußte in der Gegend doch irgendwo eine Art Park oder öffentliche Anlagen geben. Ich schlug eine Karte auf: ja natürlich, Victoria Park. Ich war noch nie dagewesen, aber er sah ziemlich groß aus. Er lag allerdings auch recht weit von Millies Haus entfernt, aber warum sollte ich nicht versuchen, Evie dorthin zu bringen? Wie herrlich es doch wäre, sie auf einer Rasenfläche freizulassen, zu sehen, wie sie ihre langen Glieder streckte... Aber so ein Ausflug würde einen gehörigen Teil meines Besuchs beanspruchen, und Millie wäre mit dieser Einteilung meiner Zeit wahrscheinlich nicht zufrieden. Statt sie bei meiner Ankunft mit meinem Vorschlag zu überfallen, sollte ich sie vielleicht besser gleich darauf vorbereiten. Natürlich, ich könnte Johnny ins Spiel bringen, dessen Wunsch ihr Befehl war und dessen Bitte, ich möge hinausfahren und den Hund spazierenführen, ich dadurch ja gerade zu erfüllen schien! Also schrieb ich einen behutsamen Brief; auf der ganzen ersten Seite gab ich meiner Sorge um Dickie Ausdruck, und ich konnte nur hoffen, daß es für sie überzeugender klingen würde als für mich. In einem kurzen Schlußsatz kündigte ich an, daß ich Samstag, und zwar besonders früh am Morgen, hinausfahren würde, um Evie zunächst einmal auf einen etwas längeren Spaziergang mitzunehmen, »weil Johnny es ja so wünscht«.

An dem Freitagmorgen vor meinem Besuch kam Johnnys seit langem erwarteter Brief. Das erste, was mir daran auffiel, war, daß er durchaus nichts Offizielles an sich hatte. Er steckte in einem schlichten, sehr schmutzigen und zerknitterten Umschlag; die Adresse war mit Bleistift aufgekritzelt. Er war in Paddington abgestempelt worden. Drinnen lag ein zweiter Umschlag, der etwas sorgfältiger an einen Mr. Smithers aus dieser Gegend adressiert war, und Johnnys Brief. In der Hauptsache war da von einem der »Greifer« die Rede, einem »anständigen Kerl«, dem »man vertrauen« könnte. Dieser hätte sich bereit erklärt, Johnny etwas Tabak hineinzuschmuggeln. Es müßte schon ein »anständiger Batzen Tabak« sein, »ungefähr ein halbes Kilo«, und wenn man daran denke und an das große Risiko, das der Greifer auf sich nehme, sei es doch locker die fünf Pfund wert, die ich bitte in den beigefügten Umschlag legen solle (als Einschreiben aufzugeben). Ob ich ihm dann ein Telegramm mit »herzlichen Glückwünschen zum Geburtstag« schicken könnte? Natürlich habe er gar nicht Geburtstag, aber das wisse ja keiner; Glückwunschtelegramme kämen immer durch, und er wüßte dann, daß das Geld abgeschickt worden war. Ich könnte auch einen Brief an ihn beilegen. Der Greifer hatte versprochen, auch den zu überbringen. »Ich weiß, daß du das für mich tust, Frank, weil ich verdien doch bloß drei Pence und du kannst dir bestimmt vorstellen wie lang ich damit auskomme und außerdem, Frank, kann ich so Briefe an dich und meine Mutter rausschicken, aber vergiß nicht, Frank, du darfst die nie irgendwo erwähnen weil, du weißt ja die sind nicht offiziell. Und wie geht's dir denn so, Frank? Mir geht's ganz gut, aber ich wollte bloß, ich hätte es hinter mir weiß Gott. Ich werde dir ewig dankbar... Megan sagt jetzt auch, daß du ein richtiges Goldstück...« Nicht ein Wort über Evie. Ich zerriß alles in kleine Fetzen und warf sie in den Papierkorb. Was immer ich in jenem Moment von Johnny hielt, mein Goldstück war er sicher nicht.

Es war das erste Mal, daß ich mich mit echtem Vergnügen nach Stratford auf den Weg machte, seit Johnny sein Zuhause verlassen hatte, um sich woanders ein Leben aufzubauen. Es war ein herrlicher, wenn auch recht windiger Tag, und Evie und ich würden zusammen viel Spaß haben. Ich fing an, vor mich hinzupfeifen, während ich am Rand der auf meinen Knien ausgebreiteten Karte die Namen der Straßen notierte, die aussahen, als könnten sie uns so sicher wie möglich zum Victoria Park führen. Als ich mein eigenes Gezwitscher bemerkte, riß ich mich zusammen: Millie durfte auf keinen Fall argwöhnen, daß der Hauptgrund meines heutigen Besuchs nicht der war, meinen »Neffen« zu sehen, sondern Evie Vergnügen zu bereiten. Es war vierundzwanzig Tage her, seit ich sie zuletzt gesehen hatte.

Als Millie öffnete, begrüßte ich sie herzlich und beugte mich vor, um ihr wie gewöhnlich einen Kuß zu geben, aber – und das brachte mich für einen Moment aus der Fassung – sie drehte sich mit einer eigenartig nervösen kleinen Bewegung von mir weg und sagte: »Ich wußte nich', bist du's oder ist es Ida. Sie kommt heute vorbei, und ich warte schon auf sie.« Aber ich hörte gar nicht richtig hin; ich lauschte auf etwas anderes: Man konnte Evies Winseln der Wiedersehensfreude aus dem hinteren Bereich des Hauses bis an unser Ende des Flures hören. Ich hörte es sogar durch den bei weitem geräuschvolleren Lärm hindurch, den der kreischende Dickie auf seinem Stühlchen veranstaltete. Mein erster Impuls war, in die Küche zu stürmen, die Waschküchentür weit aufzustoßen und das eingeschlossene Tier in meine Arme zu schließen. Aber ich bezähmte mich. Ich wußte, es gab zuerst einige Menschenpflichten zu erledigen, und das durfte nicht auf allzu oberflächliche Weise geschehen.

»Was ist denn bloß mit Dickie los? Ich hoffe doch, daß es ihm nicht noch immer so schlecht geht?«

»Er hat besser ausgesehen in den letzten Tagen«, meinte Millie besorgt, »aber das geht jetzt schon den ganzen Morgen so. Ich glaub', es kommt ein Zahn durch, aber fühlen kann ich nix.«

»Na laß mal sehen, ob Onkel Frank das nicht in Ordnung bringen kann«, sagte ich fröhlich und hob das heulende kleine Balg aus seinem Stühlchen.

Wäre er stracks in wilden Zuckungen verschieden, wäre es mir als ein gerechtes und würdiges Ende erschienen, aber das Resultat war ganz anders und außerordentlich überraschend. Sofort hörte er zu schreien auf – so daß jetzt nur noch Evies Klagegeheul zu hören war – und glotzte mir mit seinen dummen, ausdruckslosen Augen ins Gesicht. »Na also!« rief ich. »Wer sagt's denn? Gerettet vom Doktor Frank! Munter wie ein Fisch im Wasser!« Und damit küßte ich die klebrige Stirn des Kindes.

»Das war's!« strahlte Millie. »Dich hat er gewollt!«
»Ba Ba«, machte Dickie und griff nach meiner Nase.
»Oh, nein!« lachte ich. »Das geht dann doch ein bißchen zu weit! Wenn du seine Mama bist, dann geht es doch wohl nicht an, daß ich sein Papa bin!« Und damit reichte ich ihn an Millie zurück. »Und wie geht's Tom?« fragte ich und wandte mich jenem trostlosen Wesen zu.

Abgesehen von einer halbherzigen Andeutung, sich zu erheben, als ich hereinkam, hatte er überhaupt keine Notiz von mir genommen. Ohne von seiner Zeitung aufzuschauen, nuschelte er etwas Unverständliches. Obwohl es mir nicht das geringste ausmachte (denn je weniger er zu sagen hatte, desto besser), war sein Benehmen wirklich alles andere als höflich. Millie schien ebenso zu denken.

»Ich dachte, du wolltest zum Schrebergarten runtergehen?« fragte sie ziemlich scharf.

»Alles zu seine Zeit«, murmelte er.

Du meine Güte! dachte ich. Hatten sie sich gestritten?

»Wie wär's mit eine Tasse Tee, Frank?« fragte Millie. »Steht noch nich' lange warm.«

Ja, ich mußte wohl all die geselligen Zeremonien mit guter Miene über mich ergehen lassen.

»Vielen Dank, meine Liebe, recht gern.«

Die Tür zur Waschküche fing an zu klappern, als Evie an ihr herumkratzte.

»Hat Johnny dir schon geschrieben?« erkundigte sich Millie, während sie den Tee einschenkte.

»Ja, gestern habe ich einen Brief bekommen.«

»Na siehst du. Hab' ich mir doch gedacht. Ich hab's gleich gesehen, als du reinkamst, daß du wieder mehr der alte bist. Hat er dir von unsern Besuch erzählt?«

Sollte ich dieses große Kind enttäuschen? Nein, das wäre herzlos. Ein herzzerreißender Ton drang von Evie an meine Ohren.

»Nein, eigentlich nicht. Es war nicht der offizielle Brief, auf den ich gehofft hatte, und er hat eigentlich nichts richtig erzählt, außer daß ein ihm wohlgesinnter Greifer bereit sei, ihm Tabak zuzuschmuggeln, wenn ich es ihm schmackhaft machte.«

»Was sagst du dazu!« lachte Millie. »Ganz schön frech!«

»Er wollte, daß ich dem Greifer fünf Pfund schicke. Das war alles, worum es in dem Brief ging.«

»Fünf Pfund! Du hast sie doch nich' etwa abgeschickt, Frank?« rief Millie entsetzt.

»Ehrlich gesagt, ich habe es nicht getan. Ich wußte nicht genau, was ich tun sollte«, log ich. »War ja auch nicht gerade wenig.«

»Na, das hatte ich aber auch gehofft! Schick es bloß nich' ab, Frank! Johnny hätte dich gar nich' erst drum bitten dürfen. Fünf Pfund! Für ein bißchen Tabak! Was er sich nur wieder dabei gedacht hat?! Nach allem, was du für ihn getan hast! Hast du das gehört, Tom? Johnny will, daß Frank fünf Pfund an einen von diese Greifer schickt, damit der ihm ein bißchen Tabak mitbringt! Was sagst du dazu?«

Es war kaum zu glauben, daß er in dem Lärm, den Evies kurzatmiges, hysterisches Gebell hervorrief, überhaupt etwas hören konnte, und ich fragte mich, ob sich die beiden wohl gegen ihre Ansprüche derart abgehärtet hatten, daß sie sie überhaupt nicht mehr wahrnahmen. Wenn dem nicht so war, warum ließen sie das arme, einsame Geschöpf nicht herein? Aber Tom hatte die Frage gehört, und wenngleich er mürrisch dreinsah, konnte er doch diesem direkten und diesmal nicht gleich wieder zurückgenommenen Appell an seine Weisheit nicht widerstehen.

»Johnny ist wohl nicht mehr ganz gar im Kopf! Hätte ich nie gedacht, daß er so ein Idiot ist! Da kannst du das Geld auch gleich hier in den Ofen schieben! Nich' ein Krümel von seinen Tabak würd' er kriegen, nich' mal genug für einen Zug! Und was könnt' er dagegen machen?! Nix könnt' er dagegen machen! Er könnte noch nich' mal was sagen. Die haben ihn am Arsch, da kann er machen, was er will. Diese Greifer! Das ist ein verdammt schlaues Pack! Genau als wie in der Armee. Ich weiß noch, wie –«

»Johnny klang selbst nicht sehr überzeugt«, unterbrach ich. »Er wollte, daß ich ihm ein Telegramm mit Geburtstagsgrüßen schicke. Das sollte das Zeichen sein, daß ich das Geld abgeschickt habe.«

Millie gluckste vor Vergnügen: »Na, hast du so was schön gehört! Was denkt der sich aber auch immer für Sachen aus! Er hat doch erst im November Geburtstag! Schick es bloß nich' ab, Frank! Es ist ganz bestimmt so, wie Tom sagt; Johnny hätte gar nix davon, und überhaupt hätte er dich gar nich' erst drum bitten sollen. Einer von diese Greifer war immer mit dabei, als wir da waren. Ach, das war vielleicht ein Riesenkerl! Johnny hat gesagt, er ist in Ordnung, aber ich mochte das nich', daß er immer so dicht dabeistand. Und Megan hat Johnny ein Päckchen Zigaretten zugesteckt, direkt vor seine Nase! O je! Mir ist ganz heiß und kalt dabei geworden! Mir wurde ganz anders dabei! Und weißt du, wie sie's gemacht hat, Frank? Sie hat sie unter dem Kleinen sein Kittelchen gesteckt, als wir ihn Johnny rübergereicht haben. Oh, sie *war* aber auch fix! Ich war völlig baff. Wenn sie hier ist, ist sie immer so lahm. Und was meinst du, hat Johnny gesagt?« Sie brach in ihr stürmisches Gelächter aus. »Er hat gesagt: ›O Gott, paß bloß auf, daß er nich' draufpieselt!‹ Zum Brüllen! Aber seine Kippen, die fehlen ihm sehr, dem armen Johnny. Das ist am schlimmsten, sagt er. 'türlich, woran du dich nie gewöhnt hast, das fehlt dir auch nich'. Und er sieht gar nich' gut aus, Frank. Stimmt's, Tom? Er ist dick, und er ist dünn, wenn du weißt, was ich meine. Man sieht genau, er hat Kummer.« (Rumms machte die Waschküchentür, als Evie sich dagegen warf.) »Als Dickielein ›Ba Ba‹ gesagt hat, da hatte er Tränen in den Augen. Oh, das hat mir das Herz im Leib rumgedreht, ehrlich! 'türlich hat er nix gesagt, er wollte uns ja keinen Kummer machen, er tut immer so Witze reißen, aber ich wette, er quält sich und grämt sich, besonders abends.« (Rumms machte die Waschküchentür.) »Ich muß oft an ihn denken, wie er so viele Stunden ganz allein eingesperrt ist in sein Zimmer da, und dann heul' ich mir selbst ein bißchen vor. Ach, wie einsam er sich fühlen muß!«

Krach machte die Waschküchentür.

»Mach Platz, willst du wohl?!« bellte Tom plötzlich vom Ofen herüber, und das brachte Evies Gekläff für einen Moment zum Schweigen. Dann hob ihr gedämpftes Flehen wieder an. Ich konnte es nicht mehr ertragen. Ich hatte meine Pflicht getan. Ich war lange genug nett gewesen.

»Und Montag geht's also ab nach Margate?« fragte ich.

»Ja, wir haben die Fahrt schon gebucht«, sagte Millie. »Hoffentlich ist Klein Dickie bis dahin wieder gesund.«

»Und Evie nehmt ihr mit?!« Es sollte wie ein Scherz klingen.

»Na, das wär ein Späßchen!« gackerte Millie. »Sie bewacht das Haus, solang wir weg sind.«

»Das ist ihr Job!« warf Tom ein, so plötzlich, daß ich auffuhr.

»Wolltest du nich' runtergehen zum Schrebergarten?« fragte Millie scharf. Der Briefkasten klapperte. »Das ist Ida. Mach ihr auf, ja?!« Tom ging hinaus. Ich wußte, daß ich die Frage nicht stellen sollte, aber ich war entschlossen, es zu erfahren.

»Wann hat er sie zum letzten Mal ausgeführt?«

Millie antwortete nicht. Sie wand sich sichtlich und ging zum Herd hinüber. Das reichte beinah als Antwort, aber ich war fest entschlossen: »Überhaupt nicht?«

Millie war eine grundehrliche Frau. Ich war sicher, daß sie mich nicht anlügen würde. Aber sie antwortete immer noch nicht. Aus dem Gang klangen Schritte und Stimmen herüber. Da drehte sie sich plötzlich herum, sah mir gerade ins Gesicht und schüttelte den Kopf. Tom und Ida betraten die Küche. Ich begrüßte Johnnys Schwester, die ich schon früher kennengelernt hatte.

»Was ist denn bloß mit Evie los?« fragte sie. »Ist sie verrückt geworden?«

»Sie weiß, daß Frank da ist«, sagte Millie knapp. »Laß sie rein, ja? Bevor sie mir die Tür einrennt.«

Sofort als Evie in die Küche kam, war mein Schicksal, das schon seit geraumer Zeit, wie ich später merkte, in Vorbereitung gewesen war, endgültig beschlossen und besiegelt. Mit japsendem Freudengeheul warf sie sich auf mich – als sei nur ich anwesend. Dann drehte sie durch. Mit angelegten Ohren und herabhängendem Schwanz fegte sie in dem kleinen Raum herum, als sei er eine Zirkusmanege. Unter dem Tisch hindurch, über die Stühle, unter den Tisch, über die Stühle; sie raste wieder und wieder im Kreis herum, so schnell sie konnte, und stieß dabei überglücklich leise, klagende Seufzer aus.

Während der ungestümen Jagd schlugen und prallten ihr Körper und Schwanz wild gegen die Möbel; es war ein Wunder, daß sie sich nicht wehtat, aber sie flog weiter und weiter im Kreis herum. Ein Stuhl stürzte um, die Schürhaken fielen polternd gegen den Ofenrost, Millie riß das Kind in ihre Arme, niemand sprach. Wir alle standen da und starrten das Tier an, das seinen wilden Freudentanz vollführte. Schließlich kam sie vor meinen Füßen zur Ruhe und blieb dort für einen Moment keuchend liegen, um sich dann auf den Rücken zu drehen und die Beine in die Höhe zu strecken.

»Also, wirklich!« Ida brach das Schweigen. »So was hat sie noch nie gemacht! Das hab' ich noch nie bei ihr gesehen!«

Für mich bedurfte es dieser Bemerkung nicht. Es war, als hätte sie sich mir hingegeben.

»Na dann komm, meine Gute«, sagte ich sanft und nahm ihre Leine und ihr Halsband von der Wand. Aber das bewirkte sofort einen weiteren Gefühlsausbruch des übermäßig erregten Hundes. Sie scharwenzelte und kokettierte und wälzte sich dermaßen herum, daß ich das Halsband nicht befestigen konnte. Als ich gerade glaubte, es geschafft zu haben, merkte ich, daß sie es wie eine Trense zwischen die Zähne genommen hatte, und ich mußte wieder von vorn anfangen. Dann schlug sie mir die Brille von der Nase. Bebend vor Lachen über ihre albernen Possen, tastete ich auf dem Teppich nach ihr herum.

»Hier«, knurrte Tom plötzlich, »gib her!« Und indem er mir das Halsband beinah aus der Hand riß, packte er den Hund beim Kragen, preßte sie mit roher Gewalt zu Boden, und als sie sich aus seinem festen Griff herauszuwinden versuchte, verpaßte er ihr mit der Handkante einen harten Schlag auf das Nasenbein.

»Nicht!« schrie ich, aber es war schon geschehen. Sie stieß einen schrillen Schmerzensschrei aus und lag, mit den Pfoten die Schnauze reibend, winselnd am Boden.

»Du hast ihr wehgetan!« rief ich wütend. »Sie hat doch nur gespielt!«

»Einem Hund seine Schnauze kann man nich' wehtun«, sagte er kalt und befestigte das Halsband an dem nun gefügigen Tier. »Da muß man draufhauen, und sie muß spuren lernen.«

Ich wollte gerade etwas erwidern, als ich sah, daß Millie mich anblickte. Ich hielt meinen Mund. Aber in jenem Augenblick hatte ich das unbehagliche, ja bestürzende Gefühl, daß Tom Winder mich aus irgendeinem Grund haßte und daß der Hieb, den er dem Hund verpaßt hatte, eigentlich mir gegolten hatte.

Wir nahmen nicht die Route, die ich ursprünglich vorgesehen hatte. Sie hätte es notwendig gemacht, Evie gleich zu Beginn zwei stark befahrene Straßen entlangzuführen. Es stellte sich allerdings sogleich heraus, daß sie eine noch größere Raserei befallen hatte als sonst, und auch die Ursache dafür schien mir nun klar zu sein. Es handelte sich nicht bloß um die unbezähmbare Aufregung, den ungestümen Freiheitsdrang eines jungen Tieres, es war Angst. Während sie sich fast auf dem Bauch vorwärtsdrängte und mit ihren starken Beinen über das Pflaster stampfte wie ein Lasttier, das eine schwere Ladung einen steilen Hügel hinaufschleift, preßte sie sich so weit wie möglich vom Bordstein entfernt eng an die Häuserwände. Sie war vollkommen verängstigt. Der Straßenlärm drückte sie gegen die Geschäfte und Läden; wenn plötzlich Leute aus ihnen heraustraten, floh sie entsetzt zur Straßenseite hinüber. Dazu stieß sie die ganze Zeit gegen alles und jeden ein gereiztes Gebell aus, was ich sie noch nie zuvor hatte tun sehen. Es war, als hätte sie die Außenwelt, an die sie so wenig gewöhnt war, in den Zustand äußerster Verwirrung gestürzt. Völlig von Sinnen schleppte sie sich wie eine Wahnsinnige keuchend durch sie hindurch und zerrte mich im Laufschritt hinter ihr drein. Ein Vogel schien diese Hypothese zu bestätigen. Die Spielwiese lag auf unserem Weg. Ich machte sie für einen Augenblick los, sie trottete zu einem Baum hinüber, um zu pinkeln, und eine Krähe, die in seinen Ästen gehockt hatte, stieß ein kurzes, kräftiges Krächzen aus und machte sich, ein klobiges, tintenschwarzes Etwas, flatternd davon. Evie fuhr zusammen, als wäre eine Bombe explodiert, und hastete zu mir zurück, um Schutz zu suchen.

Dann biß sie jemanden. Ich hatte sie wieder an die Leine genommen und sie neben einem Telefonhäuschen für einen Moment zum Stehen gebracht, um mir im Windschatten eine Zigarette anzuzünden. Ich konnte nicht sehen, was dann geschah, aber hinter meinem Rücken hatte sich ein kleiner Junge genähert, wahrscheinlich um sie zu streicheln, und sie schnappte nach ihm. Ob sie ihn tatsächlich verletzte, weiß ich nicht; ich höre sie nur knurren und spürte, wie sie auf ihn losging. Das Kind brach in Tränen aus und rannte, seine Hand haltend, weg. Ich sah noch, wie es in einem nahegelegenen Haus verschwand.

Nun geriet auch ich in Panik. Ich warf alle meine Pläne über den Haufen, zerrte sie um die nächste Straßenecke und gab Fersengeld. Ich hatte nur eines im Sinn: sie so schnell wie möglich vom Tatort fortzuschaffen. Ohne auf die Richtung zu achten, hüpfte und tanzte ich also in ihrem stürmischen Kielwasser hinterher; meine Straßenkarte fiel mir aus der Tasche und blieb liegen; blind stürzte ich eine Straße nach der anderen hinunter. Dann fand ich mich plötzlich auf jenem zerbombten Trümmerfeld wieder, wohin es uns schon einmal verschlagen hatte, wie in einem jener schrecklichen Träume, in denen wir in immer derselben, zugleich fremden und doch wohlbekannten Landschaft unsere mühseligen und verzweifelten Fluchtversuche anstellen, hin- und hergeworfen von all unseren zweideutigen Ängsten und Sehnsüchten. Zu matt, um die Leine loszumachen, hatte ich sie aus der Hand gleiten lassen. Evie sprang auf und davon und schleifte sie hinter sich her, während ich zu jenem Betonklotz hinüberstolperte, der mir damals als Sitzplatz gedient hatte. Aber kaum hatte ich mich gesetzt, da stand sie schon mit einem Stock im Maul vor mir und blickte mich mit ihren seltsamen Tieraugen an. Wir sollten also den glücklichsten Tag ihres Lebens – für mich war es einer der elendsten gewesen – erneut durchleben. Ihr Antlitz entzückte mich, als sie lockend vor mir stand: intelligent, zärtlich, heiter, ohne jeden Anflug von Wildheit oder Bösartigkeit, und eine heftig aufwallende Wut auf die gesamte Familie Winder packte und schüttelte mich: auf den gleichgültigen Tom, Johnny, den selbstsüchtigen, undankbaren, falschen Freund, und sogar auf die fette Millie mit ihrem Ausflug nach Margate wegen dieses schwachsinnigen Kindes. Ich sah sie vor mir, wie sie die Tür direkt vor Evies bettelndem Gesicht ins Schloß warfen und seelenruhig weggingen, um einen vergnüglichen Tag mit Muschelsuchen, Babygebrabbel und Ausbrüchen von albernem Gelächter zu verbringen, während sie ihr einsames und elendes Dasein in Gefangenschaft zubringen mußte. Wovor Miss Sweeting gewarnt hatte, war Wirklichkeit geworden: Ihre vereinte Grausamkeit, Dummheit und Gleichgültigkeit hatten das anmutige Geschöpf zugrunde gerichtet.

Voller Verzweiflung starrte ich in ihre hellwachen Augen. Wie konnte ich ihr nur helfen? Vielleicht hätte ich sie gleich zu Beginn zu mir nehmen sollen... Aber wie konnte ich das tun? Immerhin hätte ich sie morgens und abends ausführen können... Aber nein, das wäre nicht gegangen. Wie denn auch?

Es war unmöglich... Ein Zug ratterte dampfend über den Bahndamm hinter dem Winderschen Haus in die Ferne und dampfte mir noch eine geraume Zeit später durch den Kopf...

»Na, ihr seid ja fix wieder da«, sagte Millie fröhlich. »War sie zuviel für dich?«

Tom war zu seinem Schrebergärtchen gegangen, wie ich ohne Bedauern feststellte. Ida war immer noch da. Ich hatte auf dem Rückweg hin und her überlegt, ob ich den Zwischenfall mit dem Jungen erwähnen sollte, und entschloß mich, es nicht zu tun. Die Versuchung, »Ich hab' euch doch gewarnt!« zu sagen, war groß. Auf der anderen Seite aber würde es Evie nicht gut bekommen; hier konnte sich ihre Situation nicht verbessern. Außerdem, wenn man einmal etwas Schlechtes über einen Hund gesagt hat...

»Nein, aber mir ist eine noch bessere Idee gekommen. Eine glänzende Idee! Ich würde sie gern für dieses Wochenende zu mir nach Barnes mitnehmen. Der Gedanke ist mir ganz plötzlich gekommen; keine Ahnung, warum mir das nicht schon früher eingefallen ist. Ich habe nichts Besonderes vor, und für sie wäre es eine wundervolle Abwechslung. Man kann dort viel besser spazierengehen als hier, ihr wärt sie los und könntet euren Ausflug genießen, und Ida würde es die Mühe ersparen, extra herzukommen. Dienstag bringe ich sie zurück.«

»Womit würdest du sie füttern?« fragte Millie prompt.

»Das ist das Problem. Ich glaube, ich habe nichts da. Aber ich hatte gehofft, du könntest mir ein bißchen Fleisch für sie mitgeben. Du hast doch bestimmt etwas auf Lager, oder?« Millie zögerte; die Umrisse im Raum verschwammen, und ich griff nach dem Tisch, um mich geradezuhalten. Doch nicht noch eine Rückfrage bei Johnny?! »Ich sollte euch wohl besser sagen, daß sie gerade eben jemanden gebissen hat. Ich mache mir wirklich große Sorgen um sie.«

»Gebissen!« rief Millie.

»Siehste!« sagte Ida gleichzeitig.

Ich erzählte, was passiert war.

»Ich glaube nicht, daß sie ihm wirklich wehgetan hat, aber ich hatte gesagt, daß so etwas passieren kann, wenn sie nicht öfter rauskommt.«

»Tut mir leid, das zu hören«, sagte Millie. »Mach es so, wie du denkst, Frank. Johnny würde sich freuen, das weiß ich.«

»Danke, Millie.«

»Und du bringst sie Dienstag zurück?«

»Ja, Dienstag morgen. Ich kann sie unmöglich einen Tag länger behalten. Ich muß doch zur Arbeit.«

»Wie willst du sie dorthin bringen?« fragte Ida.

»Ich werde ihr das Bahnfahren beibringen!« erwiderte ich fröhlich.

»Tom ist bestimmt nich' erfreut, wenn er merkt, daß sie weg ist«, bemerkte Millie mit einem Gakkern.

Tom, dieses Arschloch, dachte ich, Aber ich sagte es nicht.

Es war kaum zu glauben! Mit der Wucht einer jähen Offenbarung war es über mich gekommen: blitzschnell, unwiderstehlich, wie vorherbestimmt, einfach und klar. Eben war ich noch wie ein Ertrinkender gewesen, ohne jede Hoffnung, und nun lag der Rettungsring direkt neben mir, die Befreiung, der Ausweg, der Weg aus der Falle. Aber er war ja immer dagewesen, zum Greifen nahe! Wieso hatte ich nur nicht daran gedacht? Die Bahn! Die Bahn! Mit Ausnahme des Taxis – in jener unmittelbaren Nachkriegszeit überall sehr schwer zu bekommen, auf keinen Fall aber in solch einer Wildnis wie Stratford und überdies exorbitant teuer – war das die einzige Möglichkeit, denn ein Busschaffner hätte Evie wahrscheinlich ebensowenig als Passagier akzeptiert wie eine Tigerin. Aber die Bahn! Mit Johnny war ich in unseren glücklichen Tagen gelegentlich Bahn gefahren, hatte aber seitdem nicht mehr daran gedacht, da die Busse praktischer waren. Es war eine dampfbetriebene Linie, überirdisch: keine Fahrstühle, keine Rolltreppen. Mit etwas Glück würden wir sogar ein Abteil für uns haben. Der Bahnhof war nicht weit entfernt; in fünfzehn Minuten würden wir in Liverpool Street sein. Was dann noch kam, kümmerte mich nicht. Das allein bedeutete die Rettung, das sichere Ufer, die leuchtende Küste.

Aber als mich Evie wie von Sinnen Richtung Bahnhof schleifte, kamen mir erste Zweifel. Wie sollte ich ihr das Bahnfahren beibringen? Wenn man an ihre Reaktion auf die Krähe dachte, erschien es unwahrscheinlich, daß sie eine einfahrende Dampflokomotive mit Gleichmut aufnehmen würde. Vielleicht konnte ich mit ihr in irgendeiner geschützten Ecke abwarten, bis der Zug zum Stehen gekommen war, und dann schnell hineinspringen. Ich kaufte unsere Fahrkarten und holte ein paar Erkundigungen ein. In zehn Minuten sollte ein Zug kommen, aber ein Blick ins Innere des Bahnhofs, der gerade umgebaut wurde, zeigte sogleich, daß wir um den Bahnsteig nicht herumkamen. Na schön, es gab ja immer noch den Warteraum; dahin würden wir uns verkriechen. Ich führte sie hin. Er war wegen Reparaturarbeiten geschlossen. Uns blieb nur eine Bank, und als ich mich gesetzt hatte, klemmte ich Evie zwischen die Beine und summte ihr beruhigend in ihre schrecklich großen Ohren. Aber wenn ich auch den Ernstfall glücklicherweise vorhergesehen hatte, so hatte ich ihn mir doch nicht realistisch genug vorgestellt. Sobald das riesige Ungetüm in den Bahnhof einfuhr und wie ein Drache im Märchen Rauch speiend auf uns zurasselte, machte sie einen derart wilden Fluchtversuch, daß sie, hätte ich sie nicht schon vorher mit aller Kraft festgehalten, um ein Haar ihren Kopf aus dem Halsband gewunden hätte und davongehetzt wäre. Statt dessen ließ sie sich nun als ein zitterndes Häufchen Elend auf den Bahnsteig fallen, krallte sich mit allen vier Pfoten fest und preßte ihr ganzes Gewicht an den Boden. Der Zug hielt. Ich versuchte sie durch gutes Zureden hinzulocken. Sie rührte sich nicht. Ich zog an ihr. Sie war wie an den Boden genagelt. Abteiltüren öffneten sich, wurden zugeschlagen. Ich streichelte sie, ich flehte sie an, ich gab ihr einen Klaps, ich versuchte sie von hinten zu schieben. Sie bewegte sich nicht einen Zoll. Nackte Verzweiflung bemächtigte sich meiner. Selbst wenn ich es schaffen würde, sie zum Zug zu zerren – es gab keine Hoffnung, sie auch hineinzubekommen. Ich hatte vergessen, wie hoch die Waggons waren; steile Stufen führten hinauf. Dies war also das unrühmliche Ende unserer Flucht; ich würde sie zurückbringen müssen in ihr Gefängnis. Der Schaffner ließ seinen Pfiff ertönen. Das war das Ende. Da sprang plötzlich aus dem Abteil vor mir ein junger Mann zu mir herunter. »Kommen Sie! Wir heben sie hinein!« Sprach's und packte Evie flugs beim Hinterteil. Gehorsam nahm ich ihren Kopf; wir hoben das zitternde Tier zwischen uns hoch, schubsten sie irgendwie ins Abteil, gerade als der Zug anfuhr, und ließen uns hinterherfallen. Wir hatten es geschafft!

Seitdem habe ich oft an den jungen Mann denken müssen, jenen veritablen *Deus ex machina*, der mich – indem er mir in einem entscheidenden Moment meines Lebens Hilfe leistete, die ich nach der Episode mit dem kleinen Jungen nicht hätte erbitten oder, wäre sie mir angeboten worden, nicht hätte annehmen können – ohne viel Federlesen auf jenen schicksalhaften Weg gebracht hatte, der mir zum Verhängnis werden sollte. Er behielt seine heitere Freundlichkeit auf der ganzen kurzen Reise bei, und sie war auch vonnöten, denn nun mußte er Evie ertragen, die ihre Fassung wiedergewonnen hatte, sobald sie glücklich im Abteil gelandet war. Völlig aufgedreht und nicht zu bändigen, warf sie sich von der einen auf die andere Seite des Abteils, hinauf auf die Sitze und hinunter, trampelte auf ihm, seinem Hut und seiner Zeitung herum, wies alle seine Freundschaftsangebote ab und verbellte beständig die vorbeiziehende Stadtlandschaft, die allerdings wirklich wenig Anheimelndes an sich hatte. Um mich für ihre schlechten Manieren, die ich nicht unterdrücken konnte, bei ihm zu entschuldigen, erzählte ich ihm einiges über ihre Lebensumstände. Und wirklich, darin stimmten wir beide überein, welches Verhalten könne man denn sonst von einem Tier erwarten, das sich zum ersten Mal in seinem Leben in einem Raum befand, der wie der Zauberteppich im Märchen durch die Lande flog und flatterte. Immerhin hatten wir diesen Raum für uns allein; andere Reisende näherten sich ihm auf verschiedenen Stationen, aber die bloße Erscheinung eines Wesens, das ihnen wie ein wütender Wolf vorgekommen sein muß, der sie durch die Scheibe hindurch anstarrte, bedeutete ihnen, daß es wohl weiser sei, diskreten Abstand zu wahren.

In der Station Liverpool Street verabschiedete ich mich hastig von meinem guten Geist und entschwand in Evies Schlepptau durch die dampfgeschwängerten Bahnhofshallen rasch seinen Blicken.

Ich entschloß mich, ihr nach dem eben ausgestandenen schrecklichen Erlebnis andere mechanische Transportmittel für eine Weile zu ersparen, selbst wenn sie sich eigentlich anboten. Nachdem ich allerdings ihr Gezerre an meinem Arm die ganze Strecke durch Bishopsgate, Cornhill, Poultry, Cheapside, Newgate und Holborn Viaduct hatte ertragen müssen, fing ich an, meine rücksichtsvolle Entscheidung zu bereuen und mich nach anderen Hilfsmitteln umzusehen. Aber erst als wir Holborn Station erreichten, kam ein Taxi auf der Suche nach Kundschaft vorbei, und nachdem ich den Fahrer bestochen hatte, nahm er uns mit. Als Zielort gab ich Marble Arch an, und er setzte uns am Rande des Hyde Park ab.

Nun kam ich in den Genuß des Vergnügens, das ich uns beiden versprochen hatte: das Vergnügen, sie auf einer Rasenfläche freizulassen. Es war für mich ebenso ein Geschenk wie für sie. Über die offene Parkfläche fegte ungehindert ein rauher Wind, und sie wurde eins mit der wilden, tanzenden Stimmung dieses Tages und flog und jagte in ungezügelter Freude zwischen den windzerzausten Bäumen umher. Und ihre Dankbarkeit war so grenzenlos wie ihr Glück. Dieselbe Aufmerksamkeit, derselbe lockende Ausdruck, den ich schon vorher an ihr bemerkt hatte, prägte auch jetzt ihr Verhalten. So froh sie auch war, ich sollte ihre Fröhlichkeit teilen. Kapriolen zu schlagen war ihr nicht genug, ich mußte mitmachen. Und wer hätte solch einer überschwenglichen Energie widerstehen können, die einen zusammen mit den heftigen Windstößen mit sich fortriß?

Wir durchquerten den Hyde Park und Kensington Gardens. Am Rundteich stürzte sie sich auf die Schwäne und erhielt ihre erste Strafpredigt: Schwäne können gefährlich werden. Von Palace Gate, wo ich sie wieder anleinen mußte, bis zur Hammersmith Bridge mußten wir noch eine unangenehme und anstrengende Asphaltstrecke bewältigen, aber als wir den Treidelpfad auf der anderen Seite der Brücke erreicht hatten, konnte ich sie wieder frei laufen lassen. Es war ein Zeichen ihrer mangelnden Welterfahrung, daß sie den Fluß, der – es war gerade Flut – fast auf gleicher Höhe mit dem Pfad lag, offenbar für einen weiteren seichten Teich gehalten hatte, denn sie warf sich sogleich hinein und versank. Der entsetzte Ausdruck auf ihrer Miene, als sie wieder auftauchte, war erschütternd. Ich eilte ihr zur Hilfe, packte ihr Halsband und zog sie heraus. Nur halb so groß wie zuvor mit ihrem dicht an Rippen und Schenkeln klebenden Fell sah sie so drollig aus, daß ich laut lachen mußte. Das schien sie zu mißbilligen, denn ihr Spiel wurde ziemlich ruppig; sie rempelte mich von hinten an und riß mir ein Loch in den Ärmel. Aber ihr kleines Mißgeschick hatte doch auch seinen Zweck, denn er spülte viel von dem Kohlenstaub des Winderschen Hinterhofes aus ihrem Fell.

»Frank? Hier ist Megan.«

Ich war gerade damit fertig geworden, Evie abzutrocknen. Zum ersten Mal war ich nicht mißvergnügt, als ich diese tonlose Stimme vernahm.

»Ah ja. Ich habe etwas mit dir zu bereden. Wann schreibst du Johnny deinen nächsten Brief?«

»Ich werde ihn wohl Anfang nächster Woche besuchen.«

»Du wohnst ja fast dort!«

»Ich hab' noch mal einen Besuch aus familiären Gründen beantragt.«

»Keine Besuche für mich, ich merke schon.«

»Ich werd's ihm sagen, Frank.«

»Ja, sag es ihm, sag es ihm. Aber ich bin froh, daß du zu ihm gehst. Ich will ihm eine Nachricht übermitteln.«

»Hat er dir nicht geschrieben? Er hat gesagt, er wollte es tun.«

»Ja, ich habe einen Brief erhalten.« Es gab eine erwartungsvolle Pause am anderen Ende. »Aber darüber bist du ja bereits bestens unterrichtet.« Stille. Evie blickte mich aufmerksam an; ich zwinkerte ihr zu. »Oder?«

»Er sagte etwas von Zigaretten«, sagte sie unbestimmt.

»Ziemlich teuren Zigaretten.« Sie sagte nichts. »Oder findest du nicht?«

»Ich weiß nicht«, sagte die dumpfe Stimme.

Verdammte Lügnerin! Er hatte es zusammen mit ihr ausgeheckt, und jetzt wollte sie nichts mehr davon wissen.

»Fünf Pfund ist eine Menge Geld.«

»Fünf Pfund!« wiederholte sie mit einem leisen Kichern. »Davon hat er nie was gesagt.«

»Dabei war es noch nicht einmal ein offizieller Brief«, sagte ich in Gedanken daran, wie sehr es mich gekränkt hatte. Eine dumme Bemerkung. Sie stürzte sich sofort darauf.

»Das konnte es doch auch gar nicht sein, oder?! Ich hab' ihm nur gesagt, was du mir gesagt hast. Du hast gesagt, daß er dir in Zukunft direkt schreiben soll, wenn er was von dir will. Das sollte ich ihm doch sagen.«

Das stimmte. Damit hatte sie mich in der Klemme.

»Ist ja auch egal. Ich möchte, daß du ihm von mir etwas ausrichtest. Es ist wichtig. Hörst du?«

»Ja, Frank.«

»Also hör zu. Es geht um Evie. Ich habe sie für dieses Wochenende hier bei mir, und ich mache mir Sorgen um sie. Ich möchte sie in ein Tierheim auf dem Land geben, bis er heraus ist –«

»Das hat ihm seine Mutter schon gesagt und –«

»Das weiß ich alles. Er dachte, meine Kusine würde sich allzusehr an sie gewöhnen. Aber dies ist etwas anderes. Ich will sie in ein *Tierheim* geben. Ich habe von einem guten Heim gehört. Es ist eine rein geschäftliche Angelegenheit, kein Freundschaftsdienst oder so etwas, also trifft sein Einwand meiner Kusine gegenüber hier nicht zu. Verstehst du das?«

»Ja, Frank.«

»Es ist wichtig. Er merkt doch gar nicht, was mit Evie geschieht. Sie fristet ein kümmerliches Dasein zu Hause bei Millie. Sie kommt nie raus. Überhaupt nicht. Und sie wird bösartig. Hörst du mir zu?«

»Ja, Frank.«

»Schön. Sag ihm das. Millie hat genug von dem Hund. Sie hat es selbst gesagt. Das Tierheim auf dem Land ist also für alle die beste Lösung. Sagst du ihm das?«

»Ja, Frank, ich sag's ihm.«

»Und ruf mich an, sobald du ihn besucht hast.«

»Ja, Frank.«

»Und sag ihm, daß ich auf einen Besuch warte.«

»Ja, Frank. Was soll ich ihm sagen wegen der Zigaretten?«

»Sag ihm, ich denke darüber nach.«

Als ich einhängte, kam mir der Gedanke, daß es wohl vernünftig wäre, mich schon mal nach Miss Sweetings Ansicht und ihren Preisen zu erkundigen, während ich auf Johnnys Entscheidung wartete. Vielleicht war sie sogar außerstande, Evie aufzunehmen, und dann müßte ich mich anderweitig umsehen. Ich suchte die Nummer in Surrey heraus, die mir meine Kusine gegeben hatte, und rief an. Eine Männerstimme antwortete.

»Ist Miss Sweeting da?« fragte ich.

»Am Apparat«, sagte die Stimme.

»*Miss* Sweeting«, wiederholte ich.

»*Am Apparat*!« sagte die Stimme.

»Oh, verzeihen Sie«, sagte ich verwirrt, hustete und stotterte dann ein paar Erläuterungen meine Person und mein Problem betreffend hervor. Ich gab meinem schweigenden Gegenüber einen Bericht von Evies Aufzucht, ihren Lebensumständen, ihrem Mangel an Erziehung und Erfahrung, ihrer nervösen Reizbarkeit. Ohne den Zwischenfall mit dem kleinen Jungen zu erwähnen, beließ ich es bei der Andeutung, daß sie bereits auf dem Weg sei, ein wenig bissig zu werden, und schloß mit der Bemerkung, daß sie eine hübsche und anhängliche Hündin sei. Ob mir Miss Sweeting helfen oder einen Rat geben könne?

»Ja«, sagte die rauhe Stimme. »Erschießen Sie sie. Ist das Beste, was Sie für sie tun können. Ich weiß genau, was für eine Art Hund sie ist. Dutzende solcher Hunde sind durch meine Hände gegangen. Aus ihr kann jetzt nichts Vernünftiges mehr werden, das können Sie mir glauben. Sie wird Ihnen, sich und allen anderen nur Ärger machen und den guten Ruf ihrer Rasse noch mehr ruinieren, als das durch viele falsch behandelte Tiere leider schon geschehen ist. Aber geben Sie ihr keine Spritze; lassen Sie sie erschießen. Geht am schnellsten. Und machen Sie's sofort, denn Sie müssen es am Ende doch machen. Natürlich, wenn Sie wollen, daß ich sie nehme, werd' ich's tun. Aber ich warne Sie: Das wird ziemlich teuer und bringt nichts. Ist nun mal so, tut mir leid. Wiederhören.«

»Warten Sie«, rief ich. Aber Miss Sweeting hatte schon eingehängt.

Ich legte den Hörer auf. Evie saß noch immer an meiner Seite und betrachtete mich mit so ernster Miene, daß ich mich einen herzzerreißenden Augenblick lang fragte, ob sie das Gespräch wohl mitgehört haben mochte. Wie gelähmt starrte ich in ihre Augen, die mich reglos anblickten. Was in aller Welt konnte ich tun? Würde dieses verfluchte Weib meine Nachricht korrekt an Johnny übermitteln? Sie besaß anscheinend kein Gramm Vernunft, solange es nicht um ihren eigenen Vorteil ging. Vielleicht sollte ich besser versuchen, ihm einen jener Briefe zu schreiben, die vielleicht zu ihm durchkommen würden und vielleicht auch nicht. Ich machte mich sofort daran.

Solange es hell war, blieben wir meist an der frischen Luft. Dafür sorgte Evie. Und dabei wurde mir klar, daß ich, ohne es zu merken, alt und träge geworden war und vergessen hatte, daß das Leben selbst ein einziges Abenteuer war. Sie brachte das wieder in Ordnung. Sie besaß den Schlüssel zu dem, was mir abhanden gekommen war, dem Geheimnis der Freude. Das war ein Wort, das ich oft im Mund führte, aber was wußte ich schon davon, dachte ich, wenn ich ihre unausrottbar gute Laune sah, ihren unersättlichen Appetit, nicht auf ihr Fressen (dafür schien sie kaum etwas übrig zu haben), sondern auf Vergnügungen aller Art? Sie hieß das Leben willkommen wie eine Verliebte. Wenn es nach draußen gehen sollte, war ihre Aufregung derart unmäßig, daß es schien, als könne sie das, was sie so sehr ersehnte, nicht ertragen und müsse es verhindern oder die Erfüllung ihres Herzenswunsches solange wie möglich aufschieben. Das tat sie dadurch, daß sie mir meine Strümpfe, meine Schuhe, meine Handschuhe ebenso rasch, wie ich sie anzuziehen trachtete, wieder abjagte und dann in wildem Freudentaumel mit ihnen durch die ganze Wohnung hetzte. Unter hysterischem Lachen verfolgte ich sie dann von einem Raum in den nächsten, nur um mich immer wieder des vorletzten, gerade zurückgewonnenen Gegenstandes beraubt zu sehen. Wenn ich dann endlich alles zusammengesammelt hatte, jagte sie in die Küche, schleuderte das ganze Gemüse aus dem Korb und verstreute Karotten, Zwiebeln und Kartoffeln im Flur, als wären es Blumen auf einem Triumphzug. Sie war wie ein Kind; sie war bezaubernd, und es wunderte und rührte mich zugleich, daß jemand diese Welt so herrlich finden konnte.

Und dennoch – obwohl es ungerecht scheinen mag, Charakterzüge eines Geschöpfes zu tadeln, das wunderbarerweise imstande gewesen war, sich überhaupt seinen guten Charakter zu bewahren –, ich mußte einräumen, daß sie von Beginn an bestimmte Eigenschaften an den Tag legte, die zu bedauern man nicht umhin konnte. Sie hatte sowohl etwas von einem Tyrannen wie von einer Xanthippe. Man konnte diese beiden Züge ständig in ihrem Verhalten der menschlichen Spezies gegenüber beobachten. Entweder machten sie bestimmte Leute nervös, oder sie konnte sie einfach nicht leiden. Es war schwierig festzustellen, welche der beiden Möglichkeiten zutraf. Nicht nur erlaubte sie ihnen nicht, sie anzufassen, sie erlaubte ihnen noch nicht einmal, sich ihr zu nähern oder sie anzureden. Daraus folgte zwangsläufig, daß sie, da wir immer zusammen waren, ihnen auch nicht erlaubte, sich mir zu nähern oder mich anzureden. Sie provozierte sie, mischte sich ein, drohte, und bald gab ich es auf, sie in Pubs oder Geschäfte mitzunehmen, solch scheußliche Szenen machte sie. Ihre Vorstellung vom Leben war vollkommen klar und eindeutig: Sie bestand darin, den ganzen Tag mit mir auf dem Treidelpfad oder im Stadtpark von Barnes zu verbringen, immer in Bewegung zu sein und mich ganz für sich zu haben. Ich erfüllte ihre Wünsche in jeder Beziehung; schließlich hatte ich sie deswegen von dort weggeholt. Aber ich muß hinzufügen, daß ich aus all dem auch ein Gefühl persönlicher Genugtuung bezog, denn es war lange her, so dachte ich bitter, daß jemand auf meine Gesellschaft derart versessen gewesen war.

Was auch immer geschehen mochte, es war klar, daß Evie mich nicht mehr aus den Augen zu lassen gedachte. Ich konnte in meiner Wohnung nicht von einem Zimmer ins nächste gehen, ohne daß sie mir sofort folgte, so als fürchtete sie, ich würde mich in Luft auflösen, wenn ich um eine Ecke ginge und ihre Augen von mir ablassen müßten. Sobald die Dämmerung hereinbrach und die Vorhänge zugezogen wurden, nahm sie das als Beendigung eines Tages voller Spielereien bereitwillig hin und legte sich in meinem Arbeitszimmer friedlich neben mich, zusammengerollt in meinem großen Lehnstuhl oder auf dem Bettsofa ausgestreckt, während ich las oder schrieb. Es gab da allerdings ein stilles, kleines Zimmerspielchen, mit dem sie mich an unserem zweiten Abend unterhielt und mich, ehrlich gesagt, für einen Augenblick in Verwirrung brachte. Nicht daß ich damals den Rückzug hätte antreten können, selbst wenn ich gewollt hätte, so sage ich mir jetzt, da ich zurückblicke. Ich steckte bereits viel zu tief in der Sache drin. Auf der anderen Seite konnte man die ganze Sache leicht mit einem Schmunzeln abtun... Es fing ganz simpel an. Sie saß mir auf dem Bettsofa gegenüber und starrte mich an, ihre langen Vorderläufe hatte sie parallel nebeneinander ausgestreckt, die Pfoten hingen von der Bettkante herab. In dieser Stellung packte sie plötzlich den Ball, den sie sich neben anderen offenbar besonders bevorzugten Gegenständen in Reichweite zurechtgelegt hatte, und setzte ihn auf ihre Beine. Er rollte auf ihnen wie auf Schienen hinunter, fiel zu Boden und hüpfte durch den Raum auf mich zu. Das war alles. Reiner Zufall. Amüsant, weiter nichts. Der Bewegungsablauf war einfach; unsere jeweiligen Sitzpositionen lenkten den Ball zwangsläufig von ihr zu mir herüber. Ich fing ihn mit einer Hand auf und warf ihn ihr mit einem Lachen zurück. Sie packte ihn in ihren Fängen. Aber dann setzte sie ihn wieder auf ihre Beine; er rollte hinab, hüpfte über den Teppich und erreichte meine Hand. Nun legte ich mein Buch fort und betrachtete sie genauer. Der Ball lag in meiner Hand, und sie blickte mich erwartungsvoll an. Eine Sekunde lang zögerte ich, als hätte mir jemand warnend die Hand auf die Schulter gelegt. Dann warf ich ihn in ihren geöffneten Rachen zurück. Sie setzte ihn ein drittes Mal auf ihre Beine. Er bewegte sich nicht. Wie verdutzt schielte sie zu ihm hinunter, gab ihm dann mit ihrer langen schwarzen Nase einen Stups, und er machte sich wieder auf seine langsame, fast gesprächsartige Reise von ihr zu mir. Jetzt aber, just als er die Kante erreichte – war es bloß, weil sie kindischerweise glaubte, sie könne sich doch nicht davon trennen, oder weil sie das anfängliche Stocken geärgert hatte? –, riß sie ihn mit einer raschen, fast tadelnden Kopfbewegung jählings zurück und setzte ihn wieder auf ihre Beine. Er rollte hinab. Er fiel hinunter. Er sprang auf. Er kullerte durch das Zimmer und lag in meiner Hand. Natürlich, ja, ich weiß schon, es ist absurd, allzuviel in das Verhalten eines Tieres hineinzulegen, und später, das habe ich ja schon gesagt, tat ich es mit einem Schmunzeln ab. Aber in jenem Moment beschlich mich das unheimliche Gefühl, daß sie bewußt und in voller Absicht alle ihre kümmerlichen Kräfte zusammengenommen hatte, um mir in meinem eigenen Bereich direkt gegenüberzutreten, und daß sie es geschafft hatte, jene unüberwindliche Grenze, die das Tier vom Menschen trennt, zu überwinden. Ihre Miene trug das Ihre zu dieser flüchtigen Illusion bei. Einige Tiere haben über ihren Augen eine Falte, die der Falte ähnelt, die sich der Stirn eines Weisen durch lebenslange Grübelei eingegraben hat. Was Tiere anbetrifft, handelt es sich natürlich nur um die schlaffen Hautrunzeln über dem Stirnbein, aber oft gibt es ihren Zügen einen ähnlichen Ausdruck von Weisheit. Evie besaß diese »Intellektuellenfalte«, und sie verlieh ihrem Gesicht nun den Ausdruck äußerster Konzentration. Mit der nach unten gerichteten Nase und leicht nach vorn abgewinkelten Ohren folgte sie in tiefstem Ernst dem Lauf des Balles, während er ihre Beine herabrollte, über die Kante fiel, über den Teppich hüpfte und meine Hand erreichte. Dann richtete sie, ohne die Neigung ihres Kopfes zu verändern, ihre Augen unter den runzligen Brauen fest auf mich und warf mir einen Blick zu, den zwei Wissenschaftler nach einem erfolgreich abgeschlossenen, schwierigen physikalischen Experiment tauschen mochten. Aber als ich ihr dann den Ball wieder zuwarf, war es, als fiele die Anstrengung, die sie gemacht hatte – wenn es denn eine war – plötzlich in sich zusammen: Sie wurde wieder zu einem Hund, streckte ihre strampelnden Beine in die Luft und wälzte sich mit ihrem Spielzeug im Maul hin und her. Und als ich ihr aus Neugierde am nächsten Abend anbot, das Spiel zu wiederholen, konnte ich sie nicht dazu bewegen. Sie wirkte betrübt und verwirrt; die Inspiration, einmal erfolgreich, schien sie für immer verlassen zu haben.

Aber wenn ich auch ihre Aufmerksamkeit nicht wieder darauf lenken konnte, so wandte sie ihren Blick doch kaum einmal von meinem Gesicht ab. Solange wir abends zusammensaßen, blieb ich mir ständig ihrer Gegenwart bewußt. Schaute ich auf, fand ich ihren Blick auf mir ruhen, und jedesmal überwältigte mich ihre erstaunlich vielseitige Schönheit aufs neue. Die dunkle Zeichnung in der Mitte ihrer Stirn hatte sich wieder geändert; vielleicht hatte ihr unfreiwilliges Bad im Fluß ein weiteres Detail zum Vorschein gebracht, das der Kohlenstaub zuvor verdeckt hatte. Das dunkle Kastenzeichen hatte noch immer die Form eines Diamanten, doch an beiden Seiten hatten sich nun tiefe Schatten gebildet, die sich quer über ihre Stirn erstreckten, so daß der Diamant bei bestimmten Lichtverhältnissen aussah wie ein Vogel mit ausgebreiteten Schwingen, ein Vogel im Gleitflug. Die dunklen Zeichnungen auf ihrem grauweißen Gesicht – der Diamant mit den flügelähnlichen Flecken, die schrägen, schwarzgeränderten Augen mit den akzentartigen pechschwarzen Büscheln ihrer Brauen, die langen, rußfarbenen Lefzen – teilten es symmetrisch in gleichartige, in zarten Pastelltönen gehaltene Bereiche auf, wie in einem bemalten Kirchenfenster. Der wie von einem Faden zweigeteilte Schädel bestand aus zwei ovalen Lachen von blassem Honiggelb, die Mitte ihres Gesichts war steingrau, ihre Wangen waren silbrig weiß und jede von ihnen mit einem *patte de mouche* geschmackvoll verziert. Umrahmt von einer weichen, weißen Halskrause glich dieses eigentümliche Gesicht mit seinen wie in Blei gefaßten Zügen und dem gelegentlichen Anflug von Trauer, den ihm eine leise Bewegung der Brauen verlieh, dem Antlitz eines Clowns, eines Clowns von Rouault.

Dann bewegte sie sich und hatte sich in etwas völlig anderes verwandelt. Oft thronte sie da in der Haltung einer Sphinx, die Mähne ihres dichten Fellkragens um die Schultern gelegt. Oder sie bog ihren Kopf hinab und legte ihn auf die ausgestreckten Vorderpfoten, so daß er, lang, flach, die unsichtbaren Ohren an den dunklen, sich aufwärts biegenden Hals angelegt, dem Kopf irgendeiner sagenhaften Schlange ähnelte. Oder sie legte sich auf die Seite, den einen silbrigen Vorderlauf ausgestreckt, den anderen am Gelenk angewinkelt, wie in der Pose eines Löwen auf einem Wappen, dessen eine Pranke auf eine Weltkugel gestützt ist. Oder sie zog ihre Beine unter den Körper, wickelte den langen Schwanz dicht um sich herum und rollte sich zu einem so kleinen und kompakten Bündel zusammen, daß sie eher einem Reh glich als einem Hund, wenn ihr schlanker Hals aus dem weichen Gekräusel ihres Körpers auftauchte. Wenn ich aufschaute und meine Augen auf ihre richtete, die, das fühlte ich, auf mir ruhten, dann legten sich ihre großen Ohren sogleich zurück, und ein derart lieblicher Ausdruck trat auf ihre Züge, daß es unmöglich war, nicht aufzustehen und sie zu streicheln, dieses reizende Krishnageschöpf mit seinem Kastenzeichen und seinen mandelförmigen Augen. Ich mußte zu ihr gehen; sie würde nicht zu mir kommen. Die scharwenzelnde Anhänglichkeit ihrer ersten Monate war verschwunden. Ihre Liebe zeigte sich nun mehr von der reservierten Seite. Wenn ich sie rief, wollte sie nicht hören. Reglos wie eine Statue saß sie da, den Kopf zurückgelegt, ihre glühenden Augen zärtlich und unverwandt auf mich gerichtet, und ich mußte mein Buch beiseite legen und, angerührt von ihrer

Liebe und ihrer Schönheit, zu ihr kommen. *Sie* erschießen?!

In der Nacht schlief sie, wo es ihr beliebte, in einem Sessel in meinem Schlafzimmer oder auf dem Bett. Es war ein Doppelbett. Ich hatte es gekauft, damit Johnny und ich zugleich darin Platz hätten. Manchmal rollte sie sich zu meinen Füßen zusammen, aber meistens lag sie auf dem Kissen und legte ihren Kopf dorthin, wo sein Kopf immer gelegen hatte. Sie hatte so gut wie gar keinen Geruch, höchstens vielleicht den schwachen süßlichen Duft von Fell oder Gefieder. Und wenn ich den Raum abgedunkelt hatte, schlief sie sofort ein. Am Morgen weckte sie mich, indem sie mir mit der Pfote auf das Gesicht tapste. Manchmal wachte ich auf und fand sie der Länge nach auf mir ausgestreckt; ihre Vorderpfoten lagen auf meinen Schultern, und sie blickte mir fröhlich ins Gesicht. Ein neuer Tag hatte begonnen...

Samstag, Sonntag, Montag – das Wochenende glitt vorüber. Morgen würde ich sie zurückbringen müssen. Ich konnte sie nicht länger behalten. »Ich muß mir einen Plan machen«, sagte ich bei mir, als ich am letzten Tag das Licht ausdrehte. »Ich werde vorm Schlafengehen darüber nachdenken.« Aber ich dachte nicht darüber nach. Mein Hirn schien außerstande zu sein, die Tatsache zu begreifen, und ich schlief ein, ohne auch nur einen Gedanken zu fassen. »Ich muß mir einen Plan machen«, sagte ich bei mir, als ich am nächsten Morgen meinen Tee trank. »Ich rufe wohl besser den Bahnhof in Liverpool Street an und erkundige mich nach Zügen.« Aber ich tat es nicht. Es war ein schöner, strahlender Morgen; ich starrte auf die Boote hinunter, die vor meinem Fenster den Fluß hinauf- und hinabfuhren. Nicht nur die räumliche Distanz, sondern auch die Erinnerung an jene alptraumhafte Fahrt – das eigentliche Hindernis, das mir nicht aus dem Kopf gehen wollte – trennten mich von Stratford; es lag für mich in ebenso weiter Ferne wie die Hebriden, und Evie dorthin zurückzubringen, erforderte in meiner Vorstellung eine derart tollkühne Entschlossenheit, eine derart gewaltige Anstrengung, daß ich nicht einmal anfangen konnte, an die Ausführung dieses Unternehmens auch nur zu denken. Demgegenüber wirkte nun, da sie in mein Leben getreten war, jene (wie ich vormals gemeint hatte) undenkbare Möglichkeit, sie hier zu behalten, weniger undurchführbar, obgleich die Probe aufs Exempel noch ausstand. Wenn sich überhaupt mein Hirn mit etwas beschäftigte, dann damit. Sie in der Wohnung zurückzulassen, kam nicht in Frage. Ich hatte sie am Samstag zweimal verlassen, um ein paar kleine Einkäufe zu machen, und der Wechsel auf ihren Zügen von hellem Jubel, als sie neben mir zur Tür sprang, zu tiefstem Schrecken und Verzweiflung, als ich sie vor ihrer Nase schloß, hatten mich derart aufgewühlt, daß ich trotz meiner Müdigkeit wie ein Verrückter von Geschäft zu Geschäft hetzte und hörbar über die

Langsamkeit anderer Kunden vor mich hin knurrte, ja mir in einem Laden bei dem Versuch, mich nach vorn zu drängeln, sogar einen Rüffel einhandelte. Für beide Besorgungen war ich nicht mehr als fünfzehn Minuten abwesend gewesen, aber die Zeit war mir, vernarrt und schuldbewußt wie ich war, unendlich lang vorgekommen. Als ich zurückkam, stand sie noch genau dort, wo ich sie verlassen hatte, ihre Stirn gegen die Tür gepreßt... Aber wozu denn Pläne machen? Mein Büro lag schließlich auf dem Weg zum Bahnhof von Liverpool Street... Ich konnte von dort genausogut anrufen wie von hier... Ich hatte ein Zimmer für mich... Ein Versuch konnte nichts schaden... Von dort konnte ich ja den Weg mit ihr immer noch fortsetzen, wenn es nicht klappen sollte. Und ich konnte mich gegen alle Eventualitäten rückversichern, indem ich Millie ein Telegramm schickte. Dies war, jedenfalls was die Planung betraf, fast schon erledigt, bevor ich den Gedanken zu Ende gedacht hatte: Ich teilte ihr mit, daß wir uns möglicherweise verspäten würden und daß sie sich keine Sorgen machen sollte, wenn wir heute nicht auftauchen würden. Vielleicht sollte man ihr auch einen erklärenden Begleitbrief zukommen lassen, nur für den Fall... Wenn ich ihn gleich aufgab, würde sie ihn am Nachmittag erhalten. Ich machte mich sofort daran, und meine Feder flog geradezu über das Papier, als sei der Brief in meinem Kopf seit langem fertig formuliert gewesen und habe nur darauf gewartet, niedergeschrieben zu werden. Ich berichtete von allem, was sich zugetragen hatte, seit ich sie verlassen hatte: die entsetzliche Fahrt, die Spaziergänge durch die Parks (»Wenn Du gesehen hättest, wie begeistert sie sich ihrer Jugend und Kraft freute, würdest Du besser verstehen, was ich meine, wenn ich von dem elenden Dasein, das sie bisher hat fristen müssen, spreche, und davon, wie quälend es ist...«). Ich erzählte ihr, was Miss Sweeting gesagt hatte und daß ich nun Johnny durch Megan fragen ließ, ob ich Evie in ein Heim geben könnte, bis er wieder freikam (»Ich bin sicher, daß er einverstanden ist. Da er ja selbst im Gefängnis sitzt und weiß, was der Verlust von Freiheit bedeutet, würde er nicht so grausam sein, seinen Hund dem gleichen Schicksal zu überantworten...«). Und ich schloß mit der Bemerkung, Evie sei noch immer derart nervös, daß ich Zweifel hätte, ob ich sie im Moment dazu bringen könnte, noch einmal einen Zug zu besteigen. (»Wenn es nicht geht, muß ich versuchen, sie noch ein wenig länger in meinen Tagesablauf einzubauen, obwohl ich im Augenblick nicht sehe, wie das gehen soll. Aber es geht ihr gut, mach Dir keine Sorgen, und ich schreibe Dir bald mehr.«) Nicht nur hatte ich diesen Brief in allzu großer Hast geschrieben, er war auch viel zu lang. Das wurde mir klar, als ich ihn zur Post brachte. Millies Lesekünste waren nicht die besten, und ich erinnerte mich, daß sie mit meiner normalen Handschrift ebenso viele Schwierigkeiten hatte wie mit meiner normalen Ausdrucksweise. Aber es hatte mich zu sehr mitgerissen, um an die besonders deutliche Kinderschrift zu denken, die ich gewöhnlich benutzte, wenn ich ihr schrieb.

Sobald ich damit fertig war, wurde mir außerordentlich leicht ums Herz, ja ich wurde geradezu leichtsinnig. Nichts war bereits entschieden, aber viel Anspannung war von mir gewichen, als ich in bester Laune, wie der legendäre Dick Whittington mit seiner fabelhaften Katze, zu Fuß mit Evie in die Innenstadt aufbrach. In meiner Mappe trug ich ein paar Kekse und einen Blechbehälter für Wasser, um sie während meiner Arbeit bei Kräften zu halten. Aber wir waren nicht weit gekommen, bevor ich zu meinem Ärger und meiner Bestürzung feststellen mußte, daß sich die Gelenke meiner Beine schmerzhaft versteiften. Immerhin hatte ich am Wochenende Entfernungen bewältigt, die ich normalerweise in Monaten nicht zurücklegte. Als wir die Hammersmith Bridge erreicht hatten, hielt ich hoffnungsvoll nach einem Taxi Ausschau, das uns zumindest bis Palace Gate hätten fahren können. Aber ich hatte laufen wollen, und laufen mußten wir. Mein Ziel war das Gladstone House, ein großer Komplex von Verwaltungsgebäuden in der Nähe des Regent's Park. Mein eigenes Büro lag im obersten Stockwerk, dem sechsten. Als ich zweieinhalb Stunden später in die Eingangshalle humpelte, warf ich einen sehnsüchtigen, wiewohl leise zweifelnden Blick zum Fahrstuhl hinüber... Nachdem Evie den in meinem Wohnblock benutzt hatte, durfte man doch annehmen, daß sie jetzt über ausreichend Fahrstuhlerfahrung verfügte?! Aber ach, wie ich befürchtet hatte, gab es für sie einen entscheidenden Unterschied zwischen einem automatischen Aufzug, der außer uns keinen anderen Passagier beförderte und uns ohne Unterbrechung ans Ziel brachte, und einem Lift, der nicht nur einen verdächtig aussehenden Fremden in Gestalt des Fahrstuhlführers beherbergte, sondern auf jedem Stockwerk auch noch andere verdächtig aussehende Fremde aufnahm. Als wir mit einem halben Dutzend irritierter Passagiere an Bord den dritten Stock erreicht hatten und ich sah, daß noch ein halbes Dutzend darauf wartete einzusteigen, wurde mir klar, daß es an der Zeit war, auszusteigen, daß uns niemand daran hindern würde und daß der Fahrstuhlführer es nicht als kränkend empfinden würde, sollte Evie seinen Aufzug niemals wieder betreten.

Mein Arbeitstag, der auf so ermüdende Weise begonnen hatte, ging ebenso zu Ende. Ich hatte die Hoffnung genährt, daß der sechs Meilen lange Marsch, der mich an den Rand der Erschöpfung gebracht hatte, auch Evie ein wenig ermüdet hätte und sie nun geneigt wäre, sich auszuruhen und ein wenig zu dösen, während ich mich meiner Korrespondenz widmete. Dies stellte sich als die dümmste meiner Illusionen heraus. Sie stöberte rastlos überall herum, winselte und jammerte oder stand vor mir und starrte mich an, als könne sie ihren Augen nicht trauen. Sie gab laute Seufzer oder noch lauteres, abgrundtiefes Gähnen von sich und plumpste von Zeit zu Zeit mit einem plötzlichen, dumpfen Bums zu Boden, als wollte sie sagen: »Ach, verdammt, was soll's!« – nur um sich sofort wieder zu erheben. Mit all ihren üblichen Tricks (sie stibitzte meine Handschuhe und drohte sie zu zerfetzen) versuchte sie, meine Aufmerksamkeit auf sich und ihre Wünsche zu lenken. Als das nicht funktionierte, inszenierte sie ein geräuschvolles Katz-und-Maus-Spiel mit ihren Keksen (ohne auch nur einen einzigen zu fressen), indem sie sie über den Teppich schleuderte, bis er von Krümeln übersät war. Und sie fiel mit ihrem wütenden, unerträglichen Gebell nicht nur über jeden her, der den Raum betrat, sondern auch über jedes Schrittgeräusch, das auf dem belebten Korridor zu hören war. Als ich ihr in meinem Ärger einen Klaps versetzte, stützte sie, um mir verzeihend über das Gesicht zu lecken, ihre Vorderpfoten auf meinen Schreibtisch, wobei sie mein Tintenfaß umwarf und sich der Inhalt über meine Papiere ergoß. Trotz alledem fand sie bei meinen Kollegen viel Bewunderung und besaß für eine Weile einen gewissen Neuigkeitswert sogar über unsere Abteilung hinaus, so daß den ganzen Morgen über eine Anzahl neugieriger Schaulustiger vorbeikam. Sie wurden allerdings alle von ihr derart ungnädig empfangen, daß sie uns nicht wieder besuchten.

Nun hatte ich zwar die Frage *ihres* mittäglichen Imbisses bedacht (überflüssigerweise, wie gesagt), an meinen eigenen aber hatte ich keinen Gedanken verschwendet. Als es Zeit wurde, war die Aussicht, einen zu bekommen, nicht gerade rosig. In die Kantine konnte ich Evie nicht mitnehmen, und ich konnte sie auch nicht für die halbe Stunde meines Aufenthalts dort einsperren. Einmal abgesehen von ihren Gefühlen (und meinen) hatte ich nämlich keinen Schlüssel zu meinem Zimmer, so daß irgend jemand während meiner Abwesenheit hineinschauen konnte... Meine einzige Chance (und sie machte eine weitere physische Anstrengung unerläßlich) bestand wohl darin, ein kleines, kaum besuchtes Pub ausfindig zu machen, wo ich ein Sandwich und ein Glas Bier zu mir nehmen konnte. Evies tiefe, lähmende Angst, als sie sah, wie ich mich zum Gehen anschickte, der beinah irre Blick, mit dem mich ihre hervorquellenden Augen durchbohrten und in meinen Augen nach der Antwort auf die einzige Frage dieser Welt forschten: »Ich auch?« – all das, so unwillkommen es war, rührte mich wie immer. Obendrein erzeugte es in mir ein Gefühl von Hysterie, das ihrem vielleicht ähnlich war, die Empfindung, daß ich, wenn ich mich nicht vorsah, gleich loslachen oder weinen oder möglicherweise bellen würde und nie mehr aufhören könnte. Denn eins wußte ich: Sobald ich die Frage entschied, indem ich ihr die Leine anlegte, würde ich praktisch vergewaltigt und in den Schlund der Wendeltreppe hinabgewirbelt wie ein Blatt im Wind. Diese Aussicht war in meinem gegenwärtigen Zustand der Ermattung so wenig vergnüglich, daß ich daran dachte, sie unangeleint hinter mir herlaufen zu lassen, aber ich fürchtete, sie würde in ihrer wilden Abwärtsspirale bis auf die gefährliche Straße trudeln und überfahren werden. Ein paar behäbige Kollegen, die vom unteren Flur heraufstapften, drückten sich entsetzt an die Wand, als wir an ihnen vorbeistoben.

Unsere Expedition war aber lohnender, als ich zu hoffen gewagt hatte. Ein beinah leeres Pub auf der anderen Seite des Regent's Park hatte, was ich am nötigsten brauchte: ein paar Gläser erfrischendes Bier und einen Teller mit Fleisch und Tagesgemüse, den ich mir mit Evie teilte. Bei unserer Rückkehr entschloß ich mich, sie die Wendeltreppe allein hinaufrennen zu lassen, denn sie konnte ja schlecht durch das Dach trudeln. Das Experiment war nicht uninteressant, denn die gewundene Treppe machte sie offensichtlich ebenso schwindlig, wenn sie ohne Leine lief, wie mich, wenn sie angeleint war. Sie jagte so schnell davon, daß ich mich unwillkürlich fragte, ob sie sich nicht eine bleibende Rückgratkrümmung einhandeln würde. Aber die Krümmung, die sie sich in Wahrheit einhandelte, beeinträchtigte eher ihren Verstand, denn wann immer sie einen Treppenabsatz erreicht hatte, verlor sie ihr Gefühl für die richtige Richtung und flog, immer noch herumwirbelnd, ohne innezuhalten, die Treppe wieder herunter, so daß ich ihr beständig begegnete und mich erneut von ihr trennen mußte, sie sozusagen ständig wiedererlangte, nur um sie abzuweisen und erneut zu verlieren.

Damit war allerdings der gelungene Teil unserer kleinen Pause vorbei. Der Nachmittag verging ziemlich genauso wie der Vormittag, nur daß man mich viel mehr allein ließ. Meine Briefe – die wenigen, die ich zu schreiben geschafft hatte – wurden nicht mit eingesammelt, es sei denn, ich legte sie auf die Fußmatte außerhalb meiner Bürotür, wo auch die eingehende Post abgelegt wurde, denn die Sekretärinnen hatten zuviel Angst, um hereinzukommen. Dennoch hörte Evie ihre furchtsamen Schritte und unterließ es nie, ihr Warngebell auszustoßen. Ich machte mich früh davon und hatte, nachdem ich Baker Street, Hyde Park und Kensington Gardens hinter mich gebracht hatte, das Glück, am Palace Gate ein Taxi zu finden, das uns bis Hammersmith Bridge brachte. Evie war munter wie ein Zeisig; ich war es nicht. Aber so anstrengend der Tag auch gewesen war, ich konnte rückblickend dennoch zufrieden sein. Immerhin hatte ich sie durchgebracht, ich hatte sie in mein Arbeitsleben eingeweiht. Und ich erwiderte ihren eigenartigen Blick, mit dem sie mich vom Bett her musterte, und teilte ihr mit, ich hoffte, sie habe nun den einen oder anderen Trick gelernt und würde morgen besser zurechtkommen.

Als sie mich weckte, prasselte es auf das Dach. Das Wetter war einer der Faktoren, die ich in meine Kalkulation nicht einbezogen hatte. Was in aller Welt sollte ich jetzt machen? Vielleicht würde es aufhören zu regnen, bis ich aufgestanden und fertig angezogen war. Im Gegenteil: Es goß stärker als zuvor. Ich wußte aus Erfahrung, daß es vergeblich war, nach einem Taxi herumzutelefonieren. Ich telefonierte herum, vergeblich. Busse kamen nicht in Frage. Wie konnte ich in diesem Regenguß mit ihr in die Innenstadt laufen? Voller Verzweiflung starrte ich ihr ins hellwache, erwartungsvolle Gesicht. Mir fiel auf, daß am unteren Ende ihrer Ohren, in den Öffnungen, der Ansatz ihrer Kopfbehaarung in flauschigen Büscheln hervorsproß. Es sah aus, als hätte sie sich je ein kleines, graues Blümchen, eine Pusteblume vorn in ihre beiden Ohren gesteckt.

»Du kleine Hexe!« knurrte ich ärgerlich.

Dann fiel mir die Stadtbahnstation der Metropolitan Railway in Hammersmith ein. Ich benutzte sie nur selten, obwohl mich ihr, wie ich fand, zynischer Humor immer amüsierte, wenn ich es einmal tat. Schöne Versprechungen, häßliche Wirklichkeit! Nachdem sie einen mit einer erlesenen Reihe von Bahnhöfen mit so romantisch-ländlichen Namen wie Royal Oak, Goldhawk Road, Shepherd's Bush, Ladbroke Grove, Westbourne Park geködert hatte, führte sie einen dann durch einige der abstoßendsten und schmutzigsten Gegenden im Zentrum von London. Aber mit ihr bot sich mir die praktische Lösung meines Problems: Hammersmith war eine Endstation; es gab da keinerlei Komplikationen, jederzeit stand ein Zug abfahrbereit auf gleicher Höhe mit dem Bahnsteig, und er würde uns direkt bis Baker Street bringen. Als der Regen ein wenig nachgelassen hatte, brachen wir auf.

Evie benahm sich abscheulich. In Royal Oak zerrte ich sie aus dem Zug, weil ich ihr ohrenbetäubendes Gebell gegen jeden, der den Waggon betrat, nicht mehr länger ertragen konnte – ebensowenig wie die kühlen Blicke und das empörte Geflüster vom anderen Ende des Abteils, wo sich der Rest der

Passagiere zusammengekauert hatte. Warum nur, *warum* mußte sie sich so aufführen, fragte ich mich, als ich mit dem unerträglichen Tier ausgestiegen war und durch den Regen weiterstapfte. In meinem Büro kam mir den ganzen Tag über derselbe Gedanke wieder und wieder in den Sinn. Sie war ganz offensichtlich hochintelligent, sie war vernarrt in mich – warum, o warum schien sie trotz all meiner Beteuerungen außerstande zu begreifen, daß mein Direktor und die anderen Mitarbeiter, mit denen ich mich in ihrer Gegenwart ständig unterhielt, meine Freunde waren und man es ihnen gestatten konnte (zumindest ihnen!), mein Zimmer zu betreten, ohne sie wiederholten Drohungen auszusetzen? Bevor noch die Hälfte unseres täglichen Arbeitspensums erledigt war, hatte sie die ganze Abteilung in den Zustand spürbarer Zerrüttung versetzt. Am Nachmittag fiel ich in meiner Not mit einem Wutschrei über sie her und verabreichte ihr mit meinen eigenen Händen die deftigste Tracht Prügel, die sie bis dahin von mir bekommen hatte. Einen Augenblick lang verbarg sie sich unter meinem Schreibtisch; dann kam sie hervor und blickte mich mit einer so traurigen und zugleich würdevollen Miene an, daß ich, den Kopf auf meine Arme gestützt, über meinen Papieren zusammenbrach. »Evie, Evie«, stöhnte ich unglücklich, während sich ihre Nase bis zu meiner Wange durchwühlte, »was sollen wir jetzt bloß machen?« Aber ich kannte die Antwort bereits. Ich konnte nicht mehr weiter. Ich konnte noch einen solchen Tag nicht mehr durchstehen. Ich hatte genug.

Die Anstrengung und die Aufregung waren einfach zuviel. Ihr Fleischvorrat war aufgebraucht und meiner ebenfalls, denn ich hatte ihr meine Wochenration überlassen. Wie aber konnte ich Nachschub einkaufen? Es ging nicht anders: Morgen früh mußte sie zu den Winders zurück.

Ahnte sie etwas von dieser Entscheidung? An jenem Abend wirkte sie ganz besonders ruhig und widmete mir die längsten und innigsten Blicke, zu denen sie fähig war. »Verzeih mir, du süßes Geschöpf«, sagte ich. Ich wußte, sie hatte mich in diesen fünf Tagen wirklich mit ihrer Liebe und Sorgfalt überschüttet. Ihrer Ansicht nach hatte sie ihr möglichstes getan, um mich bei Laune zu halten und mich vor Schaden zu bewahren. Sie war mir eine gute Gefährtin gewesen.

Der Pfad des Verrats wird uns oft auf geradezu wunderbare Weise geebnet. Am folgenden Tag hatte sich wirklich alles dazu verschworen, mir meinen schuldbewußten Gang zu erleichtern. Nachdem ich Millie telegraphiert hatte, daß sie uns in Kürze erwarten könne, brach ich früh auf und lief mit Evie den ganzen Weg bis zu meinem Büro – für eine geraume Weile wohl ihr letzter, ausgiebiger Spaziergang –, um einen Blick auf meine Post zu werfen. Als ich mit ihr die Wendeltreppe hinabgestiegen war, um mich auf die Suche nach einem Taxi zu machen, fuhr just eines wie bestellt auf den Eingang unseres

Gebäudes zu. Im Bahnhof von Liverpool Street wartete ein Zug auf uns. Er war fast ganz leer. Evie stieg ohne jedes Zögern ein. Niemand versuchte auf irgendeiner Station zuzusteigen. Sie selbst saß mit dem Rücken zu mir still auf einem der Sitze und sah aus dem Fenster, als versuche sie sich an etwas zu erinnern, das sich schon einmal so zugetragen hatte. Im Nu waren wir in Stratford. Auf dem Weg zu Millie zerrte sie nicht so sehr wie gewöhnlich; als wir beim Haus ankamen, bog sie automatisch an der Pforte ein.

Millie öffnete die Tür, und es war sofort deutlich, daß etwas nicht stimmte.

»Komm, Evie«, sagte sie, indem sie den Versuch des Hundes, sie zu begrüßen, vereitelte. Von mir... nahm sie nicht die geringste Notiz! Obwohl ich nicht dazu aufgefordert worden war, folgte ich ihnen den Flug entlang. Tom saß – zu meiner Überraschung, denn eigentlich hätte er bei der Arbeit sein müssen – in der Küche und aß Fisch. Er nahm ebenfalls keine Notiz von mir. Dickie war wohl bei seiner Tagesmutter.

»Hier, Evie«, sagte Tom und erhob sich mit seinem Teller in der Hand. »Hier ist ein bißchen Fisch für dich.« Evie verkroch sich unter dem Tisch. »Komm schon, altes Haus«, lockte er. Sie blieb, wo sie war. Mit seiner freien Hand hob er die schwere, plüschige Tischdecke. Evies Augen leuchteten grünlich aus dem Dunkel zu ihm herauf. Dies demütigte und reizte ihn. »Rein mit dir!« rief er verärgert und bewegte sich um den Tisch, um sie darunter hervorzutreiben. Dadurch wurde der Weg zur Waschküchentür frei, und sie glitt hinaus. Tom folgte ihr und schloß die Tür. Millie ging zu ihrem Herd hinüber. Niemand bat mich, Platz zu nehmen.

Die Stille wurde bedrückend. Ich brach sie.

»Die Fahrt hierher war einfacher, als ich erwartet hatte.« Millie hatte mir den Rücken zugekehrt und gab keine Antwort. »Ich hoffe, du bist mir nicht böse, weil ich Evie länger als ursprünglich angekündigt behalten habe?«

Millie gab sich einen Ruck und sagte bissig: »Du weißt genau, was ich denke, und weiter hab' ich nix zu sagen. Du hast hoch und heilig versprochen, du bringst sie Dienstag zurück, und du hast dein Versprechen gebrochen, und ich werd' dir nie wieder trauen, und wir wollen ab jetzt keine Hilfe mehr von dir.«

Ich starrte sie entgeistert, aber nicht ohne ein schlechtes Gewissen an. Sie war krebsrot im Gesicht.

»Versprochen? Ich habe nichts hoch und heilig versprochen. Ich habe gesagt, daß ich sie Dienstag zurückbringe; dann kam mir die Idee, sie ein bißchen länger zu behalten, und ich habe es dir geschrieben. Ist das so schlimm?«

»Jawohl, das ist schlimm. Und es nützt überhaupt gar nix, wenn du es jetzt so drehst, wie wenn es nich' so schlimm wär'. Du hast sie unter falschen Vorwand mitgenommen.«

»Meine liebe Millie! Was *redest* du da nur? Hast du meine Telegramme nicht bekommen und meinen Brief, in dem ich dir meine Schwierigkeiten erläutert habe?«

»Ja, ich hab' sie gekriegt, deine Telegramme und dein unverschämten Brief. Wenn du dies Haus so schrecklich und schlimm findest und noch nich' mal gut genug für einen Hund, dann versteh' ich nich', wie du dein eigenen Fuß über diese Schwelle setzen kannst, und es wird auch gar nich' mehr gewünscht, daß du das noch mal tust.«

Sie war ganz offensichtlich äußerst verärgert und, wie mir schien, den Tränen nahe.

»Es tut mir leid, wenn ich dir Kummer gemacht habe«, sagte ich begütigend. »Aber ich muß sagen, ich weiß nicht, wie es dazu kommen konnte. Und ganz bestimmt habe ich mich dir gegenüber nicht absichtlich unverschämt benommen. Ich habe immer nur das Beste für den Hund im Sinn gehabt, ich habe dich auf dem laufenden gehalten, und vor allem habe ich sie zurückgebracht.«

»Ja, aber erst, als ich dir so geschrieben hab', wie ich geschrieben hab'.«

»Geschrieben? Ich habe keinen Brief von dir bekommen.«

»Hast du *wohl*«, sagte Millie, etwas weniger selbstsicher.

»Millie, liebe – nenne mich nicht einen Lügner. Ich habe wirklich keinen einzigen Brief von dir bekommen.«

»Und wieso hast du sie dann gerade jetzt zurückgebracht?«

»Weil ich das arme Tier nicht länger bei mir behalten konnte. Ich habe dir doch in meinem Brief geschrieben, daß ich fürchtete, daß sie mir zuviel würde.« Sie musterte mich noch immer mit ungläubigen, zornigen Blicken. »Wann hast du mir geschrieben?«

»Gestern.«

»Ich bin heute besonders früh aus dem Haus gegangen, noch bevor die Post kam.«

Aber sie war schon zu weit gegangen, um jetzt noch etwas zurückzunehmen.

»Na, wirst ihn schon finden, wenn du wieder zurückkommst, und ich nehm' nix zurück von was ich da geschrieben hab'. Du hast versprochen, du bringst Evie am Dienstag zurück, und du hast nich' nur dein Versprechen gebrochen, sondern du hast mir ein unverschämten Brief geschrieben, der meine Gefühle sehr verletzt hat. Ich weiß, daß mein Johnny im Gefängnis sitzt, auch ohne daß du mir das ständig wieder ins Gesicht sagst, aber ich laß nich' zu, daß du oder sonst irgendwer ihn grausam nennt, denn auf der ganzen Welt gibt's keinen Jungen, der ein weicheres Herz hat, und er hat nie in sein Leben einem Tier was zuleide getan, und Evie ging es überhaupt ganz prima hier in diesen schrecklichen Haus, hatte gut zu fressen und wurde gut behütet –«

»Meine liebe Millie«, unterbrach ich sie gereizt, »ich weiß das alles sehr gut, und ich habe nie etwas anderes gesagt. Alles, was ich gesagt habe, ist, daß sie nie ausgeführt wurde und daß das nicht richtig ist. Und du hast selbst zugegeben, daß es nicht richtig ist. Und wenn es nicht richtig ist, war es verkehrt. Und da Johnny weiß, daß sein Hund niemals nach draußen kommt –«

»Nix weiß er«, entgegnete Millie trotzig, »hat ihm nämlich keiner gesagt. Tom hat es ihm anders gesagt.«

Tiefes Schweigen folgte dieser Bemerkung.

»Ach so ist das«, sagte ich schließlich. »Tom hat ihn angelogen.«

Millie wurde rot und wandte sich ab.

»Nenn es, wie du willst. Es gab keinen Grund, dem Jungen Kummer zu machen. Hat so schon genug Kummer.«

»Er wird bald noch mehr haben, wenn der Hund das Baby gebissen hat«, bemerkte ich trocken.

Tom kam wieder herein und setzte sich, ohne mich eines Blickes zu würdigen, in seinen Lehnstuhl. Sein Gesicht mit seiner bleiernen Farbe und den hohlen Wangen sah sogar noch häßlicher aus als gewöhnlich. Daß beide nur auf mein Gehen warteten, war überdeutlich. So sehr ich zögerte, die Angelegenheit dabei zu belassen – was konnte ich tun? Schließlich – ihr Schweigen war ebenso beredt wie viele Worte –, schließlich war es nicht meine Sache. Was mich noch ein wenig länger festhielt, war nur die geschlossene Waschküchentür. Ich betrachtete sie, und ein Gefühl von Übelkeit bemächtigte sich meiner. Sie liebte mich, und ich hatte sie im Stich gelassen. Konnte ich sie fragen, ob ich ihr auf Wiedersehen sagen dürfte? Aber ich hatte Angst. Die Wut in dieser Küche machte mir angst. Mir blieb nichts anderes übrig, als ihnen auf Wiedersehen zu sagen.

»Dann werde ich jetzt gehen«, sagte ich. »Auf Wiedersehen.«

Millie besaß soviel Anstand, ebenfalls auf Wiedersehen zu sagen, obwohl sie sich nicht umwandte. Tom sagte nichts. Keiner von beiden brachte mich zur Tür.

Millies Brief wartete schon auf mich. Ich hob ihn auf und ging in die Küche. Auf dem Boden standen Evies Wassernapf und die Gemüsereste ihres Fressens von gestern abend. Ich leerte beide Näpfe, wusch sie ab und räumte sie weg. Die Wohnung war so still wie ein Grab. Auf dem Weg ins Wohnzimmer trat ich im Gang auf einen Gegenstand. Es war eine Karotte. Tiefste Niedergeschlagenheit überfiel mich, und ich saß für einige Zeit reglos in meinem Lehnstuhl mit Millies noch ungeöffneten Brief in der Hand. Dann las ich ihn.

Frank,

ich habe dein Brief bekommen, der teilweise richtig unverschämt ist, du bist am Samstag hier aufgekreuzt und hast gesagt, du hast ein bißchen freie Zeit und es wär doch eine gute Idee, wenn du Evie für das Wochenende mitnimmst mit dem Versprechen das du sie Dienstag zurückbringst, du hast nicht nur dein *Versprechen mir gegenüber gebrochen, sondern du hast auch ausgenützt daß ich dir vertraut hab, und überhaupt war Evie ganz glücklich hier und sechs Monate lang hab ich sie gefüttert und für sie gesorgt und den ganzen kalten Winter durch hat Tom nicht nur Zeit verloren von seine Arbeit sondern ist auch immer losgegangen und hat sich in der Kälte angestellt für ihr Fleisch und nun wo sie so eine schöne große Hündin ist und wir sie von ihre Würmer befreit haben, da kommst du her und nimmst sie uns weg,* aber du mußt sie *zurückbringen. Mein Sohn der der Eigentümer von dem Hund ist, hat sie mir gegeben damit ich für sie sorge, bis er selbst für sie sorgen kann und hat gesagt das keiner sie kriegen soll, und du hast sie nun da draußen bei dir und du kannst sie nun zurückbringen nach Stratford und damit sie wieder bei uns in meinem Haus lebt wo alles so furchtbar ist. Und zum letzten weiß ich ganz genau daß mein Sohn im Gefängnis sitzt ohne das du mir daß ins Gesicht sagst und es stimmt nicht was du sagst, er liebt Tiere genauso wie seine Kinder, und er würde nicht mal im Traum daran denken eins einzusperren so wie er selbst eingesperrt ist. Ich bin sehr verärgert über diese ganze Sache aber es ist nicht das erste Mal das ich von deine schrecklich gemeinen Ausdrücke ein Kloß im Hals gekriegt habe, ich werde um 12 Uhr Donnerstag mittag zuhause sein, da erwarte ich Evie zurück.*

Millie

Und genau um 12 Uhr hatte ich Evie zurückgebracht. Kein Wunder, daß Millie es als eine Angelegenheit von Ursache und Folge aufgefaßt hatte! Wie gut, daß ich nicht vorher noch ihren Brief erhalten hatte – wenn sie mir glaubte, daß das so war. Aber die ungekünstelte Aufrichtigkeit, mit der ich das abgestritten hatte, mußte Eindruck auf sie gemacht haben, da war ich sicher. Ein Frachtkahn trieb still an meinem

Fenster vorbei den Fluß hinunter, wie an einem unsichtbaren Faden gezogen... Wie still es in meiner Wohnung war, unerträglich still... Ziellos trottete ich zurück zur Küche und trat wieder auf die Karotte. Jäh aufheulend vor Wut und Schmerz packte ich sie und schleuderte sie in den Abfalleimer. Verfluchte Frechheit, mir so zu kommen! Und das nach allem, was ich für sie getan hatte! Dämliches Pack, ungebildet und stur, was bildeten sie sich ein, sich mir gegenüber derart aufzuspielen?! Alle mochten nun denken, daß ich versucht hätte, den verfl... Hund zu stehlen! Natürlich steckte Tom hinter alledem. »Tom ist bestimmt nicht erfreut, wenn er merkt, daß sie weg ist.« Schade, daß ich sie nicht am Dienstag zurückgebracht hatte. Dann wäre Millie noch auf meiner Seite gewesen. Jetzt war sie es nicht mehr. Tom hatte sie aufgestachelt. »Unter falschem Vorwand« – ich war sicher, das hatte er ihr eingetrichtert. »Was hab' ich dir gesagt? Er hat nich' vor, sie wiederzubringen. Er hat sie unter falschen Vorwand mitgenommen. Hättest sie nich' gehen lassen dürfen, Kumpel. Wirst nie mehr auch nur ein kleines Härchen von ihr zu Gesicht kriegen. Der hat sie doch von Anfang an im Fisier gehabt.« Ich konnte ihn förmlich hören. »Wertvolles Tier« – aber nein, das konnten sie doch nicht denken?! Es war zu ungeheuerlich! Johnny hatte den Hund zuerst mir angeboten, und er hatte es danach doch gutgeheißen, daß ich sie ausführe. Worin lag für sie der Unterschied, ob ich sie auf einen Spaziergang oder für eine Woche mitnahm? Es war schließlich nicht *ihr* Hund, und –

Millie mußte das doch wissen – Johnny wäre hocherfreut darüber, wenn ich sie bei mir behielte, solange ich wollte, besonders wenn er daran dachte... Aber natürlich – er wußte ja nichts davon! Sie hatten ihn angelogen, oder Tom hatte es jedenfalls getan! Und Millie hatte diese Lüge zugelassen! »Es gab keinen Grund, dem Jungen Kummer zu machen.« Aber das war nicht der wahre Grund; der Grund war, Toms häßliches Gesicht zu wahren. »Wenn du und Tom sie weiterhin ausführen«, hatte Millie ihn in jenem früheren Brief zitiert. Ja, das war es! Tom hatte versprochen, sie auszuführen, und war dann zu träge dazu gewesen, hatte aber trotzdem weiterhin vorgegeben, es zu tun! Wie niederträchtig war das, wie gemein! Und er besaß die Unverfrorenheit, Megan »tückisch« zu nennen! Und die aufrichtige Millie hatte dieser Lüge noch Vorschub geleistet! Aber sie hatte sich dafür geschämt! Sie war rot angelaufen wie ein Truthahn! Was für ein Pack! Also hatte Johnny keine Ahnung, was mit seinem armen Hund vor sich ging! Aber er würde es nun bald erfahren, wenn Megan ihn besuchte und ihm meine Nachricht überbrachte. Heute war Donnerstag; wahrscheinlich war sie schon dagewesen. Nun, es würde sich ja bald herausstellen... Aber was sollte man Millie in der Zwischenzeit schreiben? Evie zuliebe wäre es wohl besser, Vorsicht walten zu lassen. Ja wirklich, wie schade, daß ich sie nicht schon am Dienstag zurückgebracht hatte. Und doch hätte ich sie am liebsten noch länger behalten, wenn es nur möglich gewesen wäre! Während ich weiter auf den Brief starrte, ver-

schwamm er vor meinen Augen. Ich hätte sie für
immer bei mir behalten, für immer und ewig...
Aber davon durften sie nichts wissen...

Liebe Millie,

*als ich heimkam, fand ich deinen Brief vor. Es tut
mir so leid, wenn ich dir Aufregung verursacht habe,
indem ich Evie ein bißchen länger behalten habe, als
ich es angekündigt hatte, aber ich dachte, es wäre
nicht so schlimm. Ich wußte, Johnny würde mir
dankbar sein, daß ich ihr die Bewegung gebe, die sie
braucht, die du ihr nicht geben kannst und die Tom
ihr nicht geben will. Also dachte ich, daß du dich
auch freuen würdest, besonders weil du dich so häufig über sie beschwert hast. Ich habe keine Unverschämtheiten beabsichtigt und wollte auch dein
Haus nicht beleidigen. Ich habe nur gesagt, es sei
schlecht für sie, darin eingesperrt zu sein, ebenso wie
es schlecht für sie wäre, bei mir eingesperrt zu sein.
Und ich bin mir jetzt darüber im klaren, daß es
falsch war, Johnny zu beschuldigen, denn es scheint,
als habe man ihm nicht die Wahrheit gesagt. Mehr
kann ich zu alledem nicht sagen, und ich werde deinen Wunsch, keine weitere Unterstützung zu schicken, selbstverständlich respektieren.*

Mit freundlichen Grüßen.

Lieber Frank,

*schönen Dank für dein sehr willkommenen Brief
den ich ohne Schwierigkeiten heute morgen gekriegt
habe, es ist ganz und gar meine Schuld das ich so
hochgegangen bin als du hier warst und es tut mir
wirklich sehr leit und ich hoffe du akseptirst meine*

Entschuldigung, Dickie geht es garnicht gut, ich hätte heute mit ihm zum Doktor gehen sollen aber er wirkte so komisch weil er hat eine Erkeltung und außerdem sind zwei neue Zähne fast durch, dem armen Kerlchen geht es wirklich schlecht, auf eine Seite hat er wie ein großes Ei im Gesicht, ich habe ein Flanell mit Kampferöl draufgetan auch um sein Hals und noch genug Medizin biß Montag. Ich hoffe du bleibst gesund in diesen wechselhaftem Wetter.
Alles Liebe

Kein Wort von Evie! Das fiel mir sofort auf. Also wirklich! Dieser billige Widerruf verblüffte mich ebensosehr wie zuvor ihre wütenden Beschuldigungen. Vor wenigen Tagen hatte sie mich praktisch als Dieb und Lügner aus dem Haus gewiesen; nun sollte, als sei rein gar nichts vorgefallen, einfach so der Frieden wieder einkehren – und vermutlich auch das Geld! Ich las ihre kurze Nachricht noch einmal. Dickie und seine widerlichen Schwellungen! Und kein Wort von Evie! Daß der Anlaß unserer Auseinandersetzung auch nicht mit einem Wort erwähnt wurde, entflammte meine ohnehin schon gereizte Stimmung nur noch mehr. Nicht daß mir einige gnädig gewährte Neuigkeiten über sie auch nur die geringste Genugtuung hätten bereiten können; alles, was es über sie zu berichten gab, konnte ich mir leider nur zu gut ausmalen. Aber die Tatsache, daß sie nicht einmal erwähnt wurde, beleidigte mich. War dieses strittige Thema jetzt als abgeschlossen zu betrachten? Warnte man mich taktvoll davor, es erneut anzuschneiden? Eine herrlich einfache

Lösung, dachte ich, als ich den Brief zum dritten Mal überflog: Jetzt, wo wir den Hund wieder glücklich hinter Schloß und Riegel haben, werden wir – und du auch – kein Wort mehr über sie verlieren! War das die Pille, die ich schlucken sollte? Wenn ja, dann würden sie bald merken, daß sie sich getäuscht hatten! Aber weshalb hatte Megan noch nicht angerufen? Es war bereits Samstag; sie mußte Johnny mittlerweile gesehen haben. Hatte sie ihm meine Nachricht überbracht? Oder – was wußte sie von der ganzen Sache? Natürlich, sie war ja dabei gewesen, als man ihm die Lüge auftischte. Vielleicht hatte sie es vorgezogen, meine Nachricht nicht an Johnny weiterzugeben, denn das würde Tom zwangsläufig bloßstellen. War es nicht möglich – dieser Verdacht traf mich wie der Blitz –, war es nicht möglich, daß sie sie bestochen hatten? Jetzt fiel mir auch wieder ein, daß sie ihnen ja am Ostersonntag nach ihrem Anruf bei mir einen Besuch abgestattet hatte. Es wäre doch nur natürlich gewesen, meinen neuen Plan Evie betreffend zu erwähnen. War es möglich, daß sie sich eingemischt hatten, um ihr Gesicht zu wahren? »Es gibt keinen Grund, dem Jungen Kummer zu machen. Dem Hund geht es prima.« Hatten sie so etwas zu ihr gesagt? Kein Zweifel. Es gab eine Verschwörung, und Megan hatte Johnny meine Nachricht überhaupt nicht überbracht! Ich sollte sie wohl besser aufsuchen, so widerwärtig es mir auch war.

Wie gewöhnlich hatte sie die völlig unpassenden, fleckigen Ripsgardinen entlang des Fensters an der Vorderseite festgesteckt, um die Neugierigen am Hineinschauen zu hindern – und vielleicht Johnny am Hinausschauen, denn er hatte mir einmal erzählt, daß Megan, wenn er, und sei es auch nur für einen Moment, am Fenster stand und hinausblickte, unfehlbar loszetern würde: »Wem glotzt du denn jetzt schon wieder hinterher? Bestimmt einem Rock.« Wenn er sie einfach nicht beachtete, konnte es passieren, daß sie herbeihastete, um der Sache auf den Grund zu gehen. Und gnade ihm Gott, wenn just in diesem Moment zufällig ein Mädchen vorbeiging, er mochte soviel protestieren, wie er wollte, sie würde ihm für den Rest des Tages damit in den Ohren liegen. Vor dem Haus trippelte und posierte die fünfjährige Rita mit einer Puppe im Arm den Bürgersteig auf und ab, offenbar war sie in irgendein kleines, privates Theaterspielchen vertieft. Wessen Tochter sie war, lag offen zutage; sie und ihre Zwilingsschwester Gwen (die sie glücklicherweise zur Großmutter nach Cardiff geschafft hatten) hatten nicht nur Megans Züge und Teint geerbt, sondern auch – so kam es mir vor – ihre miese Verschlagenheit, die sie, wenn sie alle zusammen waren, wie in einer geheimen Verschwörung zu einen schien.

»Ist deine Mutter schon von der Arbeit zurück?« fragte ich, als ich an ihr vorbeiging. Ich hatte Millies Erzählungen entnommen, daß Megan irgendeinem ihrer alten Bekannten in dessen Café irgendwo in der Fulham Palace Road zur Hand ging. Mit einem schmuddeligen Finger im Mund musterte mich Rita für einen Moment (der bohrende Blick aus ihren weit aufgerissenen Augen hatte nichts von dem Dorfdeppenblick ihres Bruders). Dann schüttelte sie den Kopf. Verflucht, dachte ich. Sollte ich heimgehen und später wiederkommen oder warten? Vielleicht wußte einer der anderen Mieter, wann sie wohl zurückkommen würde. Ich stieg die Treppe hinauf und klapperte mit dem Briefschlitz. Megan öffnete die Tür.

»Ach, du bist's«, sagte sie mit einem schwachen Lächeln und drückte sich an die Seite, um mich einzulassen. »Ich wollte dich gerade anrufen.«

»Deine Tochter sagte, du seist nicht zu Hause«, bemerkte ich säuerlich, als ich ihr folgte.

»Ich weiß nich', was ich mit ihr noch machen soll«, meinte Megan träge. *Ich* wußte wohl, was man mit ihr machen sollte, aber ich sagte nichts.

Was auch immer alles an Johnnys Frau zweifelhaft war, ihr Zustand stand völlig außer Frage, dachte ich mit einem Schaudern, als ich ihr in das vordere Zimmer folgte. Man konnte es ihr aus drei Meilen Entfernung ansehen, wie man so sagt. Zweifellos war das Unternehmen der Zeugung eine feierliche, eine heilige Handlung. Aber wenn ich das Ganze überhaupt unter diesem Blickwinkel sehen konnte, sah ich doch nur *noch* eine kleine Gwen-Rita in ihr stecken oder noch einen Dickie.

»Ich wollte grad' eine Tasse Tee trinken«, sagte sie. »Willst du auch eine?«

Ich verneinte kühl. Sie aufzusuchen, war *eine* Sache; eine ganz andere war es, ihre Gastfreundlichkeit in Anspruch zu nehmen. Das Zimmer war immer nur spärlich mit all dem Krimskrams ausgestattet gewesen, den Johnny der Einrichtung, die Millie ihm zur Hochzeit geschenkt hatte, und den wenigen Gegenständen, die von mir stammten, hatte hinzufügen können; jetzt wirkte es noch kahler als gewöhnlich. Die große Uhr, die ich ihm kurz nach Gründung seines Hausstandes geschenkt hatte (in der törichten Hoffnung, er würde manchmal einen Blick darauf werfen, wenn er mit mir verabredet war), das Radio, der Kreuzritter, der sich als Zigarettenanzünder und die Messinggans, die sich als Kleiderbürste entpuppten, der vergoldete Spiegel und die beiden scheußlich verzierten Vasen – diese Dinge waren vom Kaminsims verschwunden und befanden sich zweifellos allesamt wieder dort, wo sie sich häufig einzeln aufhielten: beim Pfandleiher. Dafür prangte dort wieder ein Foto von mir, das einstmals einen bevorzugten Platz genossen hatte, bis es Megan gelang, es irgendwo zu verlegen. Es war ein netter Schnappschuß, besser gesagt, es stammte aus einem netten Schnappschuß von mir und Johnny in seiner Marineuniform, den ich für ihn hatte vergrößern und rahmen lassen. Nun beherbergte der Rahmen ein widerwärtig koloriertes Bild von Dickie, und ich (Johnny hatte man weggeschnitten) steckte in der unteren Ecke neben ihm. Weiter konnte eine Restauration wohl kaum gehen. Es war offensichtlich, daß ich in Megans Augen jetzt ein rechtes Goldstück war.

»Setz dich doch«, sagte sie mit ihrer tonlosen Stimme und wies auf Johnnys Sessel. Ich wählte als

Zeichen meines eher formellen Besuchs einen Stuhl am Tisch, kratzte mit dem Fingernagel die klebrigen Reste einer Bratkartoffel von der Sitzfläche und nahm Platz. Megan setzte sich wieder zu ihrer Teetasse in einen Stuhl neben dem kleinen, flackernden Ofen.

»Und wie geht's so?« fragte ich frostig.

Sie zuckte mit den Schultern: »Könnte schlimmer sein. Ist langweilig so alleine, du weißt ja.« Was meinte sie mit ihrem »du weißt ja«? »Ist es nicht furchtbar kalt heute?«

Frauen ist immer zu kalt, dachte ich, und eigentlich konnte sie das doch nicht überraschen, wenn sie so spärlich bekleidet herumliefen, oder?! Der bloße Anblick ihrer nackten Beine ließ mich frösteln.

»Hier hast du es aber immerhin hübsch warm und gemütlich«, sagte ich.

»Ich hab' den Ofen noch nich' lange an«, entgegnete sie rasch, fast entschuldigend, als hätte ich sie irgendwie angegriffen. »Die Dame von oben hat mir ein Häufchen Kohle geliehen.«

»Und dein Besuch bei Johnny?«

»Ich war am Mittwoch bei ihm.«

»Du hattest doch gesagt, du würdest mich sofort anrufen.«

»Wollte ich ja gerade machen.«

»Was hat er gesagt?«

»Er hat gesagt, er schickt dir bald einen Besucherschein.«

»Schön, schön. Aber was ist mit Evie?«

»Oh, er sagt, er will nich', daß sie weggeht.«

»Wieso denn das?!«

»Ich weiß nich'. Er hat's halt so gesagt.«

»Aber er muß doch einen Grund genannt haben. Hast du es ihm richtig erklärt, daß es ein Tierheim ist und nicht irgendeine Bekannte?«

»Ja, ich hab's ihm erklärt.«

»Na, und was hat er gesagt?«

»Er hat gesagt, er ist ja bald draußen, und dann kann er selbst für sie sorgen.«

»Bald!« rief ich. »Es sind noch fünf Monate!«

»Vier«, sagte Megan. »Ist nich' mehr so lang hin.«

»Für ihn ist das vielleicht nicht lang«, entgegnete ich wütend. »Er hat noch viele vier Monate vor sich in seinem Leben. Aber ein Hund lebt nur ungefähr zwölf Jahre. Vier Monate sind ein großer Abschnitt in Evies Leben.« Megan runzelte ihre blassen Augenbrauen und starrte mich an. »Bist du sicher, daß du ihm alles gesagt hast, worum ich dich gebeten hatte?«

»Ja, ich hab's ihm gesagt.«

»Ich verstehe ihn nicht. Warum in aller Welt sollte er etwas dagegen haben? Hätte ich ihn doch nur selbst sehen können! Wann steht ihm sein nächster Besuchstermin zu?«

»Ich glaube, in etwa zwei Wochen.«

»Ich hoffe, daß ich ihn diesmal zugesprochen bekomme. Ich möchte auf jeden Fall mit ihm über sie reden.«

»Was ist denn mit ihr?« fragte Megan.

Ich öffnete meinen Mund. Dann schloß ich ihn. Dann öffnete ich ihn wieder.

»Vielleicht hast du nicht verstanden, was ich dir am Telefon erzählt habe?«

»Daß sie nich' rauskommt?« Megan starrte mich mit ihren blaßgrünen Augen an. Ich nickte ermutigend. »Aber ich dachte, du hättest sie bei dir in Barnes gehabt?«

»Was hat das damit zu tun?«

»Na, dann *ist* sie doch draußen gewesen, oder?«

Schweigend musterte ich sie für einen Augenblick. Eine schwarze Haarlocke hing in einer Art schlaffen Schleife über ihr eines Auge. War die Frau blöde? Oder führte sie mich an der Nase herum?

»Glaubst du, ein Wochenende Auslauf alle sechs Monate ist genug für einen jungen Hund?«

»Weiß nich'. Daran hab' ich nie gedacht.«

»Du hast wohl auch nicht daran gedacht, Johnny davon zu erzählen?«

»Ich hab's ihm erzählt«, erwiderte sie tonlos.

»Das war aber nett von dir«, lächelte ich freundlich, »besonders nachdem sie dich gebeten haben, es nicht zu sagen.« Sie starrte mich auf ihre verkniffene Weise an. »Millie und Tom«, ergänzte ich.

»Sie haben überhaupt nix gesagt.«

»Ach, hör doch auf! Nachdem du es mit ihnen besprochen hast am Ostersonntag?!«

»Ich hab' überhaupt nix gesagt«, sagte sie und stocherte im Feuer.

»Ich mache dich doch gar nicht dafür verantwortlich, verstehst du?« Und nach einer Weile fügte ich hinzu: »Millie behauptet, daß er nichts davon weiß, mußt du wissen.«

»Ach?!« Megan richtete wieder ihre blassen Augen auf mich.

»Ja. Sie sagt, Tom hat es ihm anders erzählt. Sie dachten, er hätte schon genug Kummer, sagte sie.« Megan blieb stumm. »War es nicht das, was sie zu dir gesagt haben, als sie dich baten, du solltest ihn nicht wegen Evie plagen?«

»Sie haben überhaupt nix zu mir gesagt«, entgegnete sie schwach.

»Ich bin sicher, Johnny hätte mir erlaubt, sie in ein Tierheim zu geben, wenn er gewußt hätte, was mit ihr geschehen ist.«

»Vielleicht wußte er nich', was er von der ganzen Sache halten sollte, wenn Tom ihm was anderes erzählt hat«, schlug Megan hilfsbereit vor.

»Sehr gut möglich. Was hat Tom ihm erzählt?«

»Ich weiß nich', was er ihm erzählt hat.«

»Aber du warst doch auch da!« rief ich gereizt.

»Ich habe nich' zugehört. Ich achte nich' auf was Tom so sagt.«

»Aber du *mußt* es gehört haben! Du hast am Telefon gesagt, du hättest gehört, wie Millie Johnny gefragt hat, ob wir Evie nicht zu meiner Kusine schikken sollten.«

»Hab' ich nie gesagt«, sagte Megan schlicht.

»Aber Megan, natürlich hast du. Ich erinnere mich genau.«

»Ich? Nie.«

Ich starrte sie voller Widerwillen an. Johnny hatte mir oft erzählt, daß sie stur wie ein Esel sein konnte und daß der unwiderlegbarste Beweis ihres Irrtums sie nicht dazu veranlassen konnte, ihn aufzugeben, wenn sie einmal auf eine Argumentationslinie verfallen war, die ihr in den Kram paßte. Ich wollte sie nicht gegen mich einnehmen. Ihre verächtlichen Hinweise auf Tom legten eine andere Taktik nahe.

»Was hältst du von Tom?«

Sie zuckte mit den Schultern: »Er ist öde.«

»Du magst ihn nicht?«

»Ich achte nich' so sehr auf ihn.« Ihre blutleere Hand steckte die schlaffe Schleife, die sich gelöst hatte, wieder fest. »Er mag mich nich', soviel weiß ich.«

Das war jedenfalls eine wahre Aussage, wahrscheinlich die erste, auf die wir bisher gestoßen waren.

»Mich mag er auch nicht.«

Einen Augenblick lang musterte sie mich neugierig.

»Hattet ihr Krach?«

»Also, wir hatten eine kleine Auseinandersetzung«, erwiderte ich vorsichtig, »aber es scheint, daß sie vorüber ist. Ich habe Evie ein paar Tage länger behalten, als ich es angekündigt hatte, und sie haben sich darüber aufgeregt. Um genau zu sein, sie wurden ganz schön grob. Mir tat es wirklich leid, ich mag Millie sehr und wollte nicht, daß sie sich aufregt. Tom steckte hinter allem.«

»Ich mag diesen Tom nich'«, sagte Megan nachdenklich und kratzte sich am Bein. »Er ist eifersüchtig.«

Diese Bemerkung verblüffte mich derart, daß ich sie mit offenem Mund angaffte. Dann fing ich mich wieder und sagte:

»Du meinst, er ist eifersüchtig auf mich?« Sie nickte grinsend. »Ich hab' das geahnt. Aber es ist seine eigene Schuld. Wenn er den armen Hund öfter ausgeführt und weniger verprügelt hätte, würde sie jetzt an ihm hängen und nicht an mir.«

Megan stieß ein einziges schrilles Quieken aus und schlug sich ihre Hand vor den Mund, wie sie es immer tat, wenn sie lachte, um die Tatsache zu verbergen, daß ihre Vorderzähne schon ziemlich angefault waren. Ich sah sie erstaunt an.

»Er ist ja auch wegen Millie eifersüchtig«, stieß sie prustend hervor.

»Wirklich?« Ich fragte mich, was daran so komisch war.

»Er glaubt, du bist hinter ihr her«, quiekte Megan.

Ich starrte sie wie betäubt an.

»Ich? Millie?« Ich begriff es einfach nicht. »Was in aller Welt meinst du?«

Mit Mühe riß sie sich zusammen.

»Du gibst ihr doch Küsse, oder? Er mag das nich'.«

»Unsinn!« Ich fühlte, wie ich rot wurde. »Ich gebe Millie seit Jahren dann und wann einen freundschaftlichen Kuß.«

»Er mag es nich'. Frag Johnny. Johnny hat ihm gesagt, er soll doch nich' so blöd sein.«

»Wann war das?«

»Oh, ist schon lange her. Aber ich hab' mir gedacht, es ist wohl wieder so, weil ich Tom da so was sagen gehört habe.«

»Was hast du Tom sagen hören?«

Megan zögerte. Dann kicherte sie.

»Ich hab' gehört, wie er gesagt hat: ›Ich hau' ihm die Rübe ab, wenn ich seh', daß er das noch mal macht!‹ Ich mag diesen Tom nich'.«

»Er muß verrückt sein!« sagte ich angewidert. Millie! Aber nun, da so eine ungeheuerliche Verbindung einmal hergestellt worden war, fielen mir einige rätselhafte Vorfälle wieder ein. »Na, ich denke, es kann nicht schaden, das zu wissen. Danke, daß du es mir erzählt hast. Wundert mich, daß Johnny es nicht getan hat.« Das Thema war mir, gelinde gesagt, peinlich. Mein Blick wanderte durch den kahlen, unordentlichen Raum. »Wenn Johnny mir nicht gestattet, Evie aufs Land zu schicken, meinst du, er würde sie mir verkaufen?«

»Sie verkaufen?« Megan betrachtete mich aufmerksam. »Nein, ich glaube nich', daß er das tun würde.«

»Er wird nie selbst für sie sorgen können, weißt du. Auf gar keinen Fall. Sobald er entlassen wird, wird er sich Arbeit besorgen müssen, und er wird genug damit zu tun haben, für dich und die Kinder zu sorgen – vier Kinder«, fügte ich mit einer Kopfbewegung auf ihren Bauch hinzu, »auch ohne den Ärger und die Kosten für einen großen Hund. Wie, beispielsweise, will er sie denn füttern? Sie braucht Pferdefleisch, das ist teuer, und Tom muß dafür Schlange stehen. Du kannst dir doch nicht vorstellen, daß Johnny so etwas tut, oder? Sogar, wenn er die Zeit dazu hätte? Ich glaube kaum, daß *du* das tun würdest, oder?«

»Oh, *ich* doch nich'!« lachte Megan.

»Na also. Und wer führt sie aus? Sie ist wild. Du könntest sie unmöglich festhalten, und Johnny wird den ganzen Tag bei der Arbeit sein.«

»Ich glaube nich', daß er sie verkaufen würde«, sagte Megan.

»Ich werde ihm einen guten Preis für sie zahlen. Ich werde ihm fünfundzwanzig Pfund geben.« Ich hatte mir über die Summe keine Gedanken gemacht. Sie kam mir einfach in den Kopf. Megan stierte mich an. »Das wäre dir doch lieber als der Hund, oder?«

»Oh, *ich* will den Hund überhaupt nich'!«

»Es ist bestimmt viel mehr, als sie wert ist. Die Arme taugt jetzt sowieso nicht mehr viel. Und so ein Sümmchen wäre euch beiden doch eine große Hilfe, oder? Findest du nicht auch, daß das eine vernünftige Idee ist?«

Meine Stimme hatte einen flehentlichen Ausdruck angenommen. Megan spürte das.

»Weshalb willst du sie denn haben, wenn sie nicht mehr viel taugt?«

»Ich will sie nicht haben. Will sagen, ich kann sie gar nicht versorgen, ebensowenig wie es Johnny kann. Nur diese paar Tage mit ihr haben ein Wrack aus mir gemacht. Aber sie tut mir leid. Das ist alles. Ich habe keine anderen Absichten. Ich – ich kann es nicht ertragen, an sie zu denken. An ihre Einsamkeit. Ich kann's nicht ertragen. Es bringt mich völlig durcheinander. Aber, weißt du, wenn sie mir gehören würde, könnte ich sie irgendwo unterbringen, wo sie es besser hat...«

»Ich glaub' nich', daß er sie verkauft«, sagte Megan. »Aber ich frag' ihn, wenn du willst. Ich schreibe ihm bald.«

»Ja. Tu das. Ich selbst werde ihn fragen, wenn ich ihn besuche. Aber ich habe das Gefühl, daß es sehr dringend ist. Sage ihm, ich gebe dir in dem Moment, in dem er zustimmt, fünfundzwanzig Pfund bar auf die Hand.«

»Keine Sorge, ich werd's ihm sagen.« Und es sah wirklich so aus, als könnte sie es diesmal vielleicht schaffen, diese Nachricht korrekt zu überbringen. »Aber ich glaub' nich', daß er sie verkauft. Er ist total schmachtig, was sie angeht.«

»Schmachtig?«

»Na, rührselig, du weißt schon. Wenn er von ihr spricht, purzeln ihm Tränen die Backe runter. Ehrlich wahr! Zum Brüllen! Jedesmal wenn ich da bin, fragt er nach ihr, und er braucht bloß ihren Namen zu sagen, da purzeln ihm die Tränen aus den Augen! Wie ein Baby!«

Was *erzählte* dieses Weib da? Ich sagte: »Aber er hat sie nicht mehr gesehen, seit sie ein kleines Hündchen war.«

»Oh, sie ist sein Goldstück!« lachte Megan.

Was für ein unbegreiflicher Menschenschlag! Was sollte man von ihnen halten? Ich erhob mich zum Gehen.

»Na, wenn sie ihm wirklich so viel bedeutet«, sagte ich schroff, »sollte er sie mir besser sofort verkaufen, sonst ist sie nämlich tot, wenn er rauskommt.«

Klein Rita trippelte noch immer vor dem Haus auf und ab und wackelte mit ihrem Hintern hin und her. Ich warf ihr einen finsteren Blick zu, als ich vorbeiging. Das war ein Fehler, wie ich später zu meinem Leidwesen feststellen sollte. Stumm sandte sie mir mit ihren weit aufgerissenen Augen diesen verwirrenden Blick nach, den sie zweifellos schon auf Polizisten und andere unwillkommene Besucher anzuwenden gelernt hatte. Bevor ich um die Ecke verschwand, drehte ich mich noch einmal um. Sie stand immer noch da, den Finger im Mund, und starrte mir nach.

Aber es ließ mir keine Ruhe. Die Vorstellung des gepeinigten Hundes verfolgte mich weiterhin, und der Argwohn, der an meiner nun ärger denn je gereizten Seele fraß, war durch meine Unterredung mit Megan nur verschärft worden. Tom Winder haßte mich. Ich hatte das schon zuvor gespürt, jetzt aber gab es keinen Zweifel mehr. Im Zusammenhang mit Megans bestürzender Enthüllung ergaben nun eine Anzahl bisher unerklärlicher Vorfälle einen Sinn, und in einer derart aufgeladenen und nun noch bedrohlicheren Atmosphäre schien es mir absolut zwingend geboten, die Wahrheit der ganzen Angelegenheit ans Licht zu bringen. Was hatten sie mit Evie vor? Wenn ich erneut fragte, ob ich sie mitnehmen könnte, was würden sie antworten? Das war alles, was für meine aufgewühlte Seele jetzt noch zählte. Das war die Probe aufs Exempel; von ihr hing alles andere ab. War es wirklich möglich, daß man mir Hindernisse in den Weg legen würde? Wie konnte ich das herausfinden, ohne den Frieden zu stören, den Millies Brief – den ich, noch immer unbeantwortet, in der Hand hielt – auf so entwaffnende Weise wiederhergestellt hatte? Eigentlich aber konnte ich zum gegenwärtigen Zeitpunkt gar nichts für Evie tun. Ich hatte sie doch gerade erst zurückgebracht und hatte auch gar keine Zeit (und zugegebenermaßen auch keine Neigung), sie wieder bei mir zu haben. Ich liebte sie, aber das süße Geschöpf war zuviel des Guten; eine zweite Dosis konnte ich jetzt noch nicht gebrauchen. Und ich wollte auch nicht nach Stratford fahren, um sie zu sehen. Ich wollte sie sehen, aber ich wollte nicht nach Stratford fahren. Der bloße Gedanke an meinen nächsten Besuch, bis zu dem es noch einige Wochen hin war, flößte mir äußersten Widerwillen ein. Aber obwohl ich kein unmittelbares Interesse und keine Sehnsucht danach hatte, sie wieder mitzunehmen, packte mich doch der durch Millies Brief erregte und von Megans Offenbarung gesteigerte Argwohn wie ein Fieberanfall – der Verdacht, daß ich auf Widerstand stoßen würde, wenn ich es versuchte. Auf welche Weise konnte ich das herausfinden? Wie war die Antwort zu formulieren, die sie, ohne Anstoß zu erregen, zwingen würde, ihre Karten auf den Tisch zu legen? Die ganze Angelegenheit war so heikel geworden, daß schon Evies Erwähnung auf sie wie eine Herausforderung wirken könnte, wie ein weiterer Versuch, sich in ihr dummes Leben einzumischen... Vielleicht war es klüger, dachte ich mit einem finsteren Lächeln, als ich den Brief wieder hinlegte, vielleicht war es klüger, bevor man schlafende Hunde weckte, abzuwarten, bis ich Johnny gesprochen oder eine Antwort auf meinen Vorschlag erhalten hätte... Aber warten, warten warten! Das Leben bestand aus nichts anderem als Warten! Warten auf dies, Warten auf jenes... Hätten *sie* gewartet? Kein bißchen! Sie machten, was sie wollten! Und bekamen, was sie wollten! Außerdem – ich nahm den Brief wieder auf –, wenn diese besänftigende, friedliche Stimmung echt war, was konnte sie stören? Im Handumdrehen hatte Millie die Uhr einfach zurückgedreht: Meiner Ehre war Genüge getan, man hatte sich entschuldigt, sie hatte sich selbst bezichtigt. Man konnte also annehmen, das der *Status quo* völlig wiederhergestellt war: Freundschaft, Geld, Vertrauen gegen Vertrauen und Hund. Wirklich, warum noch zögern? Dieser arglose Freispruch zog seine arglose Antwort geradezu zwangsläufig nach sich, die Antwort eines Unschuldigen. Aber natürlich! Der Trick (wenn es denn ein Trick war) funktionierte nur zu gut! Ich setzte mich sofort hin und kritzelte einen netten, ja sogar überschwenglichen Brief aufs Papier. Ich schrieb, wie glücklich ich über ihren Brief gewesen sei und wie erleichtert, daß unsere Freundschaft nicht gelitten habe. Ich erkundigte mich mit herzlichen Worten nach jedermanns Befinden, schrieb, daß ich selbst besonders froh sei, daß ich in Kürze einen Besuch bei Johnny zu erwarten hätte, und schloß mit einer bewußten Lüge: »Mit etwas Glück kann ich mir an diesem Wochenende ein Auto ausleihen. Dann würde ich gern hinausfahren, um Euch alle zu sehen. Ich könnte Evie damit, mit Deiner Erlaubnis und nur für eine Nacht, mit zu mir nach Barnes nehmen. Es wäre eine gute Gelegenheit, mit ihr aufs Land zu fahren, und diesmal, da kannst Du sicher sein, werde ich sorgfältig darauf achten, sie pünktlich zurückzubringen.«

Nun werden wir ja die Wahrheit erfahren, dachte ich grimmig, als ich den Brief einwarf. Wenn ihre Antwort positiv ausfiele, könnte ich ja immer noch sagen, daß die Sache mit dem Auto sich zerschlagen hatte.

Millies Antwortbrief kam postwendend.

Lieber Frank,

schönen Dank für den sehr willkommenen Brief den ich ohne Schwierigkeiten gekriegt habe und wie froh ich bin, das du in so gute Stimmung bist und bald Johnny besuchst, ich hoffe du hast weiter so schönes Wetter und ihr habt beide eine schöne Zeit, es wird dich freuen zu hören das Dickies Gesicht schon viel besser ist trotz dem das seine Erkältung ihm immer noch ganz schön plagt und ich geb ihm jetzt einen Sirup aus der Drogerie aber mach dir keine Sorgen, ich hab ihn bald wieder ganz gesund. Diesen Samstag bin ich zuhause, wenn du dann kommen möchtest aber komm nicht Sonntag weil dann sind wir tagsüber bei Megan und ich fürchte du kannst Evie für eine Weile nicht ausführen weil ihr geht es nicht gut.

Also bis denn und alles Gute.

»Geht es nicht gut«! Bei diesen Worten legte es sich mir eiskalt aufs Herz. Dann fiel mir auf, daß in Verbindung mit den Worten »für eine Weile« vielleicht eine bestimmte, typisch weibliche Unpäßlichkeit umschrieben werden sollte. Daran hatte ich nicht gedacht. Konnte es stimmen? Oder war es ein Vorwand? Ich holte Erkundigungen in der Hundewelt ein. Ja, es konnte stimmen, und wahrscheinlich stimmte es sogar; Evie war ungefähr acht Monate alt, also in dem Alter, da Hündinnen in der Regel zum ersten Mal läufig werden. Dann wäre sie für drei Wochen außer Reichweite für mich. Zum Verrücktwerden! Nun würde ich diese ganze Zeit warten müssen, um meine Zweifel endgültig auszuräumen! Aber Millies Brief war prompt gewesen, er klang nicht irgendwie ungewöhnlich, er war freundlich, ja geradezu beschwingt – aber das war ja auch kein Wunder nach so einem großartigen Schachzug, dachte ich düster, der mich matt gesetzt hatte.

Und dann, ganz plötzlich, am folgenden Tag – Megan mußte sich offensichtlich verrechnet haben – kam die Erlaubnis für einen Besuch bei Johnny! Ich erkannte den braungelben, offiziellen Umschlag gleich und stürzte mich geradezu auf ihn. Der Zettel darin war vom Direktor unterzeichnet und berechtigte zu einem Besuch des genannten Gefangenen an irgendeinem Nachmittag zwischen 13.30 und 15.30 Uhr. Johnny! Endlich! Dann bemerkte ich zu meinem Verdruß, daß nicht Johnny der Gefangene war, sondern ein gewisser Albert Newby. Idioten! Pfuscher! Sie hatten mir den falschen Besuchsschein geschickt! Mit einem Wutausbruch schickte ich ihn samt einer knappen Notiz an den Direktor zurück, in der ich sagte, daß hier ein Irrtum vorläge, daß der Gefangene, den ich kannte und zu sehen wünschte, John Burney hieß und daß ich noch nie in meinem Leben von einem Albert Newby gehört hätte. Wenn dieser Fehler doch bitte schleunigst korrigiert werden könnte.

Aber ich erhielt die korrigierte Besuchserlaubnis nicht zurück. Nichts kam zurück, keine Empfangsbestätigung, überhaupt keine Antwort. Drei Tage fruchtlosen Wartens vergingen, und ich fing an, innerlich zapplig zu werden. Auch am vierten Tag noch keine Nachricht. Vage Unruhe und unbestimmte Zweifel beschlichen mich. Am sechsten Tag eilte ich in einem Angstzustand, der an Panik grenzte, zu Megan. Ich hastete die Treppe hoch und klapperte mit dem Briefkasten. Keine Reaktion. Ich klapperte wieder. Und noch einmal. Wie alles zusammenwirkte, um mich zu quälen und zu demütigen! Was sollte ich tun? Während ich ratlos und aufgewühlt zugleich vor der verschlossenen Tür stand, war mir auf einmal, als hätten sich die schmuddeligen Vorhänge leicht bewegt. Bildete ich mir das nur ein? Mit der Wut der Verzweiflung fiel ich erneut über den Briefkasten her. Plötzlich öffnete sich ein Fenster über meinem Kopf, und eine – eine Frauensperson schaute heraus. Es war »die Dame von oben«, Megans Freundin.

»Wissen Sie, wo Megan ist?«

»Sie ist hier«, sagte die Dame von oben, und Megans Kopf tauchte ebenfalls auf. Sie sahen aus wie zwei Hennen, die zwischen den Käfigstangen hindurchlugen.

»Bin gleich unten«, rief sie, und einen Moment später öffnete sie die Tür.

»Ich hatte schon befürchtet, du bist nicht zu Hauser«, sagte ich. »Ich habe immer wieder geklappert.«

»Hat Rita dich nich' gehört?«

»Sie müßte eigentlich«, entgegnete ich grimmig, »wenn sie da ist.«

Sie war da. Sie saß an dem Tisch im vorderen Zimmer, umgeben von farbigen Kreidestiften, mit denen sie eifrig in einem Übungsheft an etwas herummalte, das wie eine endlose Reihe aufrechter Gurken aussah. Sie lümmelte sich über den halben Tisch, streckte die Zunge vor und schien uns nicht zu beachten.

»Hast du die Tür nich' gehört?« fragte Megan nachlässig, als wir vorbeigingen. Ohne von ihrer Hingabe an die Kunst abzulassen, schüttelte Klein Rita den Kopf, nickte dann, schüttelte ihn dann wieder. Ich ließ mich in Johnnys Sessel fallen und erklärte Megan, was vorgefallen war, während sie mich mit ihren blassen, kalten Augen musterte.

»Habe ich etwas falsch gemacht?« fragte ich und starrte sie flehentlich an.

»Wieso hast du denn den Schein zurückgeschickt?«

»Aber das lag doch nahe. Ich wollte Johnny sehen, nicht Albert Newby.«

»Also, ich denke, du hättest ihn gesehen, wenn du hingegangen wärst«, sagte sie mit einem schwachen Lächeln.

»Du meinst, es war ein Trick?!« Dieser entsetzliche Verdacht hatte mich die ganze Nacht umgetrieben. »Aber wie denn? Wie?«

»Ach, woher soll *ich* das wissen?« meinte Megan mit tugendhaftem Augenaufschlag. »Aber es müssen da viele Jungs sitzen, die nich' aus London kommen und keinen haben, der sich besuchen kommt, und vielleicht verkaufen sie ihre Besuche für eine Zigarette an die Londoner Jungs.«

»Aber ist das nicht schrecklich gefährlich?«

Megan zuckte verächtlich mit den Schultern.

»Sind doch Hunderte, die da ein- und ausgehen. Die Greifer kennen noch nich' mal von der Hälfte von denen die Namen.«

»Wenn ich also hingegangen wäre und nach Newby gefragt hätte, wäre Johnny dann gekommen?«

»Ich denke schon«, sagte Megan vergnügt. »Natürlich, wissen tu ich's nich'.«

Ich stöhnte vor Grauen. Es war so simpel, so offensichtlich, sobald man es erklärt bekam.

»Warum hat er mich denn bloß nicht vorgewarnt?«

»Ich denke, er hat geglaubt, du würdest es verpatzen. Warum bist du nich' einfach hingegangen, anstatt den Schein zurückzuschicken?«

»Aber das ist nun mal meine Art!« schrie ich verzweifelt. »Es ist meine Art! Ich denke nun mal so! Wenn etwas falsch gelaufen ist, dann bringe ich es in Ordnung. Wenn ich im Büro fehlerhafte Verträge auf meinen Tisch bekomme, weise ich auf die Fehler hin und lasse sie verbessern. Das ist nun mal meine Art!

Ich bin an solche Dinge nicht gewöhnt!« Megans prüfender Blick musterte mich kritisch. »Ich fürchte, ich habe ihn in größte Schwierigkeiten gebracht«, murmelte ich kleinlaut.

»Er wird sein Grips anstrengen müssen«, lachte sie. »Und Newby auch.«

»Mein Gott! Was habe ich nur angestellt! Ob er seinen Straferlaß verliert?! Was glaubst du?«

»Ich würde mir da keine Sorgen machen«, sagte sie wohlwollend. »Johnny ist nicht blöde. Ich denke, er wird sich schon was einfallen lassen.« Nach einer Pause fügte sie hinzu: »Möchtest du eine Tasse Tee? Ich wollte gerade welchen machen.«

Dankbar nahm ich an. Sie fühlte mit mir, und das rührte mich. Sobald sie hinausgegangen war, nahm ich eine Pfundnote aus meiner Tasche und legte sie rasch auf den Kaminsims, unter das Bild, das Dickie und mich Seite an Seite zeigte. Als ich mich umdrehte, fing ich einen Blick von Rita auf, bevor sie ihn wieder ihrer kunstbeflissenen Tätigkeit zuwandte. Eigentlich ist sie ein ziemlich hübsches Kind, dachte ich, mit ihrem kleinen, bleichen, klugen Elfengesicht. *Ihr* wäre – plötzlich kam mir dieser peinigende Gedanke – dieser Schnitzer nicht unterlaufen!

»Was machst du denn da?« erkundigte ich mich ehrerbietig.

»Maaln.«

»Und was malst du?«

»Dich.«

Ich reckte meinen Hals, um einen Blick zu riskieren. Eine Art Steckrübe hatte sich zu der Reihe von

Gurken hinzugesellt. Widerliche Göre! Plötzlich wurmte es mich, daß ich mich von meinem Pfund getrennt hatte, und ich starrte es stirnrunzelnd an. Hatte sie gesehen, wie ich es dort hingelegt hatte? Könnte ich es mir nicht wiederholen? Ich warf einen Blick zu Rita hinüber. Sie hatte ihren Kopf gesenkt, aber mir war, als beobachtete sie mich. Ich stützte meinen Ellbogen auf den Kaminsims und versuchte, die Entfernung zum Geldschein mit einem raschen Blick abzuschätzen. Wenn ich den Arm noch ein wenig senkte ... Aber wieder hätte ich, als ich einen Blick über die Schulter warf, schwören können, daß sie in jenem winzigen Augenblick herübergelinst hatte. Ich gab den hoffnungslosen Versuch auf, kehrte zu meinem Sitzplatz zurück und starrte niedergeschlagen auf den Teppich. Megan trat wieder ein und brachte den Tee.

»Was meinst du, wird jetzt geschehen?« fragte ich.

»Ich weiß nich'. Wenn ich nich' bald von ihm höre, beantrage ich noch einen Besuch aus familiären Gründen. So was lehnen sie nich' gerne ab.«

Konnte ich sie fragen, ob ich mitkommen dürfte? Ich konnte nicht.

»Würdest du mir Bescheid sagen, sobald du etwas Neues erfährst? Ich ängstige mich noch zu Tode, wenn ich nicht von ihm höre.«

»Klar, ich ruf' dich an. Willst du auch eine Tasse?« wandte sie sich an Rita. Ohne aufzublicken, wackelte das Kind zustimmend mit dem Kopf. »Hast du keine Zunge im Kopf?« fragte Megan gleichgültig. Da sie noch immer aus dem Mund heraushing, war die

Frage überflüssig, und Rita betrachtete sie offenbar auch als überflüssig, denn sie ließ sich zu keiner Antwort herab. »Johnnys Mutter hat ihr die Kreide gegeben, mit der sie da rumspielt. Sie sind Sonntag vorbeigekommen.« Megan lachte. »Dickie will jetzt nix mehr zu tun haben mit mir. Er will mich noch nich' mal angucken. Er schielt so aus seinem Augenwinkel zu mir 'rüber, und wenn ich hinkucke, kuckt er weg. Zum Brüllen! Aber die meiste Zeit schreit er, daß er heim will. ›Heim‹ – so sagt er dafür!«

»Haben sie etwas von Evie gesagt? Ich wollte sie ausführen, aber Millie sagte, sie sei läufig. Es könnte stimmen, aber ich bin nicht sicher. Ich werde den Verdacht nicht los, daß man mich davon abhalten will, sie zu sehen.«

»Ja, sie haben gesagt, daß es ihr nich' gut geht.« Megan hielt inne, dann kicherte sie. »Ich glaube nich', daß du sie noch mal in die Finger kriegst.«

»Was willst du damit sagen?« fragte ich scharf.

»Tom hat da so was gesagt.«

»Was hat er gesagt?«

»Er sagte etwas wie, daß er sie nich' mehr weggibt.«

»Er hat *was* gesagt? Wie seid ihr darauf zu sprechen gekommen?«

Megan betrachtete mich amüsiert.

»Ich habe ihnen erzählt, daß du sie kaufen willst. Das war doch in Ordnung?«

»Natürlich. Warum denn nicht? Ihnen gehört sie doch nicht. Was genau hat Tom gesagt?«

Sie runzelte ihre bleiche Stirn.

»Er hat gesagt: ›Der Hund kommt mir nich' mehr aus dem Haus.‹«

»Dem werde ich den Tierschutzverein auf den Hals hetzen!« schrie ich. Dann gab ich mir einen Ruck und sprach es aus: »Hör mal, ich *muß* Johnny unbedingt sehen. Wenn du zuerst eine Besuchserlaubnis bekommst, würde ich gern mit dir kommen. Hast du etwas dagegen?«

»Oh, von mir aus.«

»Kannst du es mich dann sofort wissen lassen, wenn du irgend etwas hörst?«

»Klar, ich ruf' dich an.«

Das Warten nahm kein Ende! Der Rest jenes aufregenden Tages verging, dann der nächste, dann der übernächste. Wenn ich abends von der Arbeit heimkehrte, wagte ich mich nicht vom Telefon weg, da Megan doch anrufen konnte. Aber in meiner Wohnung konnte ich mich auf nichts konzentrieren. Welches Unheil war als Folge meiner Dummheit über Johnny hereingebrochen? Entzug aller Vorrechte? Verlust des Strafeerlasses? Einzelhaft bei Wasser und Brot? Meine Gedanken, eine leichte Beute für jede noch so unwahrscheinliche Schreckensvision, kreisten endlos um seine unabwendbare Bestrafung. Und in meinen Träumen mußte ich mit ansehen, wie er verprügelt wurde, wie sie ihre Gürtel abnahmen, um es ihm zu geben, wie sie ihm die Peitsche über sein honigfarbenes Fleisch zogen. Daß ausgerechnet ich dem Gefängnisdirektor seinen Betrug offengelegt hatte! Wenn ich tatsächlich vorgehabt hätte, ihm Schaden zuzufügen (und es grämte mich um so mehr, da ich wußte, daß ich wirklich böse mit ihm gewesen war) – ich hätte ihn nicht wirkungsvoller ans Messer liefern können. Schließlich, nach vier Tagen äußerster Niedergeschlagenheit, hielt ich es nicht länger aus und eilte zu Megan. Aber ich mochte an der Tür klappern, soviel ich wollte, es kam niemand. Am nächsten Tag ging ich wieder hin, mit demselben Ergebnis, und während ich auf das verschlossene Haus einhämmerte, das leer sein mochte oder auch nicht, in jedem Fall aber keine Antwort gab, überkam mich ein Gefühl der tiefsten Verzweiflung, eine Ahnung von der Einsamkeit des Lebens, der Unmöglichkeit menschlicher Verständigung, der Sinnlosigkeit allen Strebens. Wie sehr man auch immer anklopfen mochte an das Herz eines Menschen, es gab doch nur ein höhnisch hohles Echo von sich.

Ich schlug meinen Jackenkragen hoch, denn es hatte gerade zu regnen begonnen, und wandte mich ab.

Megan und Rita kamen die Straße herunter auf mich zu! Ich rannte ihnen entgegen und rief: »Gibt es etwas Neues?«

»Ja, ich war grade bei ihm. Ich wollte dich gleich anrufen.«

»Du warst bei ihm? Wie geht es ihm? Was ist geschehen?«

»Oh, ihm geht's gut«, lächelte sie.

Das Gefühl der Erleichterung war fast zuviel für mich.

»Er hat keinen Ärger bekommen?«

»Na ja, der Direktor hat ihn rufen lassen, aber er hat noch mal die Kurve gekratzt.«

»Dem Himmel sei Dank! Sie haben ihn also nicht bestraft?« Sie schüttelte amüsiert den Kopf. »War er böse auf mich?«

»Na ja, er war ganz schön bedient, und er hat gefragt, warum du den Besuchsschein zurückgeschickt hast, aber ich hab' ihm erzählt, was du gesagt hast und daß du völlig durcheinander bist, und er hat gesagt, ich soll dich schön grüßen, und ich soll dir sagen, du sollst dir keine Sorgen machen.«

Fast hätte ich sie küssen können. Dann bemerkte ich ihren Aufzug. Sie war völlig aufgedonnert, das Gesicht fett vor Schmiere. Sie trug ein zweiteiliges Kostüm, eine schwarze Jacke und einen hellgrauen Rock, die so wenig zu ihren »familiären Gründen« paßten, daß sie sie nur mit voller Absicht angelegt haben konnte, nämlich um sie noch zu unterstreichen. Denn keins der beiden Kleidungsstücke konnte ihren geschwollenen Bauch verbergen; Sicherheitsnadeln hielten sie zusammen, wo sie auseinanderklafften. Um den Kopf hatte sie ein Tuch gewunden, dessen Rand mit »Auf in den Kampf« bedruckt war: Panzer, Flugzeuge und Soldaten krabbelten über ihr schwarzes Haar, und das lange Rohr einer Haubitze ragte über ihre Stirn bis auf ihr linkes Auge herab.

Ich sagte kühl: »Warum hast du mich nicht angerufen, als der Besuchsschein kam?«

»Ich hab' dich angerufen. Hat keiner geantwortet.«
»Wann hast du angerufen?«
»Gestern.«
»Wieviel Uhr?«
Sie zögerte.
»Muß so um sechs gewesen sein.«

Das war zu der Zeit gewesen, als ich an ihrer Tür gerüttelt hatte. Ich starrte sie an. Die nächste Telefonzelle, die, welche sie gewöhnlich benutzten, befand sich gerade um die Ecke in der Fulham Palace Road. Ich war auf dem Weg zu ihrer Wohnung daran vorbeigekommen. War sie wirklich dort gewesen? War ich an ihr vorbeigegangen? Oder hatte sie von einer anderen Zelle aus angerufen? Oder war es einfach nur ein Glückstreffer? Oder – ein noch finstererer Verdacht – hatte sie die ganze Zeit in dem stillen Haus gelauert, wohl wissend, wer da klopfte, und fest entschlossen, den Besuchsschein, den sie bereits in der Tasche hatte, mit niemandem zu teilen? Ich starrte sie unverwandt an. Hätte ich sie mit meinen Blicken aufreißen können, sie wäre vor meinen Füßen auseinandergefallen.

»Wann ist der Besuchsschein gekommen?«
»Gestern morgen.«
»Dann hast du sofort nach meinem Besuch bei dir den Antrag gestellt?«
»Ich hab' keinen Antrag gestellt; ich wollt's grade machen, als er kam. Es war der normale Besuchstermin.«

Der normale Besuchstermin! Den hatte ich ganz vergessen! Und er war natürlich an sie gegangen, nicht an mich. Da traf es mich wie ein Schlag: Sie hatten mir wieder nichts abgetreten. Der Besuch, der mir zugestanden worden war und den ich verpfuscht hatte, war kein normaler, offizieller Besuch gewesen, Megan hatte mir nicht den Vortritt gelassen, auf nichts hatten sie verzichtet. Ich konnte für sie tun, was ich wollte, für mich würde man nichts tun. Wie der Brief, den ich erhalten und unbeantwortet gelassen hatte, war auch dieser Besuch etwas Zusätzliches gewesen, eine Art Sonderzulage, etwas, das man ohne großen Verlust für sich selbst erübrigen konnte, sozusagen ein Schmiergeld, um mich abzuwimmeln...

»Hast du ihn wegen Evie gefragt?«

»Ja, er will sie nich' verkaufen. Ich hab' mir gedacht, daß er nich' will.«

»Du hast ihm meinen Preis genannt?«

»Ja, hab' ich. Er wollte nix davon hören. Er –« Sie prustete plötzlich los und schlug die Hand vor den Mund. Natürlich! Aber natürlich! Wie hatte ich nur so naiv sein können? Konnte man denn annehmen, daß der im Gefängnis sitzende Johnny einverstanden wäre, daß ich seiner Frau fünfundzwanzig Pfund in die Hand drückte, damit sie sie für ihn »aufbewahrt«, bis er herauskommt? Er *mußte* das doch für einen herrlichen Witz halten!

»Kommst du mit rein?« fragte Megan und blickte in den Himmel, aus dem es auf uns herabtropfte. Ich murmelte eine Entschuldigung und machte mich davon.

Liebe Millie,

ich denke, Megan hat dir mittlerweile von meinem Mißgeschick mit der Besuchserlaubnis für Johnny erzählt. Sie hatten sie mir zugeschickt, aber ausgestellt auf den Namen eines anderen Gefangenen, und ich hielt das für ein Versehen und schickte sie zur Korrektur zurück. Aber es war ein Trick von Johnny gewesen, und wenn ich hingegangen wäre, hätte ich ihn sehen können. Ich war furchtbar in Sorge, weil ich dachte, ich würde ihn in Schwierigkeiten bringen, aber er hat sich glücklicherweise herauswinden können. Für mich war es auch eine große Enttäuschung. Ich fürchte, ich kann dieses Wochenende nicht zu Euch hinauskommen, aber darf ich am nächsten Mittwoch kommen? Ich habe dann eine Woche frei. Ich möchte danach für ein paar Tage aufs Land und würde Evie gern mitnehmen, wenn ich darf. Bis dahin wird sie ihre Unpäßlichkeit hinter sich haben, und es wird ihr guttun. Ich würde sie am folgenden Wochenende zurückbringen. Ich hoffe, daß Ihr allesamt wohlauf seid und daß Du Dir um Dickies Gesundheit keine Sorgen mehr machen mußt.

Es war ein paar Tage später, als ich über diesem Brief brütete. Er las sich wie ein ausnehmend netter Brief, unverkrampft, offen, freundlich, wohlmeinend. Indem ich so tat, als wüßte ich nichts von Toms Bemerkung (und sie konnten doch wohl kaum annehmen, daß Megan mir davon erzählt hatte), würde der Brief herausbringen, welches Gewicht ihr, wenn überhaupt, beizumessen war. Und davon hing alles ab. Ohne Hund kein Geld, sagte ich bei mir. Den Termin des vorgeschlagenen Besuchs hatte ich sorgfältig ausgesucht. Bis dahin hätte Evie ihre Hitzeperiode vollkommen überwunden, so daß diese Entschuldigung nicht mehr zählte, und an Millies freiem Nachmittag konnte ich ein Zusammentreffen mit Tom umgehen. Es graute mir davor, ihn zu sehen. Schon der Gedanke, einen von beiden zu sehen, verursachte mit größtes Unbehagen, vor ihm aber graute es mir. Wie er sich ins Fäustchen gelacht haben mußte, als er von meinem Mißerfolg mit Johnny hörte! Mein Vorschlag kam allerdings der Wahrheit ziemlich nahe. Zwar hatte ich keine Urlaubspläne gemacht, aber ich war furchtbar mit den Nerven herunter, ich sehnte mich danach wegzufahren, und ich verspürte den dringenden Wunsch, Evie wiederzusehen und sie mitzunehmen... Die Frage war nur, ob ich nicht vielleicht das Geld für Dickie auch in den Umschlag stecken sollte? Aber nein, warum sollte ich?! Ohne Hund kein Geld! Auf der anderen Seite hatte ich es in der Vergangenheit immer so gehalten, wenn ich meinen allmonatlichen Besuch verschieben mußte. Es war normal, so zu verfahren, und ich wollte, daß alles normal wirkte... Ich brütete darüber nach. Das Geld zurückzuhalten würde ihnen als das erscheinen, was es auch wirklich war: Erpressung, Drohung. Würde es sie nicht fuchsig machen? Und meine Taktik bestand doch wohl am besten darin, ihnen jeden Anlaß zur Großzügigkeit zu geben... Finster brütete ich vor mich hin. Dann schob ich das

Geld in den Umschlag. Nur wegen Evie, sagte ich mir. Aber das war es nicht allein, wie ich wohl wußte. Es war eine beschwichtigende Opfergabe, denn in Wirklichkeit war ich starr vor Angst.

Lieber Frank,

schönen Dank für deinen willkommenen Brief mit dem Geld für Dickie den ich ohne Schwierigkeiten gekriegt habe und ich danke dir dafür, es hat mir leid getan zu hören das dein Besuch ins Wasser gefallen ist. Ich hätte aber glaube ich auch nicht gewußt was ich machen soll wenn ich so einen Besuchsschein mit einen falschen Namen gekriegt hätte, aber ›Ende gut alles gut‹ und ›wer weiß.‹ Vielleicht hast du ja Glück und kriegst schneller als du denkst einen neuen weil Megan kann ja nun nicht mehr lange hingehen, ich bin am Mittwoch zu Hause wenn du vorbeikommen möchtest aber Johnny hat mir geschrieben das Evie dies Haus nicht verlassen soll bis er rauskommt und sie selbst abholt also glaube ich nicht das du sie mitnehmen kannst, und vielleicht ist daß auch gut so, weil sie geht einem manchmal wirklich auf die Nerven. Das Wetter hat sich jetzt doch ganz schön beruhigt, nicht wahr, der Sommer ist wohl endlich gekommen scheint's.

Nun war es heraus!

Liebe Millie,

es tut mir leid, aber ich muß Dich wirklich bitten, Deinen letzten Brief zu erläutern. Soll ich ihn so verstehen, daß ihr mir überhaupt nicht mehr gestattet, Evie auszuführen? Wenn Johnny das jetzt wirklich so sagt, dann hat er seine Meinung geändert, denn es ist nicht lange her, da hat er mich gebeten, sie zu mir zu nehmen, wie du ja weißt. Wenn man mir nun verbietet, sie mitzunehmen, muß es dafür einen Grund geben, und ich muß diesen Grund wissen. Es klingt so, als könne man mir nicht länger trauen. Bin ich nicht mehr vertrauenswürdig? Dein Brief hat mich sehr unangenehm berührt.

Lieber Frank

ich kann überhaupt nicht verstehen, warum du so ganz plötzlich so ein Interesse an Evie hast und ich möchte weiter gut Freund mit dir bleiben und will nicht daß du gekränkt bist über diesen Brief, aber ich muß sagen das um so früher du dies Interesse verlierst um so besser für unsere Freundschaft. Wirklich, ich weiß gar nicht, was das mit dir zu tun hat, weil Tom und ich doch für sie sorgen und sie füttern und sie wird jetzt jeden Abend ausgeführt, und weil sie mir in Pflege gegeben wurde bin ich auch für sie verantwortlich.

Als ich diesen Brief bekam, eilte ich sofort zu Megan. Klein Rita und ihre entsetzliche Zwillingsschwester Gwen, die für das Wochenende von Cardiff herübergekommen war, hockten im Sonnenschein auf der Treppe und steckten über ein paar Kieselsteinen, die sie zwischen sich ausgebreitet hatten, wispernd ihre Köpfe zusammen. Sie waren so versunken in ihre Hexereien, daß sie nicht einmal aufblickten. Megan öffnete die Tür.

»Du hattest ganz recht!« rief ich aus, als ich ihr in das vordere Zimmer folgte. »Sie wollen mich Evie *überhaupt* nicht mehr ausführen lassen!« Ich riß die

Briefe hervor und hielt sie ihr unter die Nase. »*Überhaupt* nicht mehr! Millie behauptet, Johnny hätte ihr geschrieben, daß sie weder mit mir noch mit irgend jemand sonst das Haus verlassen darf, bis er sie selbst holen kommt. Ich glaube nicht ein Wort davon! Niemals hat er so etwas gesagt, oder etwa doch?«

»Ich weiß nich'.« Megan gaffte mich an.

»Du weißt nicht! Du mußt es wissen! Hat er jemals so etwas zu dir gesagt?«

»Er hat mir nie so was gesagt, aber er kann es doch zu ihnen gesagt haben.«

»Aber warum? Warum? Mit welcher Absicht?«

»Vielleicht, weil er sie nicht aufregen wollte«, sagte Megan unbestimmt.

»Nicht aufregen!« schrie ich. »Schwindel! Alles Schwindel! Andere nicht aufregen! *Ihn* darf man nicht aufregen! *Sie* darf man nicht aufregen! Der einzige, der überhaupt nicht zählt, ist der arme Hund! Verdammt noch mal! Was mit ihr geschieht, ist wohl völlig egal, was?!« Megan stierte mich an. »Aber ich glaube es nicht! Ich glaube nicht, daß sie überhaupt einen Brief von ihm bekommen haben!«

»Aber ja, sie haben einen Brief bekommen, weil sie haben es mir selbst erzählt, als ich da war letzten Sonntag. Aber gezeigt haben sie ihn mir nich'.«

Ich starrte sie wütend an.

»Du warst da?! Was haben sie gesagt?«

»Sie haben gar nix gesagt.«

»Sie müssen doch etwas gesagt haben!«

»Nein, sie haben nix gesagt.«

»Mach dich nicht lächerlich! Sitzt ihr da alle wie die Ölgötzen um den Tisch?«

»Sie haben nix gesagt«, leierte Megan.

»Willst du damit sagen, daß die Sprache überhaupt nicht darauf kam? Nicht einmal auf Johnnys Weigerung, sie zu verkaufen?«

»Nein, sie haben nix gesagt, also hab' ich auch nix gesagt.«

In meinem Kopf drehte sich alles.

»Hast du Evie gesehen?«

»Ja, hab' ich.«

Mit leicht brüchiger Stimme fragte ich: »Wie sah sie aus?«

»Sie sah ganz gut aus.«

»Und sie haben nichts über sie oder über mich gesagt?«

»Nein.«

Ich gab es auf.

»Hör mal«, sagte ich. »Wann gehst du wieder zu Johnny?«

»Bis zu meinem nächsten Besuch dauert's wohl noch so zwei Wochen.«

»Kannst du nicht wegen familiärer Gründe um einen früheren Termin bitten? Ich will mitkommen.«

»Ich hatte gerade einen. So bald werden sie mir nich' noch einen geben.«

Ich gaffte sie an.

»Willst du damit sagen, daß du *wieder* bei ihm warst, seit ich letztens bei dir war?«

»Ja, gestern war ich da.«

»Ach so.« Hinter ihrer Schulter konnte man durch eine Spalte in dem Ripsvorhang die beiden Kinder sehen, die auf der sonnenbeschienenen Schwelle wie zwei Hexen über ihren Kieselsteinen kauerten. Mit Mühe richtete ich meine angstgeweiteten Augen wieder auf sie. »Also, ich muß doch wirklich bitten, mich beim nächsten offiziellen Besuch mitzunehmen. Es ist absolut wichtig für mich, Johnny jetzt bald zu sehen.«

»Sie haben gesagt, *sie* gehen nächstes Mal hin.«

»Diese Bestien!«

Megan musterte mich schweigend. Dann sagte sie: »Was soll denn das eigentlich alles? Ist doch bloß ein Hund!«

Einen Augenblick lang starrte ich sie sprachlos an.

»Sogar ein Hund hat das Recht zu leben!«

»Es gibt wichtigere Dinge, um die man sich Gedanken machen kann.«

Sie meinte vermutlich das in ihrem Bauch heranwachsende Kind. Ich nahm meinen Hut und verließ das Haus ohne ein weiteres Wort.

Draußen war herrlichster Frühling. Jeden Morgen dämmerte das heiterste, schönste, wolkenloseste Blau herauf, und auf dem Weg zur und von der Arbeit mußte ich ständig daran denken, daß Evie im Hinterhof der Winders eingesperrt war. Wirklich, ich konnte an nichts sonst denken; der Gedanke an sie beschwerte mein Herz wie ein alter, tiefsitzender

Gram, und gerade das schöne Wetter und die blühende, strotzende Jahreszeit bedrückten mich noch mehr. Ich dachte an ihr vor fröhlicher Energie leuchtendes Gesicht mit dem fliegenden Vogel auf der Stirn und an die verständigen Blicke, die sie auf mich geheftet hatte. Ich erinnerte mich an jenes seltsame Spiel, das sie mit mir in meiner Wohnung gespielt hatte, und dann – es gab mir einen Stich – an den Moment, als ich sie zum letzten Mal gesehen hatte: als sie sich mit jener unterwürfigen Miene in die Windersche Waschküche verzogen hatte. Ich war mir sicher: Sie hatte sich auf mich verlassen. Ich hatte keinen Zweifel, daß sie meine Rückkehr ersehnte. Ich wußte, daß sie mich liebte und ständig horchte, ob ich wohl käme, daß ihre muschelartigen Ohren sich mit der hoffnungsvollen Frage »Ist er es?« nach vorn richteten, sobald es an der Tür klopfte. Ohnmächtige Wut schüttelte mich, und ich zermarterte mir pausenlos das Hirn bei dem Versuch, all die Schritte zurückzuverfolgen, die mich in diese Sackgasse geführt hatten, auf der Suche nach Wegen der Rettung oder der Rache. Oh, wie bedauerte ich jetzt, Millie ihre Monatsrate geschickt zu haben! Aber sie sollte nichts mehr bekommen, und dann würden wir ja sehen, wen der Schuh drücken würde! Auf der anderen Seite bedauerte ich es, Johnny nicht die fünf Pfund geschickt zu haben, um die er einige Wochen vorher gebeten hatte, um sich Tabak zu besorgen. Wenn es unsere Verständigung wieder in Gang gebracht hätte, wäre es das vielleicht wert gewesen, denn ich konnte es immer noch kaum glauben, daß er wirklich wußte, was vorgefallen war, oder daß ich ihn nicht hätte überzeugen können, wenn ich selbst mit ihm hätte sprechen können. Gab es denn keine Möglichkeit, ihm meine Version der ganzen Sache mitzuteilen? Bücher schienen zu ihm durchzukommen. Was, wenn ich ihm eins schickte und einen Brief zwischen die Seiten legte? Selbst wenn es in die Hände der Beamten fiele, könnte das doch eigentlich keinen Schaden anrichten... Ich führte diesen Gedanken aus, schrieb den Brief noch einmal ab und schickte ihn außerdem extra als eine dieser inoffiziellen Mitteilungen, die vielleicht durchkamen, vielleicht aber auch nicht. Und die schönen Tage glitten still vorüber... Wie konnte ich es Tom heimzahlen? Warum sollte ich nicht den Tierschutzverein auf ihn hetzen, wie ich angedroht hatte? Darüber wäre er bestimmt »gar nicht erfreut«! Unentschlossen schlich ich einige Tage um das Telefon herum. Dann rief ich an und sprach mit einem Mitarbeiter. Ich erläuterte ihm die Umstände des Falles und fragte, ob es einen Anlaß gäbe, einzuschreiten. Aber sicher, sagte er; ob ich ihm Namen und Adresse geben könnte? Aber ich tat es nicht. Ich wußte, ich konnte es nicht. Ich redete mir ein, daß die Aufmerksamkeit der Behörden Evie mehr Schaden zufügen, als ihr von Nutzen sein würde. In Wahrheit aber fürchtete ich, daß nichts von dem, was ich mir von Johnnys Versprechen unsere Zukunft betreffend erhoffte, so eine Tat überstehen würde. Dennoch war ich ein wenig getröstet, als ich den Hörer auflegte, als hätte ich mich auf hinterhältige Weise am Leben gerächt.

Und dann kam mir eine herrliche Idee, und meine Phantasie spielte überglücklich ein paar Tage mit ihr herum. Ich würde den Hund stehlen! Es war völlig unproblematisch. Am nächsten Besuchstermin würden sie alle zusammen zu Johnny gehen; Evie wäre also allein zu Hause. Gab es einen besseren Zeitpunkt, sie ihnen wegzunehmen, als just dann, wenn sie gerade das Glück genossen, das sie mir versagten? Da war doch diese nie benutzte, von Mülltonnen vollgestellte Gasse hinter dem Haus mit dem wackeligen Holztürchen... Bei Einbruch der Dämmerung – denn sie machten aus solchen Anlässen immer Tagesausflüge und würden mit Sicherheit auf dem Heimweg zum Tee bei Megan bleiben – könnte ich ungesehen hineinschlüpfen. Evie würde nicht bellen, sie würde wissen, wer ich bin, und geräuschlos in meine Arme fliegen. Wie herrlich! Wie wunderbar! Auch wenn sie sie im Haus eingeschlossen hätten – das Schnappschloß der Waschküchentür war kein Hindernis. Dann würde ich eine Zaunlatte lockern und zur Seite schieben, damit es so aussah, als sei das eingesperrte Tier endlich ausgebrochen und weggelaufen. Und sie würden sie bei der Rückkehr von ihren selbstsüchtigen Vergnügungen und ihre Intrigen gegen mich nicht mehr vorfinden! Und sie würden es nie erfahren. Sie hätten wohl einen Verdacht, aber beweisen könnten sie nichts. Ich würde Evie irgendwo auf dem Land verstecken und sie – *sie* zumindest – besuchen, wann immer ich wollte... Oder Johnny im Gefängnis von Wormwood Scrubs Gesellschaft leisten – dieser

Gedanke drängte sich mir sofort auf. Dadurch aber wäre ich nur auf einem anderen Weg ans Ziel meiner Wünsche gelangt, denn so hätte ich Zugang zu dem, den ich schon so lange entbehrt hatte, nach dem ich mich schon so lange sehnte. Diese Vorstellung bereitete mir ein gewisses ironisches Vergnügen. Ich erinnerte mich an meine Entrüstung angesichts seiner Bemerkung über meine Kusine und kam zu dem Schluß, daß es doch keinen so großen Unterschied zwischen uns gab: Er war ein wirklicher Gauner, und ich war es insgeheim; nur fehlte in meinem Fall die gehörige Portion Mut...

Dann, inmitten dieser wechselnden Anwandlungen von Haß und Liebe, überkam mich eine große Mattigkeit. Ich zwang mich zu einer Woche Urlaub, und sie tat mir wohl. Ich begann zu vergessen. Der Gedanke an Evie quälte mich immer weniger, war immer leichter abzuschütteln. Die Pflicht, in die sie mich, wie mir schien, genommen hatte, verlor immer mehr an Bedeutung. Der Mai ging vorüber, der Juni hatte begonnen; ich dachte nun kaum noch an sie, außer wenn mir unangenehme Erinnerungen meinen abebbenden Kummer wieder ins Gedächtnis riefen. Millie schrieb mir von Zeit zu Zeit, zuerst unter der naiv vorgeschützten Annahme, mein Schweigen – denn ich antwortete nicht – sei auf eine Reihe von Zufällen zurückzuführen, dann mit der ebenso naiven Bitte, mich zu erklären, dann mit dem Vorwurf, ich bräche wieder einmal meine Versprechen. Der Schuh drückt also, dachte ich gleichgültig. Ende Juni kapitulierte sie. Da sie die

Kosten für Dickie nicht länger aufbringen konnte, würde sie nachgeben (»wirst dich biegen vor Lachen«) und mir Evie nun doch überlassen (»aber ich hoffe das du diesmal Wort hältst und sie Ende der Woche zurückbringst«). Ich hatte gewonnen. Aber ich interessierte mich nicht mehr für meinen Sieg. Ich interessierte mich nicht mehr für den Hund. Ich interessierte mich für nichts mehr. Es war leicht, etwas zu finden, was an dem Brief auszusetzen war: »Versucht immer noch, mit mir zu handeln..., tut immer noch so, als hätte ich keine Manieren..., sie wird Dickie jetzt zurückgeben müssen, und das geschieht ihr recht..., als müßte sie sich ein zweites Mal von Johnny trennen..., vielleicht begreift sie jetzt, was es für mich bedeutet hat, von Johnny getrennt zu werden... « Einige Zeit später rief die »Dame von oben« an, um mir mitzuteilen, daß Megan im Krankenhaus war. Von mir aus hätte sie im Leichenschauhaus sein können. Und dann erhielt ich eine offizielle Besuchserlaubnis für Johnny. Das hat Megan ausgeheckt, dachte ich. Jetzt hat er auf einmal ein bißchen Zeit für mich. Ich werde *nicht* hingehen! Aber ich ging doch.

Es war eigenartig, aber sobald seine schmucke, zierliche Gestalt den Raum betrat, in dem wir alle warteten, überkam mich erneut jenes Gefühl, das sein Anblick so oft in mir hervorgerufen hatte: ihm gegenüber irgendwie im Unrecht zu sein. Als ich ihn betrachtete, wie er so dastand und seine wunderschönen Augen umherwandern ließ, und, wenn auch nur für ein paar Pulsschläge, still das Glück auskostete, von ihm aus der Menge erwählt zu werden, als ich ganz ruhig wartete, bis seine Augen ihr Ziel gefunden hatten und sie im Moment des Wiedersehens aufleuchteten und sich seine Lippen zu einem leisen, vertraulichen Lächeln formten; und dann war er da, kam in seinem federnden Gang auf mich zu – da war ich plötzlich seltsam verlegen und verwirrt, so daß ich, obwohl ich dieses Gespräch lange ersehnt und lange geplant hatte, nichts zu sagen wußte als: »Johnny.«

Er setzte sich mir am Ende des langen Tisches gegenüber.

»Wie isses dir ergangen all die Zeit, Frank?«

»Ganz gut. Und dir?«

Er schnitt eine Grimasse.

»Bin ganz schön bedient. Aber eigentlich geht's mir ganz gut.« Dann, beinah gleichzeitig: »Warst du in letzter Zeit bei ihr, Frank?«

In meiner momentanen Verwirrung über diese Frage kam mir das Durcheinander darüber, wer gemeint war, wieder in den Sinn, damals, während unseres Gesprächs in der Zelle auf der Polizeiwache. Aber ein Blick auf sein blasses, ziemlich aufgedunsenes Gesicht mit den Schatten unter seinen Augen genügte, und ich begriff, wen er meinte und daß ich meine Pflicht vernachlässigt hatte.

»Nein, Johnny, ich war nicht bei ihr.«

»Ich dachte nur. Ich hab' einen Brief von ihr gekriegt, ist aber schon drei Tage her.«

»Wie ging es ihr?«

»Oh, sie sagte, es ging ihr gut. Ist wieder ein Junge geworden, weißt du. Sie sagen, er ist große Klasse, die Schwestern und alles. Sie will ein Foto von ihm machen, sobald sie dazu kommt, und es mir dann schicken. Ich hab' vor, ihn ›Frank‹ taufen zu lassen.«

»Oh, danke, Johnny. Das ist schön.« Er begann, an seinem Daumen zu nagen. Er hatte sehr wohlgeformte Hände, schlank, aber kräftig; ich bemerkte, daß seine Fingernägel, an denen er schon immer gekaut hatte, bis auf die Haut abgebissen waren. »Es tut mir leid, Johnny. Ich habe nicht daran gedacht. Ich hätte nach ihr fragen sollen, bevor ich hierher kam. Ich habe nicht nachgedacht.«

»Macht nix. Es ist nur – ich hatte noch einen Brief erwartet und – na, du weißt ja, wie das ist – man macht sich so seine Gedanken in so einen Scheißloch wie hier.«

»Es muß dir viel Kummer gemacht haben, zu solch einem Zeitpunkt hier eingesperrt zu sein.«

»Bin fast weich in der Birne geworden. Ich hab' eine Erlaubnis beantragt, daß ich sie besuchen kann, und man würde doch denken, daß sie einem so was erlauben, oder nich'? Aber die würden sich eher in die Hose scheißen, die Schweine, bevor sie irgendwas für dich tun!« Die Zornesröte in seinem Gesicht ließ ihn für einen Moment besser aussehen. Man hatte Megan Sonderbesuche gestattet, wann immer sie darum gebeten hatte; ganz so übel hatten »sie« sich gar nicht verhalten, fand ich. Aber ich sagte es nicht, denn ich wollte nicht über Megan reden.

»Ich denke, sie wird schon zurechtkommen«, sagte ich aufmunternd.

»Ich denk' auch.«

Ich lächelte ihm zu.

»Hier sitzen wir nun endlich zusammen, Johnny. Ich freue mich so, dich zu sehen.«

»Ich freue mich auch, dich zu sehen, Frank.« Seine Antwort war prompt und voller Wärme. »Und es tut mir leid, daß ich dich nich' schon früher sehen konnte. Das war nich' so, daß ich nich' an dich gedacht habe, denn ich hab's getan. Ich hab' oft an dich gedacht hier drin und an all das, was du für mich getan hast. Aber ich mußte versuchen, zu allen nett zu sein, und mehr konnte ich nich' tun. Hab' mein Bestes getan.«

Ich nickte. Er meinte es völlig ehrlich, und ich verspürte, als ich ihm so gegenübersaß und diese Worte zwischen uns fielen, nicht die geringste Neigung, auch nur eines von ihnen aufzunehmen. Er war seine frommen Schwindeleien an mich losgeworden; was kümmerte es mich, wie er sich die Dinge zurechtlegte? Ich konnte mich jetzt noch nicht einmal genau erinnern, weshalb ich mich so aufgeregt hatte, und mich beschlich das unangenehme Gefühl (hervorgerufen durch seinen Anblick), daß es in dieser ganzen Angelegenheit etwas gab, das ich übersehen hatte: Für andere mußte die Welt doch ganz anders aussehen. Und nun, da ich mit ihm zusammen war, fand ich es schwierig, ja sogar unangenehm, mich daran zu erinnern, wie meine eigene Welt ausgesehen hatte.

»Ich fürchte, ich habe dich übel hängen lassen mit diesem anderen Besuch.«

»Macht nix.«

»Du mußt fuchsteufelswild auf mich gewesen sein.«

»Also, ich war schon ein bißchen wütend am Anfang. Ich hatte gedacht, du würdst das schon kapieren, weißt du? Aber ich hab's schon ganz vergessen.«

»War es sehr unangenehm?«

Er grinste.

»Na ja, wir waren total von der Rolle, wenn du weißt, was ich meine. Wie der Direktor uns rufen ließ, haben wir gleich gewußt, da kommt was auf uns zu, aber wir wußten nich' was. Ich hab' an viele Sachen gedacht, aber daran nie. Es kam so schnell zurück, verstehst du? Das war's.«

»Ja, ich fürchte, ich habe den Brief wie mit der Pistole zurückgeschossen.«

»Weiß der Geier!« sagte Johnny.

»Du mußt mich für einen verdammten Idioten gehalten haben.«

»Ist schon gut«, sagte er herzlich. »Das konntest du doch nich' wissen. Das hab' ich nachher gemerkt. Es ist doch so: Du bist hier ständig am Tütenkleben, und nach einer Weile siehst du nur noch Tüten, und du fängst an zu denken, daß die andern alles genauso sehen müssen wie du.« Ich nickte. Dann nickte ich noch heftiger. Das war nun wirklich eine tiefe und wahre Einsicht, und genau diese hatte mich selbst die ganze Zeit beschäftigt. »Mir selber hätte es ja nich' soviel ausgemacht, aber da war noch mein Kumpel. Er wollte mir nämlich seinen Besuch gar nich' verkaufen, dem ging die Muffe, verstehst du, aber ich hab' Stein und Bein geschworen, daß alles völlig sicher ist und gar nix passieren kann – na ja, ich hab' nich' gedacht, das überhaupt nix passieren kann. Also sah es ein bißchen dumm aus, wie wenn ich ihn geleimt hätte.«

»Ich verstehe. Hat er Ärger bekommen?«

»Nee, aber er hat sich fast bepißt vor Angst.«

»Und wie bist du davongekommen?«

»Wieder mal Glück gehabt. Ich hab' das Erstbeste gesagt, was mir in die Birne kam, es hat prima geklappt.«

»Und was ist dir in die Birne gekommen?« fragte ich lächelnd.

»Ooooch, ich hab' gesagt, daß er mir leid tat, weil er doch keinen hat, der ihn besucht, und daß ich ihm deinen Namen und Adresse gegeben hab', für den Fall, daß du kommst.«

»Und was hat der Direktor gesagt?«

»Er hat gefragt, wer du bist, und da hab' ich gesagt, du bist so ein gutmütiger alter Knacker, der gerne Gutes tut und anderen Leuten helfen will. Ich hab' ihm erzählt, du bist ein Bekannter von meine Verwandten und immer ganz scharf drauf, irgendwas für mich zu tun.«

»Und das hat er geschluckt?« Ja wirklich, dachte ich, während ich sein reizendes, offenes, jungenhaftes Gesicht betrachtete, wer hätte da widerstehen oder so einen annehmbaren Vorwand, diese Sache nicht weiter zu verfolgen, ignorieren können?

»Also, gut fand er's nich', aber er konnte doch nix machen, oder? Hätte doch immerhin so sein können.«

»Natürlich, ja«, sagte ich gedankenvoll. »Einigen Tatsachen entspricht es ja auch.«

Wir schwiegen eine Weile.

»Warst du in letzter Zeit bei Mama, Frank?«

»Ich fürchte, wir haben uns zerstritten, Johnny.«

»Ja, tat mir leid zu hören. Sie hat's mir erzählt, als sie letztes Mal hier war.«

»Was hat sie gesagt?« fragte ich ohne Neugier.

»Na, wie du Evie länger behalten hast, als du gesagt hattest, und wie sie dann in die Luft gegangen ist.«

»Na, das entspricht auch einigen Tatsachen«, bemerkte ich mit einem Lächeln.

»Es ist doch so«, sagte er sanft, »du hast die Dinge für sie nicht gerade leichter gemacht, nich'? Sie muß nun mal mit Tom leben, und du hast ihr das nich' gerade leichter gemacht. Das isses doch.«

Ich nickte.

»Ist wohl so.« Ich mochte nicht wieder damit anfangen. »Ich wollte sie auf keinen Fall aufregen, aber... Du hast keine Briefe von mir bekommen, oder? Ich habe dir zwei oder drei Briefe geschrieben, lange Briefe.«

»Nein, Frank, ich hab' keine Briefe von dir bekommen.«

»Einen habe ich dir vor kurzem in ein Buch gelegt. Hast du das auch nicht bekommen? Der Titel war *Bulldog Drummonds schwerster Fall*.«

»Nein, ich hab' nie was von dir bekommen.«

»Es war ohnehin immer der gleiche Brief, so daß sich irgend jemand ganz schön gelangweilt haben wird, wenn sie überhaupt gelesen worden sind.«

»Worum ging's in den Briefen?«

Aber nein, nein! Ich konnte es nicht ertragen, wieder damit anzufangen!

»Johnny«, fragte ich ernst, »ist zwischen uns jetzt wieder alles in Ordnung?«

»Natürlich ist es das«, erwiderte er lächelnd.

»So wie früher?«

»Das hab' ich doch gesagt, oder?«

»Johnny, ich habe Angst.«

»Sei doch nich' dumm.« Ich senkte meinen Blick. »Ging's in den Briefen um Evie?«

Meine Hände fingen an zu zittern, und ich steckte sie zwischen meine Knie.

»Seit Monaten habe ich versucht, dir von ihr zu berichten.«

»Was ist mit ihr?«

Ich versuchte, es auf den Punkt zu bringen.

»Es ist – sie kommt überhaupt nicht raus.« Es klang entsetzlich albern.

»Tom hat gesagt, er führt sie aus.«

»Er hat es nicht getan, Johnny«, sagte ich müde. »Das war eine Lüge. Niemand hat sie ausgeführt außer mir. Sie war eingesperrt wie du. Hat es Megan dir nicht erzählt? Ich hatte sie darum gebeten.«

»Sie hat gesagt, du hättst sie bei dir in Barnes gehabt, und du würdst dir Sorgen um sie machen.«

»Ach, dann hast du es also gewußt.«

»Aber was konnte *ich* denn machen? Ich konnte doch von hier aus gar nix machen!«

»Hättest du mir nicht erlauben können, worum ich dich gebeten hatte: sie aufs Land zu schicken?« fragte ich matt.

»Wie hätte ich das tun können? Das wär' doch nich' fair gewesen ihnen gegenüber. War vielleicht ein Fehler, sie überhaupt bei ihnen unterzubringen, nur ich wußte gar nich', wohin mit ihr. Aber ich konnte sie ihnen doch nich' wieder wegnehmen, nachdem sie all die Mühe mit ihr hatten und sich an sie gewöhnt haben, oder?«

»Millie hat immer gesagt, daß sie ihr nur Ärger macht«, murmelte ich.

»Du weißt doch, wie Mama immer redet. Es hat sie nich' gestört. Sie ist froh, daß sie da ist, und Tom auch. Sie ist sein Goldstück.«

Lag es an dieser Floskel? Lag es daran? Jedenfalls sah ich sie plötzlich vor mir, kristallklar, hell wie die Morgenröte, ihren eigenartigen Blick auf mich gerichtet.

»Er hat sie verdroschen und sie nie ausgeführt!« schrie ich. »War das fair dem Hund gegenüber?«

Johnny sah auf seine Hände hinab, die auf dem Tisch lagen.

»Ich hab' ihm gesagt, er soll sie nich' schlagen«, murmelte er mit leiser, belegter Stimme. Als er seine Augen wieder hob, standen sie voller Tränen.

»Aber er hat sie geschlagen!« sagte ich roh. »Er hat seinen Gürtel abgenommen und es ihr gegeben, das Schwein! Und obwohl sie ihn angebettelt hat, sie auszuführen, war er verflucht zu faul!«

»Er ist in letzter Zeit nich' mehr der alte, das ist es. Ist manchmal ein bißchen gereizt. Also, diese Schwierigkeiten mit seinen Hinterausgang, Mama sagt, die Ärzte sagen, es ist schlimmer geworden; ist ein Geschwür.«

»Hör auf!« sagte ich wütend. Meinen Haß auf Tom auf derart unfaire Weise untergraben zu sehen, war einfach zuviel.

»Mama sagt, Evie geht's gut«, sagte er und funkelte mich durch seine Tränen durchdringend an.

»Wirklich?« entgegnete ich etwas sanfter. »Es fällt mir schwer, das zu glauben, aber ich weiß es nicht.«

»Hast du sie in letzter Zeit nich' gesehen, Frank?«

»Nein, sie haben es nicht erlaubt. Sie haben gesagt, du wolltest nicht, daß ich sie sehe. O Johnny, das hast du doch nie gesagt, oder?«

»Nein, Frank.« Dann fügte er nachsichtig hinzu: »Sie waren nich' gerade erfreut über was du gesagt hast von wegen dem Tierschutzverein.«

Voller Empörung rief ich: »Das muß ihnen Megan erzählt haben!«

»Nein, das hat Rita ausgeplaudert.«

»Ah, Rita!« lachte ich bitter. »Ich hätte es mir denken können!« Also hatten sie *doch* über etwas gesprochen bei Millie, obwohl Megan es abgestritten hatte. Ich dachte einen Augenblick nach. »Es tut mir so leid, Johnny. Ich fürchte, ich habe mich völlig taktlos verhalten in dieser ganzen Sache und die Dinge für dich nur noch schlimmer gemacht, als sie ohnehin schon waren. Aber dein Hund war so schön und so einsam.«

»Hat Mama dir geschrieben? Ich hab's ihr gesagt, sie soll dir schreiben und dir sagen, daß du Evie für dein Urlaub kriegen sollst.«

Ich lächelte ihm zu.

»Den Rest davon spare ich jetzt für dich auf, Johnny. Weißt du noch, was du damals gesagt hast?«

»Natürlich weiß ich noch.«

»Und gilt es noch immer?«

»Natürlich gilt es noch«, lachte er. »Ich hab's doch versprochen, oder? Hat Mama dir geschrieben?«

»Ja, das hat sie, Johnny. Ich fürchte, ich habe ihr nicht geantwortet.« Nach einer Weile fügte ich hinzu: »Der gutmütige alte Knacker war ganz schön bedient, weißt du.«

»Aber, aber; da darfst du überhaupt nich' drauf achten. Ich hab' mir gar nix dabei gedacht. Wenn du willst, kannst du Evie für dein Urlaub haben, solange du sie am Ende wieder zurückbringst.«

»Danke, Johnny. Was hast du mit ihr vor, wenn du herauskommst?«

»Ich werd' sie mit zu mir nach Hause nehmen. Wird das erste sein, was ich mache, wenn ich raus bin.«

»Oh, tu das! Tu das!« drängte ich ihn. »Laß sie keine Sekunde länger da, solange du es vermeiden kannst.«

»'türlich muß ich sie ihnen von Zeit zu Zeit mal lassen.«

»Du willst sie wieder in diesen Hinterhof stekken?« rief ich entgeistert.

Aber er wurde ebenso heftig: »Aber was soll ich denn machen? Ich kann doch nich' anders! Du verstehst das nich'. Mit Dickie ist es genauso. Ich kann nich' einfach hingehen und ihn ihnen wegnehmen. Jetzt sind sie einfach wie verrückt nach ihm, und Megan sagt, er hängt mehr an Mama als an ihr. Was soll *ich* da machen? Ich *will* nich', daß sie ihn behalten, genau wie ich nich' will, daß sie Evie behalten! Ich will meine Familie und mein Hund für mich! Aber ich kann Mama doch nich' gleich alles wegnehmen, wenn ich rauskomme, und ihr gar nix mehr übriglassen, oder?! Sie haben nun nich' mehr viel von ihren Leben, und sie waren gut zu mir, solange wo ich noch hier gesessen hab'. Ich muß doch fair zu ihnen sein.«

»Laß das Kind da, und nimm den Hund mit«, sagte ich ernst. »Das Kind will dableiben, der Hund nicht.«

»Ich werd' sehen«, murmelte er und biß auf seinen Nägeln herum.

»Wo hast du sie eigentlich her?«

»Hab' sie gekauft«, grinste Johnny. »War das erste, was ich gemacht habe, als ich nach meinem ersten Bruch ein bißchen Geld beisammen hatte. Natürlich hab' ich *ihnen* das nich' erzählt, denn sie wußten, daß ich keine Kohle hatte, also hab' ich gesagt, ich hab' sie geschenkt gekriegt.«

»Wieso hast du sie gekauft?«

Er warf mir einen überraschten Blick zu.

»Ich wollte sie haben! Ich hab' sie in ein Schaufenster gesehen, und ich wollte sie haben. Ich hab' eine Anzahlung gemacht, und dann hab' ich das erstbeste Haus geknackt, damit ich den Rest zusammenkriege. Ich bin verrückt nach diese Hunde, wußtest du das nich'? Als ich klein war, hatte ich mal einen. Hat Mama dir das nich' erzählt? Die war mein Goldstück, wirklich wahr. Hieß auch Evie. Bin fast weich in der Birne geworden, als sie gestorben ist. Irgendwas war nich' in Ordnung mit ihre Innereien. Oh, ich bin damals fast weich geworden in der Birne! Frag Mama. Ich wollte nix mehr essen. Hab' nix mehr gegessen, tagelang. Oh, ich war total verrückt! Mama kann's dir erzählen.«

Ich nickte, als ich sein gerötetes Gesicht sah, gerötet von seiner rührseligen Selbstinszenierung. Dann fiel bei mir der Groschen.

»War das der Grund, weshalb du dir damals Geld von mir leihen wolltest? Um diese Evie zu kaufen?«

Er warf mir einen raschen Blick zu, durchdringend und amüsiert zugleich.

»Na ja, sie hatte damit zu tun.«

»Und was hat sie gekostet?«

»Fünfzehn Mäuse hab' ich für sie hingelegt. Sie ist ein schönes Stück, das ist sie! Ich hab' vor, Hunde zu züchten mit ihr, wenn ich rauskomme.« Und dann: »Megan hat mir gesagt, du willst sie kaufen, Frank. Aber ich würd' sie nie verkaufen. Jeden Tag hab' ich an sie gedacht, seit ich hier drin bin. Jeden Tag! Ich würde sie an keinen verkaufen, für nichts würde ich sie hergeben. Nich' für tausend Pfund würd' ich sie verkaufen!«

»Ist schon gut, Johnny. Ich wollte dich nicht wieder danach fragen. Aber du wirst sie nie behalten können. Du hast ja keine Ahnung... Sie ist ein wildes Tier.«

»Ich werd's schon irgendwie schaffen. Willst du sie für dein Urlaub, Frank? Soll ich Mama sagen, daß sie dir noch mal schreibt?«

Ich schüttelte den Kopf.

»Bring sie mit, wenn du herauskommst und mich besuchst.«

»In Ordnung. Ich bring' sie sofort vorbei, wenn ich sie abgeholt hab'. Und ich bleib' den ganzen Tag bei dir. Versprochen.«

Eine Glocke ertönte als Zeichen, daß unsere Zeit um war.

»Hast du ein paar Fluppen dabei?« zischte er hastig.

»Sei doch nicht dumm, Johnny! Es ist zu gefährlich!«

»Los, komm schon!« sagte er und ließ seinen Charme aufleuchten, als hätte er einen Lichtschalter angeknipst. »Die merken das doch nich'.«

Seine Augen, eben noch voller Tränen, tanzten nun geradezu hin und her.

»Johnny, ich kann nicht!« Ein Schild an der Wand untersagte Besuchern unter Strafandrohung, den Gefangenen irgend etwas zuzustecken, und ein hochgewachsener Greifer – vielleicht der aus Millies Brief – stand fast direkt neben mir. Johnny bemerkte den verstohlenen Blick, den ich ihm zuwarf.

»Ist schon in Ordnung. Ich kenn' ihn. Er ist kein Problem!«

»Ich habe sowieso nur türkische.«

»Ach verdammt!« stöhnte Johnny angewidert. »Na, egal. Zur Not auch die!«

Mit zitternden Fingern tastete ich in meinen Taschen herum, und schwitzend und hustend vor Aufregung (die ich, wie es mir später in der amüsierten Rückschau schien, wahrscheinlich ähnlich vergnüglich fand wie seine) schob ich sie ihm unter dem Tisch zu. Ruhig und fest schloß sich Johnnys schlanke Hand um das Päckchen.

Diese Unterredung hinterließ in mir, sobald die Freude, Johnny gesehen zu haben, abgeklungen war, das Gefühl unerklärlicher Müdigkeit und Leere. Und als meine Gedanken in den folgenden Tagen wieder auf sie zurückkamen und wie betäubt zwischen ihren Klippen und seichten Stellen umherwanderten, hatte mich eine Verzagtheit befallen, die nichts mehr mit jener festen Überzeugung zu tun hatte, daß man mich in hohem Grade ins Unrecht gesetzt hatte. Was auch immer man gegen diese Leute sagen konnte, ihre albernen Ränke boten ein allzu schwaches Fundament für das Gewicht all jener Schandtaten, die ich ihnen angelastet hatte. In Wirklichkeit waren es ganz gewöhnliche Leute, die sich auf ganz gewöhnliche Weise benahmen, und eigentlich hatten all die Informationen, die sie mir über sich selbst zukommen ließen, der Wahrheit entsprochen. Es waren keine Phantastereien oder dunkle Winkelzüge oder sinnlose Possen irgendeines unbegreiflichen Ungeziefers gewesen – dies waren die Deutungen ihres Verhaltens, die ich mir wechselweise zurechtgelegt hatte, weil mir die naheliegende Erklärung nicht in den Kram gepaßt hatte. Sie hatten Johnny einfach keinen Kummer bereiten wollen, und er hatte, das war sonnenklar, so schon genug Kummer. Er hatte sich um das Schicksal seiner elenden Frau und seiner Familie gesorgt, so wie sich Millie um Dickie und, soviel ich nun wußte, Tom sich um Evie gesorgt hatte. Die Tränen, die Johnny über seinen Hund vergossen hatte, waren echte Tränen gewesen, und (daran gab es überhaupt keinen Zweifel) seine Kippen hatten ihm sehr gefehlt. Kurz, ihre Probleme waren echte Probleme gewesen, und die großen Stücke, die sie – einer des anderen Goldstück – aufeinander hielten, wie sie so häufig betonten, waren für sie offenbar weniger brüchig und fadenscheinig, als sie es für mich gewesen waren, da ich sie allesamt hinwegzufegen versucht hatte. Wirklich, die Schlußfolgerung ließ sich wohl kaum umgehen, daß ich im großen und ganzen ein lästiger, unausstehlicher Kerl gewesen war, der sich, aus welchen Gründen auch immer, derart unbeherrscht aufgeführt hatte, daß man wirklich meinen konnte, er habe völlig den Kopf verloren. Wenn allerdings diese ernüchternde Überlegung überhaupt eine Wirkung auf mich hatte, so erzeugte sie jedenfalls nicht ein Gefühl, das man auch nur im entferntesten Reue hätte nennen können, sondern nur eine seltsame Form von Teilnahmslosigkeit, so als hätte man mir einen Halt genommen, auf den ich mich bisher hatte stützen können. Dennoch: Johnny war ganz und gar liebenswürdig zu mir gewesen; konnte ich einen besseren Beweis seiner Zuneigung haben als die Idee, die ihm in der Einsamkeit seiner Zelle gekommen war, seinem neugeborenen Kind meinen Namen zu geben? Und ich konnte seinen Hund haben. Und bald sollte ich ihn haben ... Wirklich, ich hatte doch alles, außer dem Gefühl, reich beschenkt zu sein, und als mir seine Bemerkung »Ich mußte mein Bestes tun, zu allen nett zu sein« wieder in den Sinn kam, wunderte ich mich darüber, wie mich eine so lobenswerte Gesinnung derart hatte aufregen können. Ich fragte mich, ob irgendwelche echten Werte unter solch einer dicken Schicht allseitiger Gutmütigkeit noch überleben konnten? Wo alles wichtig war, war nichts mehr wirklich wichtig, und ich erinnerte mich, wie es mich plötzlich durchzuckt hatte, als wir miteinander sprachen: Wenn seine Augen mich überhaupt wahrnahmen, sobald sich unsere Blicke trafen, dann schienen sie mich doch nur als selbstverständlich vorauszusetzen.

Bald darauf erreichte mich in meinem Schlafwandlerdasein ein Brief Millies, ein unterwürfiger Bettelbrief. Da sie nicht mehr für Dickie hatte sorgen können, hatte er seiner Mutter, die das Krankenhaus mittlerweile verlassen hatte, zurückgegeben werden müssen. Aber das Kind war kreuzunglücklich, er schrie den ganzen Tag und wollte nicht essen; ob ich wohl so freundlich wäre, ihr zu helfen? Der Brief rührte und beschämte mich; ich hätte sie nicht so weit erniedrigen dürfen. Arme Millie! Ich hatte keine Neigung, sie wiederzusehen, aber sie war ein guter Kerl, und ich hatte ihr ein Versprechen gegeben. Wie konnte ich von anderen Menschen erwarten, ihre Versprechen mir gegenüber einzuhalten, wenn ich meine eigenen nicht hielt? Ich schickte ihr eine freundliche Notiz und soviel Geld, daß die rückständige Summe beglichen und sie bis zu Johnnys Entlassung versorgt war. Nebenbei, so überlegte ich, tat ich damit nicht vielleicht auch etwas für Evie? Denn wenn die Winders in die Lage versetzt wurden, das Kind zu behalten, war es doch möglicherweise für Johnny einfacher, ihnen seinen Hund zu entwenden.

Und dann, Wochen später, rief er selbst an, völlig aus dem Häuschen vor Freude. Eben erst sei er entlassen worden und jetzt auf dem Weg, um sofort Evie abzuholen. Er käme bald vorbei, um mich zu sehen. Durch den Klang seiner Stimme war die Erschöpfung, ja die Apathie, die meine Lebensgeister so lange niedergedrückt hatte, im gleichen Augenblick wie weggeblasen, und die alte nervöse, bange Erregung nahm ihren Platz ein. Johnny! Johnny und Evie! »Bald« zog sich noch eine Woche hin, und wie ich es fertigbrachte, völlig passiv abzuwarten, weiß ich nicht, aber ich hatte schließlich Unterricht im geduldigen Warten gehabt – und so wartete ich. Dann rief er wieder an. Es war ein Freitagabend. »Ich bring' Evie morgen vorbei, Frank. Bin um zwei bei dir. Einverstanden?«

Ich hatte in der Vergangenheit immer aufwendige Vorbereitungen (häufig umsonst) für seinen Empfang getroffen; nun traf ich aufwendige Vorbereitungen für sie beide. Neben den Dingen, die ich für ihn bereitstellte – den Getränken, dem Essen sowie dem Geldgeschenk, worüber er, das wußte ich, froh sein würde –, richtete ich die Wohnung auch für sie liebevoll her. Ihr Napf, ihr Ball, ihre Kekse, ihre Decke, alles kam wieder an den alten Platz. Zwei Stunden lang stand ich in der Schlange, um ihr ein saftiges Stück Pferdefleisch zu besorgen, und ich füllte den Gemüsekorb mit allen möglichen Gemüsesorten, aus denen ich selbst mir nichts machte. Und als die Zeit ihrer Ankunft nahegerückt war, trat ich auf den Balkon hinaus, um das besondere Glück zu genießen, sie dabei zu beobachten, wie sie sich näherten. Ich wußte, er würde sie zu Fuß hierherbringen, und ich kannte den Weg, auf dem er kommen würde: den Treidelpfad entlang und dann über die Terrace herunter, und da diese sich, soweit das Auge reichte, wie der Fluß selbst in einer langen Biegung unter meinen Fenstern hinzog, mußte es möglich sein, sie schon aus beträchtlicher Entfernung dabei zu beobachten, wie sie aus ihren jeweiligen Gefängnissen den Weg in mein Leben zurückfanden. Wenn Johnny überhaupt einmal kam, dann war er verspätet, und der heutige Tag war da keine Ausnahme. Es schlug halb drei, und ich sagte laut: »Nicht heute«, als hätte jemand neben mir unter dem weiten Bogen des Himmels gestanden. »Meinetwegen jeder andere Tag, aber bitte nicht heute.« Und dann, plötzlich, waren sie da, traten aus den Bäumen und Holunderbüschen am Treidelpfad heraus, winzig, wie Gestalten, die man durch ein umgedrehtes Fernglas beobachtet – Johnny und Evie, oder besser Evie und

Johnny, denn noch bevor sie das Ende des Pfades, wo er zur Straße wird, erreicht hatten, sah ich, wie er sich bückte und sie anleinte, und dann kam sie mir entgegen, wie ich sie kannte, diese hübsche, schwarzgraue, breitbeinig über das Pflaster stampfende Hündin, die die kräftige, nach hinten zurückgelehnte Gestalt ihres Herrchens hinter sich herschleifte. Mit angehaltenem Atem sah ich die beiden näherkommen, größer und größer werden, bis sie beinahe unter mir waren – und Johnny schaute nicht einmal hoch. Wie seltsam, dachte ich, als ich auf sie hinunterstarrte und sie mit meinen Blicken zu mir heraufzog, wie seltsam, daß er nicht hochschaut. »Ach, Johnny, schau doch!« murmelte ich, aber er schaute nicht hoch, und mir fiel wieder ein, daß er auch nie zurückblickte, wenn wir auseinandergingen; es war, als existierte ich für ihn nur für die Dauer unseres Beisammenseins. Aber wenn an *seiner* Haltung auch nichts darauf deutete, daß das Ziel, auf das er sich zubewegte, ihm mehr bedeutete als irgendein anderes, so machte Evie, auf die mein Blick jetzt fiel, einen ganz anderen Eindruck. Und: »Sie erinnert sich!« sagte ich bei mir. »Ich bin sicher, sie erinnert sich!« Sie näherten sich der Einfahrt zum Wohnblock. Ich reckte meinen Hals über die Balustrade und sah, wie sie ihn erreichten. »Jetzt!« wisperte ich. »Jetzt!« Und sie bog, ohne zu zögern, in den Torweg ein, Johnny hinter sich herzerrend.

Ich eilte hinaus, um sie auf dem Treppenabsatz zu begrüßen. Johnny versuchte erst gar nicht, den Fahrstuhl zu benutzen. Ich hörte, wie sie schlurfend und scharrend die vier Stockwerke heraufstapften.

»Evie! Evie!« rief ich, und entweder hatte er sie laufen lassen, oder sie hatte sich losgerissen, denn sie hetzte, die Leine hinter sich herschleifend, mit großen Sätzen auf mich zu.

Wenn es stimmte, was Millie damals zu meiner Betroffenheit angedeutet hatte, daß nämlich Evie mich im ersten Moment für Johnny gehalten hatte, so sah es jedenfalls nicht so aus, als hätte sie danach ihn für mich gehalten. Jede Verwirrung schien nun von ihr gewichen. Und wenn auch die Freude, mit der sie mich begrüßte, etwas von der ungestümen Wildheit vermissen ließ, mit der sie mich Ostern willkommen geheißen hatte, so war das bestimmt der Tatsache zuzuschreiben, daß ihre Begeisterung hier, auf meinem Terrain, weniger konzentriert und auf mehrere Dinge gerichtet war. Sie mußte ihre Bekanntschaft nicht nur mit mir, sondern auch mit meiner Wohnung erneuern. Also hastete sie, nachdem sie mich geküßt hatte, durch alle Räume, um all ihr Spielzeug und ihre früheren Besitztümer wiederzusehen. Als Johnny und ich ihr ins Wohnzimmer folgten, hatte sie bereits wieder den Sessel besetzt, den sie immer als ihr Eigentum betrachtet hatte – ganz so, als hätte sie ihn nie verlassen.

Es wurde ein zauberhafter, wenn auch nicht ganz vollkommener Tag: Er besaß alles an Wünschenswertem und Unerwünschtem, das seit langem ein fester Bestandteil meiner Freundschaft mit diesem Jungen gewesen war. Er war aufgeregt, er war zärtlich, er war fröhlich; er benahm sich nicht nur so, als gäbe es da etwas, wofür er mir nicht genug danken könne, sondern als gäbe es etwas, das er nie wettmachen könne. Er glich so sehr dem, der er am Anfang gewesen war, als nur wir beide zählten, daß der Unterschied kaum ins Gewicht fiel, als er sich schließlich bemerkbar machte: Nach wie vor tat Johnny nämlich schlicht sein Bestes, »zu allen nett zu sein«. Bald nämlich erklärte er, er könne nicht so lang bleiben, wie er gehofft hatte, nicht mehr als drei Stunden. Megan gehe es nicht gut, seit ihrer Niederkunft kränkele sie. Ständig sei ihr schwindelig, ergänzte er, ohne mich anzublicken. Aber er würde es wettmachen und Evie bald wieder vorbeibringen, das sei ein Versprechen. Und dann gab es natürlich jene Anspielungen auf finanzielle Schwierigkeiten, die ich vorhergesehen und für die ich vorgesorgt hatte – für die ich nun dankbar war, wie ich für alles dankbar sein mußte, was mir helfen konnte, ihn an mich zu binden. Das Glück gab es nicht umsonst. Aber die vier Stunden, die er mit mir verbrachte (ich schaffte es, seinen Besuch auf vier auszudehnen), waren so wunderschön, daß sie all die Qualen und Enttäuschungen der Vergangenheit und was immer an Qual und Enttäuschung mir noch bevorstand, wettzumachen schienen – so wunderschön, daß ich mir für ihn mein letztes Hemd vom Leib gerissen hätte. Und wirklich lag mein Hemd bald neben seinem auf dem Boden. Als nun unsere übrigen Kleidungsstücke folgten, wurde Evie immer unruhiger, als würde angesichts dessen, was sich da vor ihren Augen zutrug, ihr zuversichtlicher Glaube an die Verschiedenheit unserer Personen verwirrt und erschüttert. Leise, vor Unruhe und Zweifel zitternde Schreie ausstoßend, setzte sie sich zuerst auf das

Durcheinander unserer Kleider und starrte uns in wilder Ahnung an, sprang dann auf das Durcheinander unserer Leiber und leckte in heller Aufregung unsere Gesichter, so als wolle sie dieses verwirrende Rätsel dadurch lösen, daß sie sie entweder mit ihrem Speichel zusammenfügte oder sie gewaltsam voneinander trennte. Sie lag den ganzen Nachmittag über bei uns, ihr Fell auf unserem Fleisch, und wir sprachen die meiste Zeit über sie.

Mit einer für einen derart launenhaften Jungen erstaunlichen Entschlossenheit hatte er sie die ganze Strecke von Stratford bis Fulham geführt. Natürlich könnte man sagen, daß das ja die einzige Möglichkeit gewesen war, denn die Reise per Bahn zu bewältigen, hätte er nicht gewagt, wenn ihm der Gedanke gekommen wäre. Dennoch war es für ihn ein außergewöhnliches Zeichen von Energie und Treue. Mittlerweile kam es wohl nicht mehr in Frage, Evie den Winders mit Rücksicht auf ihre Gefühle zurückzubringen. Von der Tatsache, daß Tom Krebs hatte und sterben würde, einmal ganz abgesehen: Sie war dazu übergegangen, sich am Zaun am Ende des Hofs auf die Hinterbeine zu stellen und alle Züge, die den Bahndamm passierten, wütend anzubellen, und die Nachbarn hatten sich darüber beschwert. Was ich von ihr erwartet hatte, wenn ich überhaupt etwas erwartet hatte, wußte ich nicht, aber sie hatte sich offenbar in keiner Weise verändert. Sie war eine Woche lang bei Johnny gewesen, und obwohl er die Probleme, die sie verursachte, herunterzuspielen versuchte, gab er doch zu, daß sie existierten und er sich trotz allem, was man ihm über sie erzählt hatte, über ihr Wesen keine klare Vorstellung gemacht hatte. Aber er hatte sich für die Zukunft alles genau zurechtgelegt: Wenn er am nächsten Montag mit seiner Arbeit beginnen würde, würde er eine halbe Stunde früher aufstehen, um sie zuerst einmal kurz auszuführen. Falls er in der Nähe zu tun hätte, würde er zum Essen schnell nach Hause flitzen und eine Runde mit ihr drehen. Und abends würde er eine gute Stunde mit ihr herumrennen, wenn er seinen Tee getrunken und sich frischgemacht hätte. Sie sollte »das gleiche Futter als wie wir« bekommen, und er wollte sich sofort dranmachen, ein Männchen für sie zu finden...

Als aber unser glücklicher Nachmittag zu Ende ging und er sich wieder anzog, um zu gehen, folgte sie ihm nicht. Im Flur stand sie zwischen uns und beobachtete ihn, wie er die Leine von der Garderobe nahm.

»Na komm, altes Mädchen«, sagte er, aber sie rührte sich nicht, und sobald es soweit gekommen war, wußte ich: Ich hatte immer gewußt, daß es so kommen würde, daß es schon vor langer Zeit so vorherbestimmt worden war. Sie hatte die Ohren flach auf ihren dunklen Hals zurückgelegt und schaute ihm mit dem unerschütterlichen Blick eines wilden Tieres entgegen, hingekauert in einer seltsamen, fast unterwürfigen, doch auch widerspenstigen Stellung, denn sie hatte ihre Vorderläufe als Abwehr gegen jeden Versuch, sie fortzuzerren, abgespreizt. Überrascht starrte er sie an.

»Na komm schon, altes Haus«, sagte er sanft, aber sie warf mir nur einen schnellen Seitenblick zu und richtete wieder ihre wachsamen Augen auf ihn. Ich rührte mich ebenfalls nicht. Diese Auseinandersetzung war nicht meine Sache; das war eine Angelegenheit zwischen ihr und ihm. Aber als ich mich gegen den Türrahmen lehnte, spürte ich, daß ich kein wirkliches Ereignis miterlebte, sondern daß dies eine Erinnerung an etwas war, das sich in einem Traum zugetragen hatte. Er trat einen Schritt auf sie zu. Sie wandte sich sofort um und trottete an mir vorbei ins Wohnzimmer zurück.

»Also, hast du so was schon gesehn?!« rief er aus und wollte hinter ihr hergehen. Aber ich stoppte ihn auf der Schwelle, legte meine Arme um ihn und zog ihn an mich.

»Laß sie für das Wochenende hier bei mir, Johnny. Wir haben das verdient.«

»Ich muß wohl, wie's aussieht«, sagte er und zog eine Grimasse. »Hast du so was schon gesehn?!« wiederholte er, mehr bei sich selbst, als an mich gerichtet, und wollte wieder hinter ihr hergehen.

»Nein!« sagte ich.

»Ist schon gut, Frank«, antwortete er ruhig. »Will ihr doch nur auf Wiedersehn sagen.«

Ich ging nicht mit hinein, sah aber, was zwischen ihnen vorging. Evie hatte sich im Sessel verschanzt, ihr Kinn ruhte auf dem Schutzwall ihres Armes, und ihr wachsamer Blick beobachtete die Tür. Als Johnny eintrat, begann ihr Schwanz auf die Sitzfläche zu klopfen, und sie blickte liebevoll und demütig zu ihm auf.

»Du treuloses Weib!« sagte er vorwurfsvoll, nahm für eine Weile auf der Lehne neben ihr Platz und streichelte sie geistesabwesend. Dann nahm er ihren Kopf zwischen die Hände, beugte sich hinab und küßte sie. Sie leckte seine Hand. Sie liebte ihn, das sah ich; aber als er wieder heraustrat, blieb sie, wo sie war. Ja, es tat mir leid für ihn. Ich fühlte selbst den Schmerz, den er fühlte. In jenem Augenblick muß er erkannt haben, daß er seinen Hund verloren hatte, wie er seinen Sohn verloren hatte. Aber so sehr ich ihn auch liebte, ich konnte daran jetzt nichts mehr ändern. Selbst wenn ich sie mit Gewalt hinausgetrieben hätte – und ich wußte, ich könnte sie kein zweites Mal aus meinem Leben vertreiben –, er hatte sie ihre Wahl treffen sehen. Und da es keinen Zweifel daran gab, daß er sie, auf seine Weise, für sein Goldstück hielt, konnte sie nun wohl kaum mehr dieselbe für ihn bleiben, und sie wurde es, fürchte ich, auch nie mehr. Ja, all das sah ich, wenn auch leider nicht so klar und deutlich wie später. Denn ich sah noch etwas anderes: Ich sah, daß sie uns beide liebte und wir beide, egal wessen Bild das andere überlagerte, in ihrem Herzen ebenso eng miteinander verbunden waren, wie wir vorhin vor ihren Augen miteinander verbunden gewesen waren. Wie eine Kamera, wie eine Schatulle hielt sie uns beide in gegenseitiger Umarmung eingeschlossen; sie war ein stärkeres, ein lebendiges Band zwischen uns.

Die prompte Rückgabe entliehener Hunde an ihre Eigentümer – das war eine weitere Lektion, die ich vor kurzem gelernt hatte. Am Montag morgen brachte ich Evie Johnny zurück, und ihr zukünftiges Leben wurde nun, wie er es sich zurechtgelegt hatte, in die Praxis umgesetzt, als wäre rein gar nichts geschehen. Aber ich besuchte sie in der Folgezeit häufig, und bald entwickelten sich die Dinge so, wie ich es vorausgesehen hatte, und es entwickelten sich einige Dinge, die ich hätte voraussehen können, wenn ich die ersten Anzeichen sorgfältiger studiert hätte. Der ehrgeizige Zeitplan, den er sich selbst unter meinem kritischen Blick gesetzt hatte, war nur von kurzer Lebensdauer, wie ich vorhergesehen hatte, teils aufgrund seiner eigenen Bequemlichkeit, teils wegen einer dieser äußerlichen Faktoren, die ich nicht mitbedacht hatte: Megan wurde auf den Hund eifersüchtig. Johnnys Arbeitsplatz lag nicht in der Nähe, wie er gehofft hatte, und konnte man denn erwarten, daß sie sich, wenn er nach ganztägiger Abwesenheit am Abend heimkehrte, willig darein fügen würde, ihn für eine weitere Stunde ziehen zu lassen, um Evie auszuführen? Außerdem, was würde er wohl wieder anstellen, wenn er inmitten der anderen Faulenzer im Park von Fulham herumlungern würde? Es gab also bald Krach.

»Du denkst immer nur an den Hund«, nörgelte sie. »Du denkst mehr an sie wie an mich oder an die Kinder.«

»Sie muß doch wohl mal pinkeln dürfen, oder etwa nich'?« belferte Johnny dann wütend zurück, und ihre Wohnung hallte wider von Beschuldigungen und Schimpfwörtern.

Mit der Zeit aber bemerkte ich, daß hinter all dem Gezeter auch so etwas wie Geschäker aufschimmerte. Johnny mochte, hochrot im Gesicht vor aufgeplusterter Empörung, noch so sehr auf sie einbrüllen, Megans Einwände kamen ihm nicht gänzlich ungelegen. Jedenfalls kam sein Tee wie immer zuerst, und natürlich brauchte er den auch nach einem arbeitsreichen Tag, aber Evie war seit acht Uhr morgens nicht aus dem Haus gekommen, denn außer ihm konnte niemand sie festhalten, und aufgrund ihrer ungestümen Wildheit, die sowohl ihr eigenes Leben gefährdete als auch die Passanten auf der Straße in Furcht versetzte, konnte man sie nicht einfach allein hinauslassen wie eine Katze. Außerdem gab es hier für sie keinen Hinterhof wie bei Millie, und nun war es schon sechs Uhr am Abend. Ja, wirklich: Ich begann mich daran zu gewöhnen, auch die Standpunkte anderer Menschen in Betracht zu ziehen, und daher konnte ich auch Johnnys Standpunkt verstehen, wenn ich abends ungefähr um diese Zeit vorbeischaute. Aber wie müde und durstig ich auch immer sein mochte, ich hätte mich niemals unter solchen Bedingungen zum Tee setzen können, bevor ich das Tier nicht vor die Tür geführt hätte, und sei es nur für fünf Minuten. Aber nach Johnnys Philosophie durften sich wohl Evies Blase und Darm nicht öffnen, bevor er fertig und bereit war. Und da sie in bemerkenswert zuvorkommender Weise alles zurückzuhalten imstande war, saß er mit der Zeit immer länger über seinem Tee. Das fiel auch Megan auf, und sie stellte sich sogleich darauf ein. Wenn sie ihn ganz besonders reizen wollte, machte sie ihn darauf aufmerksam: »Wolltest du nich' mit dem Hund rausgehen? Sie muß doch wohl mal pinkeln dürfen, dachte ich?«

»Alles zu seine Zeit!« rief Johnny dann halb verärgert und halb im Spaß. »Kann ich nich' erst mal mein Tee trinken?«

Ich war es meistens, der sie schließlich bei meinen unregelmäßigen Besuchen bei ihr auf jene langen Spaziergänge im Grünen mitnahm, die sie so liebte; und wenn Johnny wirklich beobachtete, wie sie mit mir aus seinem Haus stürmte, und das mit ihrem Verhalten ihm gegenüber in meinem Haus verglich, so verlor er darüber doch kein Wort. Ich war es auch, der ihr Fleisch besorgte, um ihre Verdauung vor Megans abscheulichen Fritten zu bewahren, der sich stundenlang, manchmal im Regen, später dann in der Kälte, in jene ungeheuren Schlangen irrsinniger Tierliebhaber einreihte, die damals zu den Sehenswürdigkeiten Londons gehörten. Es machte mir nichts aus. Nichts, was ich für Johnnys Hund tun konnte, wurde mir zuviel. Aber das alles war, von meinem Standpunkt aus betrachtet, keineswegs ein befriedigender Zustand, und als sich der Konflikt zwischen Megan und mir, den ich immer vorausgesehen hatte, schließlich ankündigte, erlernte auch ich die Klugheit der Schlange. An deutlichen Anzeichen fehlte es nicht. (Ob das neue Kind wirklich auf den Namen »Frank« getauft worden, ob es überhaupt getauft worden war, konnte ich nie herausbekommen, aber obwohl Johnny ihn »Frankie« zu rufen begann, nannte Megan ihn »David«, und bei diesem Namen blieb es.) Solange Johnny seinen Hund bei sich im Haus hatte, sah ich ihn wenig, wenn ich nicht bei ihnen vorbeischaute. Da er kaum für Evie Zeit hatte, hatte er natürlich noch weniger Zeit für mich. Wenn sie aber bei mir war – und ich borgte sie mir nun wieder über Nacht und an Wochenenden aus –, dann konnte ich davon ausgehen, daß ich auch ihn kriegen würde. Und abgesehen davon, daß ich aus vielen Gründen ein Recht darauf hatte, sie zu behalten, war ich, wie ich erkannte, der eigentliche Herr einer Situation, die seine Interessen unmittelbar anging: Ich war in einer weit besseren Lage als er, um mit ihr junge Hunde zu züchten. Dies war eine Trumpfkarte, die nicht nur Johnny beeindrucken mußte, sondern auch Megan. Wenn Evie die Goldgrube, die Mutter wertvoller Zuchtwelpen mit Stammbaum werden sollte – und es wurde immer deutlicher, daß Johnny vor allem dieses Vorhaben beschäftigte –, wie war die Paarung zu bewerkstelligen? Die Mietgebühren für einen Zuchtrüden überstiegen bei weitem seine Möglichkeiten, und wie groß war wohl die Chance, daß ein Junge in seiner Lage und aus seiner Gegend den Besitzer eines ausreichend blaublütigen Erzeugers treffen würde, der bereit wäre, ihm den Rüden kostenlos zu leihen? Daher verzichtete ich auf alle meine Ansprüche auf seine früheren Versprechen wie das unseres gemeinsamen Urlaubs (ich ahnte, daß er dankbar dafür wäre, nicht daran erinnert zu werden) und machte ihm einen Vorschlag. Evie würde bei mir bleiben, so daß ich besser für sie sorgen könnte. Aber weil ich während der Woche nicht für sie da sein konnte, würde ich sie jeden Morgen bei ihm abgeben und sie nach der Arbeit wieder abholen. Wenn er sie bei sich haben wollte, könnte er sie jederzeit holen und sie, solange er wollte, behalten. Außerdem würde ich die Paarung für ihn organisieren und für alle Kosten aufkommen, und der Ertrag aus dem Verkauf der Welpen sollte allein ihm zukommen. Er willigte ein, wie ich vorausgesehen hatte. Nach allem, was ich für ihn getan hatte, wäre es schwierig für ihn geworden, meinen Vorschlag abzulehnen; nach dem leisen »Okay, Frank« zu urteilen, mit dem er mir den Weg freigab, lag seine Schwierigkeit eher darin zu sagen. wie er tatsächlich darüber dachte, was er wirklich fühlte.

Fast ein Jahr lang wurstelten wir uns auf diese Weise zurecht, und für mich ergab das, wie ich es mir ausgerechnet hatte, das Beste aus beiden möglichen Welten: Ich hatte Johnnys Hund, und oft hatte ich auch Johnny. Wirklich, diese Zeit war die glücklichste meines Lebens. An jedem Morgen eines Arbeitstages führte ich sie zu seiner Wohnung und ließ sie dort; jeden Nachmittag oder Abend holte ich sie wieder ab und brachte sie zurück. Wir hatten vereinbart, daß er seine Schlüssel in einem Blumenkasten auf dem Fenstersims deponieren würde, so daß ich hineingelangen konnte, ohne Megan zu stören. Ich führte Evie dann in den vorderen Raum und schloß sie ein. Sie fügte sich dieser Routine sofort, als verstünde sie vollkommen, worum es ging (ja, es rührte mich außerordentlich, wie sie sich allem fügte), und sie machte keinerlei Anstalten, mir zu folgen, wenn ich sie verließ. Aber wenn sie sich gehorsam auf ihr Lager aus alten Mänteln niederlegte, die Johnny für sie ausgebreitet hatte, warf sie mir, wenn ich mich niederbeugte, um sie zu küssen, immer einen so wehmütigen Blick zu – einen Blick, der schlicht und einfach sagte: »Du kommst doch zurück, nicht wahr?« –, daß ich nie ganz gelassen sein konnte, bis ich sie wiederhatte. Johnny selbst bekam ich bei dieser Gelegenheit selten zu Gesicht; genauso selten sah er seinen Hund. Und genau das war mein Wunsch, denn ich wollte, daß er mit uns in meiner Wohnung zusammen sei, und ständig erfand ich neue Gründe, um ihn dorthin zu kriegen. Nicht daß er der Überredung bedurfte, dachte ich bei mir; er brauchte nur einen offiziellen Vorwand, um sich ohne allzu großen Krach Megans eifersüchtiger Besitzgier entziehen zu können. Denn wie hätte er der Aussicht auf jene Begrüßung, die ihn erwartete, widerstehen können, nicht meiner Begrüßung (ich wußte, der konnte er widerstehen), sondern Evies? Nach mir war er ihr Liebling, und er blieb es: der einzige andere Mensch, den sie liebte. Sie hatte sein eigentliches Wesen sofort begriffen, nämlich daß er, wie Millie damals in ihrer Wut erklärt hatte, ein sanfter, weichherziger Junge und daß sie sein Goldstück war, sein ein und alles. Niemals bellte sie wie bei allen anderen, wenn er nahte. Unfehlbar erkannte sie seine Schritte auf der Treppe, sogar seinen Geruch unten im Hausflur, wenn er dort kurz zuvor durchgegangen war, und das schnobernde Gemurmel ihrer Aufregung teilte mir diese herrliche Nachricht mit. Und dann, wenn sie ihn gefunden hatte – wie überschwenglich begrüßte sie ihn, wimmerte vor Freude und seufzte und leckte wieder und wieder sein schönes Gesicht! Immer wenn ich, nicht ohne leidenschaftliche Anteilnahme, ihre leidenschaftlichen Liebesbezeigungen beobachtete, wurde mir klar, daß es ein Beweis seiner Schwäche für sie und zugleich seiner angeborenen Liebenswürdigkeit war, daß er nie sein Gesicht abwandte. Die Hundezunge fuhr ihm über seine schönen Lippen und Augen und in seine Nasenlöcher, als könnte Evie ihn nicht genug ablecken, als wüßte auch sie, wie köstlich der Geschmack seines Fleisches war, und nie zog er seinen Kopf zurück oder wandte das Gesicht ab, sondern ließ sie sich satt lecken. Und dennoch – barg diese Liebe, mit der sie ihn überhäufte, nicht auch den Keim von Trauer in sich? Er war ihr der Zweitliebste; er wußte das, und er wußte, daß er niemals mehr sein konnte, und je mehr sie ihn liebkoste, dieser sein Ein-Mann-Hund, für den er nicht der eine war, desto mehr mußte er fühlen, was er verloren hatte. Ich sah das ganz deutlich, wenn er, nachdem sie ihre Liebkosungen beendet hatte, sie zu liebkosen begann. Darin war er gut, das wußte er, im Erregen physischer Lust – er wußte, wo genau und wie er sie berühren mußte, und sobald seine Hand hinabglitt, rollte sie sich auf die Seite und spreizte ihre

Beine, und seine kräftigen und doch sanften Finger fuhren ihr über den Bauch und streichelten ihre Zitzen und ihr hübsches, sauberes Genital, das wie der Blütenkranz einer Narzisse geformt war, genauso, wie sie es mochte, während er ihr kleine Obszönitäten ins Ohr flüsterte. »Gut so, Schätzchen? Isses das, was du willst?« murmelte er dann, und sie seufzte und verging fast unter seinen Händen. Aber nie folgte sie ihm; und obwohl er sie manchmal, wenn wir ihn auf dem Treidelpfad ein Stück Wegs nach Hause begleiteten, vielleicht aus Neugier oder noch immer ungläubig, erneut auf die Probe stellte, indem er sie lockte, mit ihm zu gehen, blieb sie doch an meiner Seite. Von Zeit zu Zeit aber sah sie sich nach seiner immer kleiner werdenden Gestalt um, eine bewegende Geste, die er uns nie zuteil werden ließ. Ja, sie wußte, sie war sein Goldstück, sie war ihm das Liebste auf der Welt. Vielleicht aber, so überlegte ich, ahnte sie (wie ich es mittlerweile ahnte), wieviel seine Welt wert war, und daß das, was er gerade für uns getan hatte, das Höchste war, was sie je von ihm zu erwarten hatte, und sie sich noch nicht einmal darauf verlassen konnte.

All das war der Grund, davon war ich überzeugt, daß er so selten sein Recht wahrnahm, sie mir wegzunehmen. Ich versuchte keineswegs, ihn durch irgendwelche Andeutungen oder gar Bedenken davon abzubringen. Im Gegenteil, gelegentlich wies ich ihn auf sein Recht ausdrücklich hin. Denn ebenso wie ich an seiner Trauer Anteil nahm, fühlte ich mich doch auch in all meinem Glück schuldig, daß ich und übrigens auch Millie ihm etwas, das nur ihm gehörte, zu einem Zeitpunkt genommen hatte, als er nicht imstande gewesen war, sich dagegen zur Wehr zu setzen. Nein, nicht, was ihm gehörte, sondern (weniger leicht übertragbar und daher um so ungeheuerlicher) einen Teil seiner selbst, den er nicht hergeben wollte, etwas, das sein Herz uns nicht mehr länger zu unterwerfen bereit war. Aber was immer wir ihm angetan hatten, wie immer seine Gefühle aussehen mochten: Ob er nun trotz meiner Hinweise spürte, daß mir die Trennung von Evie zunehmend schwerer fiel, oder ob es ihm selbst zunehmend schwerer fiel, der Tatsache ins Auge zu sehen, daß sie, wenn sie mit ihm zusammen war, trotz ihrer Liebe für ihn doch immer nur auf mich hörte – er fragte nicht oft, ob er sie mitnehmen könnte. Und so verging die Zeit, diese seltsame, traurige, schöne Zeit, in der sie neben und zwischen uns lebte und uns schweigend aneinander band. Denn es kam der Tag, an dem wir ein Gespräch führten, das all das Vergangene in ein fahles und giftiges Licht tauchte. Er hatte damit begonnen.

»Ich sag' ja gar nich', daß du das alles falsch siehst, Frank. Das sag' ich ja gar nich'. Aber man kann die Sache auch noch anders sehen.«

»Ach, Johnny«, sagte ich, »natürlich kann man das. Aber welche Sache meinst du?«

»Also, es ist doch so. Wenn sie mich nich' bei mein Bruch geschnappt haben würden und Evie als mein eigener Hund bei mir geblieben wär', würde sie ein ganz andres Leben gehabt haben, als was sie bei dir hatte, verstehst du? Aber das heißt nich', daß es ihr nich' genausogut gegangen wäre.«

»Das hängt wohl davon ab, was für ein Leben du ihr bieten würdest.«

»Nein, überhaupt nich'. Nach meiner Meinung hängt das gar nich' davon ab. Das ist es ja gerade. Egal wie es gewesen wär', sie hätte sich dran gewöhnt, und es wär' ihr genausogut gegangen.«

Ich dachte darüber nach.

»Sie wäre genauso glücklich?«

»Ja, genauso glücklich. Was man nie gehabt hat, das vermißt man auch nich'. Wenn ich sie die ganze Zeit bei mir gehabt haben würde, hätte ich sie auf meine Art erzogen. Ich hätte sie morgens als erstes zum Pinkeln ausgeführt, und das wär's dann gewesen, bis ich zum Tee nach Hause komme. Danach hätt' ich sie mit in die Kneipe genommen, und sie hätte still neben mir gesessen, solang ich ein paar Halbe zische und ein bißchen Darts spiele. Dann wär' sie hinter mir her nach Hause gegangen. Am Wochenende wär' ich länger mit ihr weggegangen.«

Evie hatte mittlerweile besondere Fähigkeiten entwickelt; sie war eine geschickte Kaninchenjägerin geworden und rannte im Richmond Park täglich ihre fünfzehn Meilen. Als ich meinen Mund öffnete, um ihm das zu sagen, merkte ich, daß er natürlich genau das gemeint hatte. Unser Gespräch fing an, mich zu beunruhigen. Ich sagte leichthin: »Ach, Johnny, keiner deiner armen Hunde kriegt alles, was er sich von dir wünscht, und trotzdem lieben wir dich.«

Aber er war nicht von seinem Vorhaben abzubringen. Es war, als sei er dazu entschlossen, alles, was geschehen war, kaputtzumachen.

»Es hängt alles davon ab, was man gewöhnt ist, verstehst du? Klar, jetzt würde es nich' mehr gehen, weil sie hat ein anderes Leben gehabt, und das würde sie jetzt vermissen. Aber wenn sie auf meine Art gelebt haben würde, wär' sie genauso glücklich geworden, denn sie hätt's ja nich' anders gekannt.«

Vielleicht stimmte es ja. Ich mochte nicht genauer hinsehen. Ich war endlich wieder glücklich – und ich wußte, daß mein Glück gefährdet war. Er forderte mich auf, alles aus seinem Blickwinkel zu sehen: alles, was ihm das Liebste war auf der Welt – seiner, nicht unserer Welt. In seine Welt sollten wir uns einfügen, geduldig und anspruchslos, sollten ruhig auf unsere kleinen Belohnungen warten, den Spaziergang, den Brief, den Besuch, die hinabgleitende Hand. Evie hatte es geschafft, dieser Welt zu entkommen. Aber ich mochte nicht so genau hinsehen. Ich machte einen vagen Versuch, ihn aufzuziehen: »Du glaubst also, meine Art zu leben, ist besser?«

»Nee, würde ich gar nich' mal sagen. Was ich meine, ist: Wieviel Hunde, Hunde in der Stadt, kriegen denn überhaupt so viel Bewegung wie Evie? Nich' mal einer von hundert. Sogar nich' mal einer von tausend. Oder etwa nich'? Viele von diese Hunde machen nix als vor den Läden oder den Häusern sitzen, wohin sie gehören, und trotzdem kannst du nich' sagen, daß sie unglücklich sind, weil sie kennen nix anderes, und du kannst auch nich' sagen, daß sie krank sind, weil sie werden genauso alt als wie jeder anderer Hund, der ein anderes Leben hat....«

Ja, es stimmte. Es war alles umsonst gewesen. Ich sah es nun, und ich sah, wie erbärmlich es war. Es war alles ein großer Fehler gewesen, von Anfang bis Ende, all das Hin und Her, all die Liebe und Mühe, Leidenschaft und Verzweiflung, alles hoffnungslos und vergeblich. Ich hatte den Kampf um ihn verloren, noch bevor er begonnen hatte.

»Verstehst du, was ich meine?« fragte er.

»O ja, Johnny. Daß ich mich nie hätte einmischen sollen.«

»Nee, nee, so hab' ich's gar nich' gemeint. Was ich meine ist –«

»Daß alles so, wie es war, völlig in Ordnung war.«

»Ich geb' dir doch gar keine Schuld, verstehst du? War alles mein Fehler, und ich weiß, du hast dein Bestes getan. Alles, was ich sagen will, ist –«

»Daß ich dein Leben verpfuscht habe.«

Danach setzte die Fäulnis ein. Der angenehme, ungeklärte Zustand unseres Verhältnisses fand ein Ende. Evie beschleunigte es, denn die Paarungsversuche, denen sie sich in zwei aufeinanderfolgenden Hitzeperioden unterzog, blieben erfolglos, und sie geriet in den Verdacht, »unproduktiv« zu sein, wie ein Züchter sagte. Als die künftige Goldgrube keinen Ertrag brachte, fing die Gesellschaft an, sich aufzulösen. Die Verabredungen mit Johnny wurden zunehmend problematischer, sie wurden häufiger vergessen oder vereitelt, und gleichzeitig erhob er öfter als früher seine Ansprüche auf Evie... Dann löste er eine Verpflichtung, die auch sie betraf, nicht ein. Er hatte sie für ein paar Tage mitgenommen und sollte sie bei einem Besuch an einem bestimmten Abend wieder zurückbringen. Aber er kam nicht und rief auch nicht an. Das traf mich wie ein Schlag. Wenn ich nun auch entweder ohne ihn oder ohne sie zu Rande kam, so konnte ich mir doch ein Leben ohne zumindest einen von beiden nicht vorstellen. Hastig machte ich mich nach Fulham auf. Das Haus war dunkel, die Schlüssel waren nicht am vorgesehenen Ort, niemand öffnete auf mein Klappern. Und als ich mich daran erinnerte, wie ich schon einmal auf das leere Haus eingetrommelt hatte, packte mich kaltes Entsetzen. Ich wurde den Gedanken nicht los, daß dies es war, was mir vorherbestimmt war, daß dies für alle Zeit mein unausweichliches Schicksal sein sollte. Was war geschehen? Wo konnten sie nur sein? Ich eilte zu seiner Kneipe hinüber und suchte nach ihm. Vergeblich. Dann fiel mir ein, daß er manchmal in ein anderes, kleineres Pub ging – und da war er; er stand allein an der Bar mit einem Glas Bier vor sich.

»Evie?« sagte ich.

»Im Haus. Alles in Ordnung. Komm, trink einen.«

Jetzt, als ich mich beruhigt hatte, betrachtete ich ihn näher und sah: Es war wieder die alte Geschichte. Normalerweise machte er sich immer zurecht, bevor er abends ausging, aber heute trug er noch seine Arbeitskleidung. Sein dichtes, lockiges Haar, das er gewöhnlich sorgfältig arrangierte, war ungekämmt, eine Seite seines Gesichts übel zerschrammt. Ich hatte das schon viele Male gesehen, und es bedurfte keiner Fragen. Ich wußte, daß Megan nach ihrem Streit, in dem es natürlich um mich gegangen war, voller Wut aus dem Haus gestürmt war, um den Abend mit ihren Freunden zu verbringen, daß aber die Eifersucht, die sie hinausgetrieben hatte, sie bald wieder zurückbringen würde, um nach ihm zu fahnden. Ich wußte, daß er sie wieder als »blöde Kuh« bezeichnen würde und daß er nie weiter als bis zu diesem Pub (das er aufgesucht hatte, weil er hier weniger bekannt war) vor Megan würde fliehen können. Ich wußte, hier würde er bleiben, würde stumpfsinnig seine Halben in sich hineingießen und sie wieder hinausurinieren, bis sie kam und ihn fand. Ich wußte, daß sie wieder mit ihrem Gezeter anfangen würde (und zwar auf eine eher beiläufige Art, um das Ausmaß ihres Triumphes zu verschleiern), daß sie ihn dazu erniedrigen würde, ihr einen auszugeben, indem sie ihn in nicht zu überhörender Lautstärke dazu aufforderte, daß er mürrisch neben ihr nach Hause schleichen und sich noch vor Morgengrauen mit ihr paaren würde und daß dann der Frieden wiederhergestellt war – bis er den nächsten Versuch unternahm, sich zu behaupten. Und ich wußte, daß er froh war, mich zu sehen, und daß ich wieder, wie immer, ohnmächtig und außerstande war, ihm zu helfen. Hätte er mich wirklich gebraucht, wäre er trotz Megan zu mir gekommen.

»Trink aus!« sagte er.

Wie jungenhaft er aussah mit seinem strubbeligen Haarschopf – ganz wie damals.

»Johnny, laß uns von hier verschwinden!« beschwor ich ihn in plötzlicher Verzweiflung. »Komm mit mir! Tu, was du versprochen hast! Du kannst über Nacht bleiben oder solange du willst. Evie nehmen wir auch mit! Wir alle drei zusammen! Das wird herrlich! Komm! Komm doch!«

»Aach, bin nich' in Stimmung. Trink aus!«

Er konnte nichts mit mir anfangen. Ich spendierte ihm ein Bier. Dann fragte ich: »Kann ich Evie mitnehmen?«

»Ich hatte sie doch erst ein paar Tage. Kannst sie doch Montag abholen.«

»Schön. Dann mache ich mich wieder auf den Weg.«

»Wieso denn jetzt schon? Ist doch noch früh!«

»Megan wird jeden Moment hier hereinschneien.«

»Ach, zum Teufel mit der!«

Ich rückte eng an ihn heran.

»Johnny, wenn du mich nicht willst, dann geh wenigstens zurück zu Evie! Wie würde sie dich begrüßen! Geh zu ihr, jetzt, und mache einen schönen, langen Spaziergang mit ihr! Du würdest sie so glücklich damit machen!«

»Sie ist okay. Ich geh' mit ihr um den Block, bevor ich mich hinhaue.«

Ich sagte sanft: »Aber das ist doch nur Routine. Gib ihr heute nacht etwas Besonderes, eine Überraschung, ein Geschenk! Sie liebt dich doch so sehr!«

»Aach, ich hab' Lust, mich zu besaufen.«

»Danach wirst du sie nicht mehr ausführen können«, lächelte ich.

»Kann mich immer auf den Beinen halten.«

Er konnte nichts mit uns anfangen, mit keinem von uns. Wir waren ihm beide das Liebste auf der Welt, und er konnte rein gar nichts mit uns anfangen. Sie in der Einsamkeit seiner Küche, ich in der Einsamkeit meiner Wohnung, und mit uns beiden konnte er nichts anfangen, in der Einsamkeit seiner Kneipe. Als ich in diesem trostlosen, kleinen Pub neben ihm stand, erkannte ich es klar und deutlich, und es war die Wahrheit.

Ein paar Tage später bemerkte er mit einem Lachen, daß ihm jemand Evie abkaufen wolle.

»Johnny!« schrie ich. »Gib sie mir! Sie gehört zu mir!«

Ich versuchte, ihm in die Augen zu sehen, aber sie wichen meinem Blick aus.

»Geht nich'. Kann ich nich'«, murmelte er und biß an seinen Nägeln herum.

Auch ich konnte ihm nicht mehr in die Augen sehen, als ich sagte: »Also, wenn du sie verkaufst, kannst du sie niemand anderem verkaufen als mir.«

»Wer sagt denn, daß ich sie verkaufen will?« gab er gereizt zurück.

An dem Tag verloren wir kein weiteres Wort darüber, aber er hatte mir einen tiefen Schrecken eingejagt. Als das Thema, wie ich befürchtet hatte, später wieder aufkam, hatte ich mir schon eine Antwort zurechtgelegt. Auf seinen Wunsch hatten wir Evie bei einem Züchter, den wir zusammen aufgesucht hatten, schätzen lassen, und der hatte als groben Preis »ungefähr dreißig oder vierzig Pfund« veranschlagt. Das war noch zu der Zeit, als Johnny sie als eine Goldgrube betrachtete und wir einen Gatten für sie suchten. Jetzt konnte ihr Wert längst nicht mehr so groß sein. Aber als er mir ein wenig später erzählte, daß ihn irgendeine Kneipenbekanntschaft mit seinen Kaufwünschen »absolut verrückt« mache und sogar bei ihm vorbeigekommen sei, um nach dem Preis zu fragen, konnte ich das Risiko nicht länger eingehen. Ich wußte nicht, was er wirklich beabsichtigte, aber ich mußte es auf die entscheidende Frage ankommen lassen. Ich sagte: »Wenn du dich je entschließt, sie zu verkaufen, Johnny, dann mußt du sie mir verkaufen, und ich werde dir jederzeit vierzig Pfund für sie geben.«

Er antwortete nicht. Aber am nächsten Tag – ach, der arme Johnny; ich wußte, wenn das, was ich voller Angst, aber auch sehnsüchtig erwartete, überhaupt geschehen sollte, dann am folgenden Tag –, am nächsten Tag kam er unangemeldet bei mir vorbei.

»Hast du das ernst gemeint mit den vierzig Eiern?«
»Natürlich.«
»Gib her«, sagte er mit rauher Stimme.

So wurde Evie mein Hund. Aber da ich noch immer nicht in der Lage war, sie ohne weitere Hilfe zu halten, vereinbarte ich als Teil des Geschäfts, daß die alte Regelung weiterbestehen würde, bis ich eine andere Lösung gefunden hätte. Es war nie eine wirklich befriedigende Regelung gewesen, und was Evie anbetraf, hatte ich sie seit langem als nachgerade schädlich empfunden: So ein Geschöpf brauchte die Geborgenheit eines geregelten Lebens ebenso wie ein eigenes Zuhause, wo sie ihr Hundedasein unbekümmert genießen konnte. Ihr Doppelleben der letzten Zeit, da sie sich niemals sicher sein konnte, zu wem sie gehörte, mußte sehr verwirrend für sie gewesen sein. Wie auch immer, diese Abmachung und unser Verhältnis waren endgültig zum Scheitern verurteilt. Jetzt, da der Hund verschwunden war, konnte nach Megans Planung auch ich verschwinden. Der Anschein von Höflichkeit wurde gewahrt, aber hinter den Kulissen arbeitete sie an meiner völligen Vernichtung. Also wurde alles wieder so wie zuvor: Johnny kam fast nie mehr bei mir vorbei; wenn ich ihm schrieb, wurden meine Briefe abgefangen und unterdrückt; man vergaß immer öfter, die Schlüssel bereitzulegen, so daß ich Evie entweder nicht ins Haus lassen oder sie nicht herausholen konnte und manchmal eine oder mehrere entnervende Stunden damit verbrachte, auf der Straße herumzulungern, in Gesellschaft der nicht eben hilfsbereiten Klein Rita. Megan war nicht schlau genug zu merken, daß sie gegen einen Widersacher Krieg führte, der längst kapituliert hatte. Ihre Eingriffe in mein Leben mit Johnny stürzten mich nicht mehr wie früher in jene Anfälle lodernder Eifersucht und finsterer Mordlust. Erst als sie anfing, die Schlüssel zurückzuhalten, merkte ich, daß meine Verbindung zu ihnen beiden ihr Ende gefunden hatte. Auf einem jener letzten, seltenen Besuche Johnnys, nachdem Evie ihn wie immer auf ihre wunderbare, überwältigende Weise begrüßt hatte, sagte er, während er ihren leuchtenden Kopf streichelte: »Du hast das bessere Geschäft gemacht.«

Natürlich wußte ich, welches Geschäft er meinte. Aber als ich nickte und ihm über ihren Körper hinweg in die Augen sah, die einst einen so tiefen Eindruck auf mich gemacht hatten und mich jetzt nicht mehr beeindruckten, da war es nicht dieses Geschäft, an das ich denken mußte.

Und das ist, könnte man denken, das Ende der Geschichte. Aber natürlich war es erst der Anfang. Es muß sogar eine neue Figur eingeführt werden, obwohl es sich bei ihr (im Hinblick auf die Theorie von den Einheiten des Dramas) zum Glück um keine völlig unbekannte Figur handelt, denn sie hat bereits eine kleine Nebenrolle gespielt.

Während der zwei Jahre, deren wichtigste Ereignisse diese Geschichte zu erzählen versucht, hatte meine Kusine auf dem Land einen bösen Schicksalsschlag hinnehmen müssen. Ich hätte das vielleicht verhindern können, wäre ich nicht zu abgelenkt gewesen, um ihr in jener finanziellen Angelegenheit den Rat zu geben, um den sie mich gebeten hatte, als ich mich wegen Evie an Miss Sweeting gewandt hatte. Wie auch immer, sie hatte sich verspekuliert und einen beträchtlichen Teil ihres Vermögens verloren. Da ich ihr nächster Verwandter war, hatte sie schon immer zuerst von mir Unterstützung erhofft. Die lieben Verwandten sind doch die besten: Der springende Punkt in meinem Verhältnis zu meiner Kusine Margaret war, daß ich ihr Goldstück und ihr das Liebste auf der Welt war. Tatsächlich war es seit langem ihr größter Wunsch gewesen, in mein Leben zu treten und es für mich zu organisieren. Und es war seit langem meine größte Sorge gewesen, sie auf Abstand zu halten. Ein Junggeselle gilt solchen Verwandten als Freiwild und leichte Beute, besonders den weiblichen Verwandten, deren eigenes Leben leer oder finanziell schwierig geworden ist: Der arme, hilflose Junge, so heißt es dann, er braucht die Hilfe einer Frau im Haus.

Und das Problem war nun, daß ich wirklich Hilfe brauchte, wenn auch nicht für mich. Wie das alles zusammenhing, lag offen zutage: Da mir die Verantwortung für die Unterstützung meiner Kusine zugefallen war, ergab sich die ökonomische Versuchung wie von selbst, eine Gegenleistung für meine Auslagen dadurch zu erhalten, daß sie auf meinen Hund aufpaßte. Eigentlich war ich zu klug, um dieser Versuchung nachzugeben, und tatsächlich fiel ich, weil ich die Gefahr ahnte, ihr nicht gleich zum Opfer. Zunächst versuchte ich, einen Jungen aus der Nachbarschaft für diese Aufgabe zu finden. Für die Kinder aus der Gegend war Evie bereits ein Gegenstand ehrfürchtiger Bewunderung geworden; ließe sich da nicht ein zuverlässiger Junge finden, der froh wäre, sich ein wenig zusätzliches Taschengeld zu verdienen? Aber obwohl sich ein ganzer Schwarm von hilfsbereiten Knirpsen bei mir meldete, konnte ich mich nicht dazu überwinden, sie einem von ihnen anzuvertrauen – und fügte damit meiner Sammlung von »Standpunkten« anderer Menschen einen weiteren hinzu, den der armen Millie nämlich. Am Ende stellte ich meine Kusine sozusagen in der Funktion einer Hundehilfe ein und nahm sie, da ich ihr keine eigene Wohnung bezahlen konnte, bei mir auf.

Für mich bedeutete das ein beträchtliches Opfer. Meine Wohnung war klein. Eigentlich bestand sie nur aus zwei Räumen, meinem Schlafzimmer und meinem Wohnzimmer, denn die Diele, die beide Räume voneinander trennte und die ich als Eßplatz nutzte, war kaum mehr als ein verbreiterter Flur. Daher mußte ich eins meiner Zimmer aufgeben, um meiner Kusine Platz zu schaffen. Ich opferte ihr meinen Schlafraum und zog mich in mein Wohnzimmer zurück, das ja ein kleines Bettsofa beherbergte und daher mein Wohn- und Schlafraum wurde. Natürlich zog sich Evie mit mir dorthin zurück; aber es war sofort deutlich, daß ihr diese Neuerungen, die ich ausschließlich ihretwegen auf mich genommen hatte, überhaupt nicht gefielen.

Es ist nicht übertrieben, wenn ich hier erkläre, daß sich von dem Augenblick an, als Evie ihr Ziel erreicht hatte – nämlich mich ganz allein für sich zu haben –, sofort ihr eigentliches Wesen offenbarte. Anzeichen dafür hatte es bereits vorher gegeben, aber ich hatte sie mißverstanden. Ihre beständige Feindseligkeit Fremden gegenüber mochte sich aus unterschiedlichen Gefühlen zusammensetzen: Nervosität, Argwohn und der Trieb, mich zu beschützen. All das aber, das merkte ich nun, wurde noch von einer unvergleichlich stärkeren Macht übertroffen: heftiger, besitzergreifender Eifersucht.

Gleich nach Margarets Ankunft stellte Evie die Regeln auf. Sie waren einfach und, wie ich fand, vernünftig. Da ich es offenbar nun einmal so wollte, war sie dazu bereit, meine Kusine zu ertragen und ihr den Aufenthalt in der Wohnung zu gestatten, unter einer Bedingung: Unser Zimmer, ihr und mein Zimmer, war streng tabu. Mir paßte das sehr gut. Ich bin gern allein und hatte, in der Annahme, daß das für meine Kusine nicht zutreffe, schon befürchtet, ich müsse das, was mir von meiner Privatsphäre geblieben war, noch verteidigen. Diese Aussicht hatte mich einigermaßen nervös gemacht, denn Margaret war mir, ehrlich gesagt, nicht ganz geheuer. Sie gehörte zu jenen Leuten, deren Tugenden (und sie besaß durchaus viele) erst ans Tageslicht treten, wenn sie ihren Willen bekommen; stieß sie auf Widerstand, hatte sie etwas Kaltes und Rücksichtsloses an sich. Und außerdem war ich ihr gegenüber noch aus einem anderen Grunde vorsichtig, nämlich aus dem bereits von mir genannten, daß ich ihr Goldstück war. Daher war mir nicht ganz wohl bei dem Gedanken daran, jene Festigkeit an den Tag zu legen, deren es, wie ich voraussahnte, bedurfte, um einen *Modus vivendi* herzustellen. Das aber besorgte Evie für mich.

Sie gestattete es meiner Kusine nicht, den Fuß in mein Zimmer zu setzen. Mehr noch: Mit dem typisch weiblichen Instinkt für weibliche Kriegslisten gestattete sie ihr noch nicht einmal jene ersten vorbereitenden Maßnahmen – das flache Ende jenes Keils sozusagen –, die dazu hätten führen können. Sie machte meiner Kusine das Recht streitig, an meine Tür zu klopfen, sich ihr überhaupt nur zu nähern, ja sogar mich von draußen anzureden. Allen diesen Manövern begegnete sie sofort mit einer vollen Breitseite wütenden und hysterischen Gebells. Wirklich, wenn ich daheim war, schien sie ausschließlich diese Sorge zu beschäftigen: die Bedrohung – so empfand sie es offenbar – ihrer ehelichen Rechte. Es war überwältigend und faszinierend, sie zu beobachten. Sobald ich die Tür hinter uns beiden schloß, nahm sie unweigerlich ihre Position auf dem Bettsofa ein, das ihr, da es an der Wand neben der Tür stand, einen strategischen Vorteil gewährte. Sie lag oder besser, sie kauerte in wachsamer Stellung an dem am dichtesten an der Tür liegenden Bettende und horchte. Wenn ich dann von meinem Buch aufblickte, konnte ich sehen, wie sie den Schritten meiner Kusine vor der Tür aufmerksam folgte, vollkommen regungslos, wunderschön, die lange Nase auf das untere Ende der Tür gerichtet, den Kopf etwas auf die Seite gelegt, die großen Ohren leicht nach vorn abgewinkelt. Wenn sie dann irgendwelche für mich unhörbare Geräusche vernahm, die ihr als noch so kurzes Zaudern, als noch so winzige Richtungsänderung erschien, stieß sie sofort ein scharfes, warnendes Bellen aus, hob ihren Kopf und starrte an die Zimmerdecke. Eine Zeitlang wunderte ich mich über diese eigenartige Bewegung. Dann aber erkannte ich den Grund dafür. Auf der Innenseite neben der Tür war ein langer Vorhang befestigt, der sich über einer Anzahl von Kleidungsstücken bauschte, die an einem Haken an der Wand hingen. Daher konnte Evie weder die Tür selbst noch die Klinke sehen. Außerdem bewegte ein ständiger Luftzug den Vorhang leise hin und her. Deshalb war es für sie schwer zu beurteilen, ob sich die Tür selbst bewegte. Das konnte sie nur feststellen, indem sie die Zimmerdecke beobachtete, wo sich nämlich ein sich rasch verbreiternder Lichtkegel vom Eßraum her bildete, sobald die Tür geöffnet wurde. In dem Moment, wo sie dessen gewahr wurde (und sie wartete ständig darauf), stürzte sie mit wütendem Gebell vom Bett hinunter, pflanzte sich auf der Türschwelle auf und versperrte, ihren Schwanz wild hin- und herpeitschend, meiner Kusine den Weg.

Wie gesagt, all das paßte mir sehr gut. Aber meiner Kusine paßte das gar nicht. Nachdem sie (unter welchen Bedingungen auch immer) ans Ziel ihrer Wünsche gekommen war und in meiner Wohnung Fuß gefaßt hatte, plante sie nun, ganz wie ich befürchtet hatte, auch die Gebieterin, die Dame des Hauses, zu werden, und es war ein herber Schlag für sie, eine andere, selbsternannte Gebieterin in diesem Amt vorzufinden – noch dazu eine, die ebenso entschlossen war wie sie selbst. Es dauerte daher nicht lange, bis sie in dieser Sache einen Standpunkt einnahm, den ich, natürlich, anerkennen mußte: Selbst wenn ich mich mittlerweile nicht zu einem Spezialisten in der Beachtung anderer Standpunkte entwickelt hätte, *ihren* Standpunkt hätte ich wohl kaum mißachten können, so häufig bekam ich ihn zu hören. Während meiner Abwesenheit benehme sich Evie nie so; sie sei ruhig, folgsam, zugänglich.

Sie nehme alles ohne Gegenwehr hin und erlaube meiner Kusine sogar den Zutritt in die heilige, dann allerdings verlassene Kammer. Daher sei es geradezu abscheulich, es sei ein Zeichen der niederträchtigsten Undankbarkeit von dem Hund (»Nach allem, was ich für sie getan habe!«), so über sie herzufallen, sobald ich heimgekommen war. Und es sei alles meine Schuld! Ich hätte Evie verpfuscht und verdorben, sie dürfe tun, was sie wolle, ich solle sie weniger verzärteln und dafür öfter züchtigen, ich solle (dies war, wie ich bekümmert feststellte, eins von Margarets Lieblingswörtern) ihr nicht erlauben, in meinem Zimmer zu schlafen, ich würde einen miesen Köter aus ihr machen, ein eifersüchtiges und heimtückisches Vieh...

Ich will keinen Zweifel daran aufkommen lassen, daß ich meiner Kusine dankbar war. Sie war nett zu Evie, und die Dienste, die sie mir leistete – nicht nur dadurch, daß sie mir die Zeit für meine Arbeit und für freie Tage gab, sondern auch dadurch, daß sie mir ein Gefühl von Gelassenheit ermöglichte –, hätte niemand besser leisten können. Das gebe ich gerne zu. Kurz, sie war, was ich vorausgesehen hatte: eine absolut zuverlässige Hundehilfe, und in dieser Funktion hatte ich sie ja auch eingestellt. Aber es war nicht die Funktion, die sie sich zugedacht hatte. Alle ihre Beschwerden über Evie waren zu meiner größten Freude vollkommen korrekt: Das Tier war in meiner Abwesenheit nicht wiederzuerkennen. Aber sie entsprachen nicht der Wahrheit. Die Wahrheit war, daß meine Kusine, ganz wie Megan, eifersüchtig war auf den Hund. Sie konnte es nicht ertragen, daß Evie Privilegien besaß, die ihr selbst versagt blieben. Sie konnte es nicht ertragen, wegen ihr ausgeschlossen zu werden. Der Gedanke an das Tier in meinem Zimmer und sie selbst draußen vor der Tür zerfraß ihr die Eingeweide. Die geschlossene Tür, die sie außen vor ließ, stand ihr permanent vor Augen: ein Hindernis, eine Heimsuchung, eine Beleidigung und Herausforderung. Sie war pausenlos darauf bedacht, sich Zugang zu dem Raum zu verschaffen, nur weil sie wußte, daß sie dort nicht willkommen war, und Evie war pausenlos darauf bedacht, sie nicht hereinzulassen. Es war die ungewöhnlichste, seltsamste Auseinandersetzung, die ich je gesehen habe, dieses Duell zwischen meiner Kusine und meinem Hund. Verließ ich aus irgendeinem Grund mein Zimmer, folgte mir Evie wie immer auf dem Fuß. Dies verschaffte meiner Kusine dann die Gelegenheit, für die sie ohne Unterlaß auf der Lauer gelegen hatte. Ihr Bedürfnis, den Raum zu betreten, hatte sich zu einer solchen Zwangsvorstellung ausgewachsen, daß ein paar Sekunden in dieser Zitadelle meiner Liebe, sogar im scheinbar unbewachten Zustand, für sie eine große Genugtuung und ein Triumph zu bedeuten schienen. Unter irgendeinem kleinen Vorwand – einen Aschenbecher zu leeren, eine schmutzige Tasse abzuräumen, Tätigkeiten, um derentwillen sie nicht eingestellt worden war, die sie aber gern zu ihren Pflichten hinzurechnete – machte sie ihren kleinen, hausfraulichen Überraschungsangriff. Evies Eifersucht aber hatte sie offenbar mit geradezu menschenähnlichen Fähigkeiten und mit einer Schlauheit ausgestattet, die der ihrer Widersacherin in nichts nachstanden. Sie spürte die Absicht meiner Kusine, fast bevor diese sie in die Tat umsetzen konnte. Mit herabhängendem Kopf und geradezu unheimlicher Verstohlenheit wandte sie sich um und glitt rasch an der Wand des Korridors entlang, drückte sich unsanft an den Beinen meiner Kusine vorüber (nicht ohne sie in die Füße zu zwicken, so daß sie vor Schmerzen aufkreischte) und fing sie auf der Schwelle ab.

Dann änderte meine Kusine ihre Taktik. Sie versuchte, mir den Hund mit liebevoller Zuwendung abspenstig zu machen. Und da – oh, wie bitter ist das Leben, oh, wie wankelmütig der Mensch – wurde das Herz mir schwer. Hatte ich mir meinen eigenen Untergang bereitet? Ich wollte, daß Evie während der Zeiten meiner Abwesenheit glücklich war, und diese dauerten immer länger und kamen immer öfter vor. Meine Kusine gab ihr täglich ihr Fressen und tat all die Dinge für sie, die ich früher selbst verrichtet hatte. Evie sah sie viel häufiger als mich. Ja, wirklich: Es lief alles so, wie ich es gewünscht und geplant hatte, nur daß ich meinen Hund nicht verlieren wollte. Beim Gedanken daran zitterte ich vor einer Art inneren Kälte, die wie der Vorbote des Todes ist. Ich liebte sie. Ich wollte, daß sie immer glücklich sei. Aber ich konnte es nicht ertragen, sie zu verlieren. Ich konnte es noch nicht einmal ertragen, sie zu teilen. Sie war meine wahre Liebe, und ich wollte sie ganz für mich allein. Mit einem Wort:

Mich quälte die gleiche Angst, die auch den armen Johnny in seiner Zelle gepeinigt hatte, die Angst, er würde seine zweite Evie ebenso verlieren, wie er seine erste verloren hatte. Eines Nachts war sie nicht mehr in meinem Zimmer. Ich war im Dunkel der frühen Morgenstunden aufgeschreckt. Es war seltsam kalt; ihr Sessel war leer. Wo konnte sie sein? Ich rappelte mich hoch und durchstöberte die Wohnung. Sie war nirgendwo zu finden. Die Tür zum Zimmer meiner Kusine war geschlossen. Sie war im Zimmer meiner Kusine. Sie hatte sich für meine Kusine entschieden. Ich kehrte in mein Bett zurück und starrte in die Finsternis. »Das ist das Ende«, dachte ich. »Sie liebt meine Kusine mehr als mich. Ich werde mir nie wieder etwas aus ihr machen können. Ich bin allein in der kalten, grausamen Welt.« Da vernahm ich aus der Ferne etwas wie das Klagen eines Gespensts, ihr schwaches, seufzendes Fiepen, das sie immer von sich gab, wenn sie Kummer hatte. Ich schlich zur Zimmertür meiner Kusine zurück und drückte sacht die Klinke hinunter. Evie erschien im gleichen Moment und verschwand in meinem Zimmer. Sie hatte nicht auf dem Bett meiner Kusine gelegen, sondern dicht neben der Tür; meine Kusine hatte sie weggelockt und sie gegen ihren Willen eingesperrt. Da wußte ich, daß sie für immer und ewig mein Hund sein würde, und ich schlummerte mit dem Seelenfrieden eines kleinen Kindes ein.

Aber für meine Kusine gab es keinen Frieden. In dem Maß, in dem meine Zuversicht wuchs, wuchs auch ihr Haß. Da sie nicht imstande war, das Tier durch Liebe zu verführen, nahm sie erneut den Kampf gegen sie auf und stellte ihre Stärke dadurch auf die Probe, daß sie eben jene Situation heraufbeschwor, die sie weder ertragen noch ignorieren konnte. Immer wieder rief sie mich durch die geschlossene Tür an, oder sie klopfte dagegen oder öffnete sie gar, um die verbotene Kammer zu betreten. Dann verbreiterte sich der Lichtkegel an der Zimmerdecke, und Evie stürzte sich wie eine wilde Tigerin vom Bett hinab auf sie. Das reinste Pandämonium. Schlimmer noch, Mord und Totschlag. Aber meine Kusine wollte nicht weichen. Sie war entschlossen, den Raum zu betreten. Sie war bereit, wenn nötig, ihr Leben dafür zu opfern. Mit einem verächtlichen Ausdruck auf ihrem bleichen, versteinerten Gesicht stand sie dann in der Tür, während Evies wild blaffende Kiefer nach ihren reglos herabhängenden Händen schnappten. Geduldig auf eine Gelegenheit wartend, Gehör zu finden, und ohne den tobenden Hund auch nur eines Blicks zu würdigen, stand sie da – oder bewegte sich sogar noch auf das fauchende Hundemaul zu, in ihren eigenen Augen eine Märtyrerin, in den meinen eine rachsüchtige Furie. Denn ich wußte, sie hatte nichts Wichtiges zu sagen, nichts, das nicht auch hätte warten können. Sie hatte etwas anderes im Sinn: Sie verlangte von mir, meinen Hund zu züchtigen. Um dies zu erzwingen, setzte sie ihre höchste Karte aufs Spiel: ihr eigenes Leben. Ich glaubte nicht, daß sie ahnte, wie sorgfältig ich diese Möglichkeit in Betracht zog. Aber es gehören ungeheurer Mut und große Entschlossenheit dazu mitanzusehen, wie jemand vor den eigenen Augen zerrissen wird, ohne einzugreifen. Und wie man diesen Bekenntnissen bereits entnehmen konnte, verfüge ich nicht über soviel Mut und Entschlossenheit. Zweifellos war es das, worauf meine Kusine zählte. Sie wußte, daß ich eingreifen würde und auf welche Weise das geschehen mußte. Ich mußte entweder mitansehen, wie sie zerfleischt wurde, oder meinen Hund schlagen. Eine andere Möglichkeit hatte ich nicht. Worte konnten nichts ausrichten, selbst wenn sie zu hören gewesen wären. Ich mußte Evie mit Schlägen zurücktreiben. Das war es, was meine Kusine wollte, und das war es, was ich tat. Jawohl, ich prügelte meinen treuen Hund für seine unschätzbare Treue, dafür, daß sie, wie ich es von ihr erwartete, ihrer Pflicht nachkam: meine Privatsphäre zu schützen. Währenddessen stand dann die kalte, unbarmherzige Gestalt meiner Kusine schweigend daneben, genoß ihre Rache und wachte eifersüchtig und mit inquisitorischem Blick über meine Züchtigung, damit sie auch gerecht genug ausfalle. Und jeder Fluch, den ich Evie, diesem süßen Geschöpf, entgegenschrie, jeder Hieb, den ich ihr überzog, war eine Lüge – und vom erzieherischen Standpunkt aus glücklicherweise eine nutzlose Lüge. Denn ihre Eifersucht war ebensowenig zu brechen wie die meiner Kusine, und die gleiche Szene würde sich auf genau die gleiche Weise wiederholen, sobald meine Kusine einen erneuten Versuch machte, auch wenn es nur Minuten später geschah.

Ich weiß nicht mehr genau, wie lange diese beiden wütenden Weibchen, das mit und das ohne Pelz, um mich kämpften. Sicher mehr als ein Jahr lang. Natürlich war es ein ziemlich aufwühlendes Schauspiel. Und es war ungemein lehrreich. Ich erkannte, daß jener unerträgliche Zustand, dem ich in Johnnys Haus entronnen war, sich hier in meinen eigenen vier Wänden wiederholte – wenn auch mit einem Unterschied. Der Unterschied (und das war unbestreitbar ein Fortschritt) bestand darin, daß ich nun die Ursache, nicht aber die Zielscheibe der Eifersucht war. Das war die arme Margaret, und die Tatsache, daß sie in jener scheußlichen Lage steckte, in der ich mich befunden hatte, verfehlte nicht ihre Wirkung auf mich. Sie sicherte ihr sowohl mein Mitleid angesichts ihrer Qualen als auch meinen Respekt für ihre Entschlossenheit. Ja, ich kam sogar nicht darum herum, den äußersten Tribut zu entrichten: auch Megans Standpunkt anzuerkennen. Diese hinterhältige, kleine walisische Ziege vergangener Jahre – war sie nicht auch so ein Weibchen von geradezu heroischem Ausmaß, ebenso unbeugsam, rücksichtslos und unverwüstlich wie Evie? Beide waren sie bereit, mit Zähnen und Klauen und bis zum Äußersten zu kämpfen, um sich – und nur sich – die Liebe ihres auserwählten Männchens zu sichern. Und beide blieben siegreich. Nach einiger Zeit trat meine Kusine den Rückzug an, mit zerrütteter Gesundheit und gebrochenem Herzen, und überließ Evie das Feld, als unbestrittener Herrin über mein Leben.

Seitdem hat Evie es sich zur Aufgabe gemacht, alle anderen aus meinem Leben fernzuhalten. Keine der rasch aufeinanderfolgenden Haushaltshilfen, die ich als Ersatz für meine Kusine eingestellt hatte, blieb länger als ein paar Tage. Sogar die Tauben und Spatzen, die sich auf meiner Veranda niederzulassen wagen, werden sofort in die Flucht geschlagen. Keine Fliege, die ihr Eindringen überleben würde. Evie würde es sofort merken, wenn ich auf meinem Heimweg ein anderes Tier gestreichelt hätte, denn sobald ich durch die Tür komme, beschnuppert sie mich von oben bis unten, und es täte mir sehr weh, wenn ich ihre Gefühle verletzen würde. Sie kann meine Post natürlich nicht lesen, aber sie schnappt sie sich, wenn sie durch den Briefschlitz fällt, und zerfetzt sie gründlich. Mit wachsendem Alter hat sich ihre Eifersucht noch verschärft. Ich habe alle meine alten Freunde verloren. Sie haben Angst vor ihr und betrachten mich mit einer Mischung aus Mitleid und Verachtung. Wir leben völlig für uns allein. Ohne sie kann ich das Haus nicht mehr verlassen. Mir gehört kaum noch meine eigene Seele. Nicht daß ich mich beklagen will, o nein. Nur manchmal, wenn wir so dasitzen und meine Gedanken in die Vergangenheit zurückwandern und mir all die Pläne meiner Jugend durch den Kopf gehen und ich an die Freiheit und Unabhängigkeit denke, die ich früher so sehr genossen habe, dann frage ich mich, was in aller Welt mit mir geschehen ist und wie es zu alledem kommen konnte... Aber damit gerate ich in abgrundtiefe Gewässer, zu tief, um sie ergründen zu können; damit gerate ich in das Dunkel meiner eigenen Seele.

– Ende–

Homosexuality and bestiality mixed
Zu J. R. Ackerley und seinem einzigen Roman

Joseph Randolph Ackerleys schmaler Roman erzählt die Geschichte eines Hundelebens. Es ist die oft komische, zuletzt aber eher tragische und groteske Geschichte vom aussichtslosen Kampf eines älteren Mannes aus besseren Kreisen um seinen jüngeren Geliebten aus dem Arbeitermilieu Londons. Der Gang der äußeren Handlung ist rasch umrissen: Der Ich-Erzähler Frank fühlt sich während der Haft seines geliebten Johnny immer mehr von ihm und seiner Familie ausgenutzt, hintergangen und ausgeschlossen – und verliebt sich in Johnnys Hündin. Am Ende ist er mit ihr allein.

Diese »Bekenntnisse« einer vereinsamten Seele sind deshalb so anschaulich geschrieben, weil ihnen Ackerleys eigene Anschauung zugrunde liegt. Er schrieb ausschließlich über das, was er selbst erlebt hatte. Und wiewohl von Anfang an ehrgeizig (er begann schon als Schüler im Internat zu schreiben), blieb er unbestechlich, was seinen künstlerischen Rang anging: »Ich hatte zuwenig Phantasie und (noch wichtiger) zuwenig Disziplin.«[1] Da ihm nur die eigene Erfahrung Anlaß und Inspiration bot und er als Homosexueller ein höchst unkonventionelles Leben führte, konnte er nur wenig veröffentlichen. Aber sogar private Briefe waren riskant, wenn sie »skandalöse« Schilderungen enthielten. Er habe lange gezögert, so schreibt er seinem alten Freund, dem ebenfalls homosexuellen englischen Romancier Edward Morgan Forster von einer Japanreise, ob er den vorigen Brief absenden solle. »Dann aber schickte ich ihn ab – der Frank in mir kam da zum Vorschein. Ich habe den Brief selbst aufgegeben, so daß ihn möglichst niemand sonst in die Finger bekommt. Wenn man nicht skandalös ist, wird es schwierig, überhaupt etwas zu schreiben.«[2] Diese Zeilen des Briefeschreibers aus dem Jahr 1960, dem Erscheinungsjahr seines einzigen

---

[1] Nach J.R. Ackerley, *My Father and Myself* (London: The Bodley Head, 1968), S. 180.
[2] Nach Neville Braybrooke (Hrsg.), *The Letters of J.R. Ackerley* (o.O.: Duckworth, 1975), S. 175.

Romans, sind auch symptomatisch für den homosexuellen Schriftsteller Ackerley – und nicht nur für ihn.

* * *

»Ich wurde im Jahr 1896 geboren, und meine Eltern heirateten 1919.« Der erste Satz in Ackerleys postum veröffentlichtem Versuch über seinen Vater (*My Father and Myself*, 1968) deuten bereits auf jene ungewöhnlichen Umstände hin, die den verborgenen Kern seines äußerlich scheinbar gewöhnlichen Lebens von Anfang an prägten.

Der Vater Alfred Roger Ackerley entstammte einfachen Verhältnissen. Sein Werdegang, den der Sohn in der erwähnten Biographie auf faszinierende Weise mosaikartig rekonstruiert, liest sich wie der Roman eines klassischen spätviktorianischen Doppellebens. Aus Abenteuerlust und Geldmangel trat er als junger Mann in den späten 1870er Jahren den *Royal Horse Guards* bei, nahm an den Kämpfen in Ägypten teil, ließ sich wenig später von einem adeligen Gönner loskaufen und – so vermutet es der Sohn – einige Zeit auf dessen Landsitz in der Grafschaft Cheshire aushalten, in einer ausschließlich männlichen *ménage à quatre*. Bald darauf jedoch heiratete er eine wohlhabende Schweizer Bankierstochter. Nach ihrem frühen Tod lernte er Ackerleys Mutter, eine junge, attraktive Schauspielerin, kennen. Obwohl sie ihm zwischen 1895 und 1899 drei Kinder gebar, heiratete er sie erst ein knappes Vierteljahrhundert später, und zwar heimlich (die Kinder erfuhren dies erst lange nach seinem Tod). Inzwischen hatte er sich als Importeur von Südfrüchten zum »Bananenkönig« Londons hochgearbeitet und konnte seiner inoffiziellen Familie, die er fast zehn Jahre vor seinen Geschäftsfreunden auf dem Land versteckt hielt, schließlich ein angenehmes Leben im noblen Stadtteil Richmond ermöglichen. Daß er zur gleichen Zeit neben kleineren amourösen Eskapaden eine weitere ständige Verpflichtung hatte, erfuhr sein Sohn erst, nachdem der Vater im Jahr 1929 an Zungenkrebs und den Folgen der Syphilis, mit der er sich in Ägypten infiziert hatte, gestorben war. Auf halbem Weg von seinem Wohnort in Richmond zu seinem Geschäft in der Innenstadt hatte der Vater nämlich drei Töchter aus einer anderen Beziehung untergebracht, die er regelmäßig als ebenso mysteriöser wie generöser »Onkel Roger« besuchte. Von seinem jahrzehntelangen Doppelleben erfuhr Ackerleys kindliche und labile Mutter nichts.

Da der Vater oft und lange abwesend war, wuchs Joseph, wegen seiner mädchenhaften Schönheit zunächst »Girlie« genannt, fast ausschließlich unter Frauen auf. Der Haushalt bestand aus Großmutter, Mutter und Schwester, mehreren Tanten und der damals üblichen Anzahl von Gouvernanten und Haushaltshilfen. Wie viele Altersgenossen aus betuchteren Kreisen machte er seine ersten homoerotischen Erfahrungen in einem Internat in Lancashire, im Nordwesten Englands. Als der Erste Weltkrieg ausbrach, meldete sich der kaum Achtzehnjährige wie sein ein Jahr älterer Bruder Peter freiwillig. Im Juli 1916 wurde er in der Schlacht an der Somme verwundet. Nach kurzem Heimaturlaub beförderte man den Zwanzigjährigen zum Hauptmann und Kompaniechef. Im April 1917 wurde er in der Schlacht von Cérisy (»jenem absurden Gefecht«) erneut verwundet und gefangengenommen. Im Lazarett in Hannover, wo man seine zersplitterte Hüfte behandelte, verliebte er sich in einen russischen Sanitäter: »ein Gefangener wie ich; er hieß Lovkin und hatte ein breites, slawisches Gesicht; er war sanft und gut zu mir, empfand aber offenbar keine besonderen Gefühle mir gegenüber...«[3] Nach mehrmonatiger Gefangenschaft in Deutschland wurde Ackerley dank der Beziehungen des Vaters in der Schweiz interniert. Sein Bruder Peter aber erlebte das Kriegsende nicht: »Am 7. August 1918, kurz vorm Ende der Feindseligkeiten, als er sich im Graben gerade eine Pfeife stopfte und sich umwandte, um einen Freund zu grüßen, wurde er von einem Hochgeschwindigkeitsgeschoß geköpft. Wie man mir erzählt hat, packte meinen Vater eine tiefe Trauer, die er aus Stolz mit niemandem teilen konnte. Bald darauf war dieser dumme Krieg vorbei und ich kam heim.«[4]

»Joe« ging nach Cambridge, um Jura zu studieren. Bald widmete er sich jedoch verstärkt dem Studium der Literatur. Er schrieb Gedichte und das Drama *Prisoners of War*, das 1925 zum ersten Mal aufgeführt wurde und heute zu den ersten Theaterstücken mit offen homosexueller Thematik gerechnet wird. Wiewohl kein Mitglied eines Colleges (der damals mit brillanten Talenten reich gesegneten intimen Lebens- und Lerngemeinschaften dieser Universität), traf er hier mit Gleichgesinnten und Gleichgestimmten zusammen. Dabei wandelte sich der sexuell noch unerfahrene, blendend aussehende junge Mann

---

3 Nach *My Father and Myself*, S. 115.
4 Nach *My Father and Myself*, S. 74.

zum »praktizierenden Homosexuellen«.[5] Im Gegensatz zu vielen seiner Bekannten blieb Ackerley allerdings allein. Aber seine zeitlebens wichtigste Freundschaft mit Edward Morgan Forster datiert aus dieser Zeit. Dieser war es auch, der ihm 1923 eine halbjährige Stellung als Privatsekretär des Maharajah von Chhatarpur verschaffte. Ackerleys Notizen aus dieser Zeit wurden, von eindeutig homoerotischen Passagen »gereinigt«, 1932 als *Hindoo Holiday* veröffentlicht. Kenner des Landes wie der Aga Khan meinten, er habe Indien besser verstanden als jeder andere Brite – Kipling eingeschlossen.[6]

Sein Privatleben blieb auch in den nächsten beiden Jahrzehnten glücklos. Abgesehen von einer vierjährigen leidenschaftlichen und riskanten Liaison mit einem walisischen Matrosen (dem Vorbild Johnnys in unserem Roman), der in der südenglischen Hafenstadt Portsmouth stationiert war, gelang es ihm nicht, einen wirklichen Lebensgefährten zu finden. Rastlos verkehrte er in den homosexuellen Etablissements Londons oder »strich in den Kneipen herum«, die von den jungen Soldaten der »Guards« frequentiert wurden und, wie zu Zeiten seines Vaters, als »Jagdrevier« für wohlhabendere Homosexuelle gelten konnten. Die freimütigen Schilderungen seiner verzweifelten Promiskuität dieser Jahre gehören zu den besten Abschnitten seiner Autobiographie. Seine besessene Suche nach dem »idealen Freund«, der die Rollen des intellektuell ebenbürtigen Gefährten und des begehrenswerten Geliebten auf sich hätte vereinen können, blieb zeitlebens erfolglos. Innere Unrast, eine Vorliebe für heterosexuelle Männer der unteren Schichten und etwas, das er als eine Mischung aus Beziehungsangst, Gefühlskälte und tiefen Schuldgefühlen bezeichnete, mögen die Gründe dafür gewesen sein.

Beruflich hatte er mehr Erfolg. Im Jahr 1928 war er der BBC als Regieassistent im »Talks Department« beigetreten. Von 1935 bis zu seiner Pensionierung im November 1959 leitete er die kunst- und literaturkritische Abteilung des *Listener*, der hochangesehenen, kürzlich leider eingestellten Zeitschrift der BBC. Trotz notorisch knapper Honorare gelang es ihm, einige der besten Köpfe Großbritanniens als Mitarbeiter des *Listener* zu gewinnen: Romanciers und Dichter wie Edward Morgan Forster, Christopher Isherwood, Stephen Spender, Edwin Muir,

---

5 Nach *My Father and Myself*, S. 166.
6 Nach Braybrooke, S. xxi.

Wyndham Lewis und Herbert Read, aber auch den Kunsthistoriker Sir Kenneth Clark und den Nationalökonomen John Maynard Keynes.

Trotz seines gänzlich anders angelegten Lebensstils fühlte er sich nach dem Tod des Vaters für den ruinösen und verarmten Rest seiner Familie verantwortlich. Im Jahr 1941 während der Luftangriffe auf London ausgebombt, bezog er eine heruntergekommene Zweizimmerwohnung in Putney, am Südufer der Themse. Bald mußte er seine achtzigjährige Tante Bunny bei sich aufnehmen – und wenig später auch noch seine hochgradig neurotische Schwester Nancy (das Vorbild von Franks Kusine Margaret im Roman). Seine Mutter war 1946 gestorben, »ending up as I am with animals and alcohol«, wie er es zwanzig Jahre später am Ende seines eigenen Lebens formulierte.

In der unmittelbaren Nachkriegszeit aber trat eine Wende in seinem Leben ein: »Innere Ruhe und Zufriedenheit«, wie er erzählt, fand er schließlich in Gestalt einer Schäferhündin namens Queenie, die er einer Arbeiterfamilie abgekauft hatte.[7] Bald aber wurde deutlich, daß niemand, auch nicht die besten Freunde, die unbedingte Hingabe eines vormals rastlosen Intellektuellen ausgerechnet an einen Hund verstehen konnten, zumal Queenie mehr und mehr von ihrem Herrn Besitz ergriff. Eine Sammlung von Essays, die er 1956 unter dem Titel *My Dog Tulip* – wiederum leicht zensiert – veröffentlichen konnte, fand allerdings breiten Anklang, und Christopher Isherwood nannte sie »eins der besten Tierbücher der Literaturgeschichte.«[8] Ackerley war untröstlich, als er den Hund im Herbst 1961 einschläfern lassen mußte. Die gemeinsamen Jahre, so gestand er einem Freund, dem Schriftsteller Francis King, »waren meine glücklichsten Jahre; sie hat meinem Leben das Fundament einer verläßlichen, unwandelbaren Liebe gegeben, und genau das brauchte ich. Wie ich ohne sie weitermachen soll, weiß ich nicht.« Und dennoch verschwieg er im gleichen Brief die Kehrseite dieser Zeit nicht: »Queenie war mein Liebling, aber wenn ich auf die fünfzehn Jahre unseres Lebens zurückblicke, oh – oft war es die reine Hölle. Ich glaube nicht, daß ich so etwas noch einmal ertragen könnte, diese Verantwortung und all die Ängste. Lieber tot sein.«[9]

---

7 Nach *My Father and Myself*, S. 216.
8 Nach Braybrooke, S. xxi.
9 Nach Braybrooke, S. 202f.

Nach Queenies Tod begann sich Ackerleys seelischer und gesundheitlicher Zustand langsam, aber unaufhaltsam zu verschlechtern.[10] Seine Rente war so kümmerlich, daß ihn sein alter Freund Edward Morgan Forster bis zuletzt finanziell unterstützen mußte; er stritt sich ständig mit seiner Schwester, mit der ihn eine tiefe Haßliebe verband; er begann zu trinken und litt zunehmend unter Depressionen. Nach einem langen, ermüdenden Nachtspaziergang fand seine Schwester den Siebzigjährigen am Morgen des 4. Juni 1967 tot in seinem Bett.

* * *

Ackerleys Roman behandelt die seltsame Symbiose zweier Außenseiterexistenzen. Ackerleys Korrespondenz der Jahre vor der Erstveröffentlichung im Jahr 1960 gestattet interessante Einblicke in die Entstehung des Buchs (und die widersprüchlichen Empfindungen seines skrupulösen Verfassers). »Homosexuality and bestiality mixed«: das war die Kurzformel, auf die der Autor in einem Brief vom Mai 1954 sein Romanprojekt brachte, als die erste Fassung, an der er seit 1948 gearbeitet hatte, vollendet war. Also eine Mischung von Homosexuellem und Tierischem, »zum großen Teil in Dialogform berichtet – die Gestalt Freuds fröhlich über Handlung und Erzähler schwebend.«[11] Zwei Wochen später schreibt er an einen anderen Freund: »... wenn alles sauber und ordentlich ist, werde ich es anderen zu lesen geben, um zu sehen, ob es nicht doch Quark ist. Denn ich weiß es nicht... Schrecklich, schrecklich freudianisch, das Ganze. Manchmal denk ich, es ist der albernste Mist, und manchmal, an meinen Lieblingsstellen, tropfen meine Tränen auf die gemietete Schreibmaschine, so daß sie anfängt zu rosten.«[12] Obwohl er mit einer Publikation nicht glaubte rechnen zu können, fuhr er mit der Arbeit an dem Manuskript fort.

Bald rieten ihm einige Schriftstellerkollegen wie Stephen Spender dazu, die kompromittierende Ich-Perspektive und einige, wie sie meinten, allzu anstößige Stellen aufzugeben. Aber hierin blieb Ackerley fest: »Offen gesagt, ich will die Wirkung dieser sexuellen Beziehung nicht abmildern. Ich finde, so wie sie ist, ist sie weder unanständig noch obszön; im übrigen

---

10 Nach Francis King (Hrsg.,), *My Sister and Myself: The Diaries of J. R. Ackerley* (Oxford: Oxford University Press, 1990), S. 20 f.
11 Nach Braybrooke, S. 102.
12 Nach Braybrooke, S. 102.

bin ich nicht gerade darauf versessen, die Empfindlichkeiten irgendwelcher Spießer zu schonen. [...] Ich werde in den homosexuellen Passagen kein Wort ändern. Ich glaube nicht, daß sie pornographisch sind; das würde ich ablehnen. Ich glaube, sie sind exakt und notwendig und wirklichkeitsgetreu. Also schick mir das Skript zurück, denn ich kann nichts abändern. Wirklich, ich würde die Passagen eher noch stärker betonen, wenn das ginge. Denn das ist es doch, was die Leute wirklich wollen: etwas, das frei ist und natürlich und unbelastet von Schuld oder Psychologie – mir tut bloß leid, daß ich das Buch nicht glücklich ausgehen lassen kann, das hätte ich gern getan.«[13]

Die homoerotischen Passagen blieben auch in den folgenden Jahren das Haupthindernis auf dem Weg zur Veröffentlichung. Trotz zusätzlicher Selbstzensur des Autors und unermüdlicher Empfehlungen von Freunden wie Spendern fanden alle befragten amerikanischen und englischen Verleger (u. a. Leonard Woolf) das Buch zu anstößig, um seine Publikation zu wagen. Einem Pariser Verlag dagegen war, wie Ackerley amüsiert einem Freund berichtet, das Buch »längst nicht schmutzig genug [...] und viel zu englisch.«[14] Erst 1959 nahm es der Londoner Bodley Head Verlag zur Publikation an, wenn auch unter der Bedingung, daß man möglichen Verleumdungsklagen durch die Abänderung einiger Details zuvorkäme. Auch die Liebesszene zwischen Frank und Johnny gegen Ende des Buches und einige andere »›unsittliche‹ Details, die das Wort ›unsittlich‹ kaum verdienen«, wie Ackerley meinte, seien zu entfernen. Die Zensurbestimmungen in Großbritannien begannen sich erst in diesen Jahren langsam zu lockern. Ackerley selbst hatte sich im gleichen Jahr mit vielen anderen Autoren und Kritikern für die Publikation von Vladimir Nabokovs *Lolita* stark gemacht, und im Folgejahr durfte nach einem aufsehenerregenden Gerichtsverfahren auch D. H. Lawrences *Lady Chatterleys Lover* vollständig und unzensiert erscheinen. Die unzensierte, vollständige Fassung von Ackerleys Roman kam allerdings erst drei Jahre nach der Erstveröffentlichung im September 1960 heraus.[15]

* * *

---

13 Nach Braybrooke, S. 115.
14 Nach Braybrooke, S. 150.
15 Nach Braybrooke, S. 205.

Im Gegensatz zur homosexuellen Camouflageliteratur früherer Jahre sind in diesem Roman die Neigungen des Erzählers – wiewohl ohne plakativen Bekenntnischarakter – über jeden Zweifel, über jede verschämte Zweideutigkeit erhaben. Noch deutlicher als in der ersten Ausgabe wird das in der dieser Übersetzung zugrundegelegten ursprünglichen Fassung, vor allem anhand der ebenso unmißverständlichen wie »delikat« evozierten Liebesszene gegen Ende des Buches. Sie wird nicht wirklich »beschrieben«, sondern aus Evies Sicht dargestellt, ja ist erst aus ihrer verwirrten Reaktion zu erschließen. Da sie sich in der Phantasie des Lesers abspielt, wird sie wohl für jeden vollkommen unanstößig wirken, »frei und natürlich und unbelastet von Schuld oder Psychologie«.

Das Original des Romans trägt den Titel *We Think the World of You*. Diese im Englischen umgangssprachliche Redewendung ist im Deutschen als solche unnachahmlich. Sie wird leitmotivisch von fast allen Figuren immer wieder verwendet, um dem ständig düpierten Außenseiter Frank vorzugaukeln, daß er dazugehöre, ja daß er »unser ein und alles« sei. Diese ebenso leichtgewichtige wie leichtfertige Phrase entwickelt sich im Verlauf der Handlung zum symbolischen Motto des Romans. Denn Frank muß erkennen, daß sie entweder eine fromme Lüge ist oder aber eine »Welt« betrifft, die nicht die seine ist. Ackerley spielt hier mit dem Absolutheitsanspruch, der in der englischen Wendung enthalten ist (auf deutsch etwa: »Du bist das Beste *auf der Welt*«). Johnny sagt dies auch von seiner Hündin Evie – dann allerdings mit tiefem Ernst. Nur in der kurzen Zeitspanne, da Frank mit Evie als Köder den Geliebten dazu bringt, ihn in seiner Wohnung aufzusuchen, kann er »das Beste aus beiden möglichen Welten« genießen. In dem letzten ausführlichen Gespräch mit Johnny wird ihm aber klar, daß eine echte Annäherung beider Welten, die nicht einer Selbstaufgabe gleichkäme, unmöglich ist: »In seine Welt sollten wir uns einfügen, geduldig und anspruchslos...« Es bleibt dabei: In der Lebenswirklichkeit Johnnys und seiner Familie hat Frank keinen Platz. Und dies in doppelter Hinsicht, denn sowohl die sexuelle Präferenz als auch der Klassenunterschied trennen ihn von ihrer Welt.

Denn das Stratford, in dem die Winders leben, hat nichts gemein mit Shakespeares idyllischem Heimatort am Avon. Es liegt in Londons East End, genauer gesagt im Industriegürtel östlich der City und nördlich der »Docklands« an der Themse – ein klassisches Arbeitermilieu also. (Im englischen Text sind die

Winders schon durch ihren Cockneyakzent eindeutig als Angehörige der »lower class« ausgewiesen, und Ackerley hat in mehreren Briefen an seinen Verleger darauf bestanden, die charakteristisch ungrammatische Sprechweise der Winders auf keinen Fall zu korrigieren.) Frank dagegen lebt im Westen der Stadt. Und er teilt die brisante Mischung eines gewissen Snobismus und der kränkenden Erfahrung des Außenseiters mit seinem Autor, von dem Francis King bemerkt: »Wie viele andere Homosexuelle seiner Generation verband auch Joe eine sexuelle Leidenschaft für junge Männer aus der Arbeiterschicht mit einer tiefsitzenden Abneigung gegenüber Männern und Frauen aus dieser Schicht. Sie waren faul, unaufrichtig, unfähig, selbstsüchtig, geldgierig...«[16] Auch andere britische Romane mit homoerotischer Thematik, wie zum Beispiel Edward Morgan Forsters *Maurice* (geschrieben 1913, aber erst postum 1971 veröffentlicht), kreisen um den Doppelkonflikt von Klassengegensatz und Homosexualität. Was Ackerleys Buch aber von einer zeitbedingten Milieustudie unterscheidet, ist die unbarmherzige Schärfe, mit der der Autor das Leiden des Ausgestoßenen, aber auch sein fast masochistisches Selbstmitleid, seine narzistische Ichbezogenheit und absurde Arroganz in seiner Romangestalt bloßstellt und gleichsam exorziert.

Dabei bleibt Ackerley ein Meister der leisen Zwischentöne. Er weiß, wie man eine zunächst komische, dann zunehmend düstere Geschichte erzählt, ohne sie dem Leser aufzudrängen. Kühl und distanziert blickt sein Ich-Erzähler auf die früheren Erlebnisse, auf seine eigenen Leidenschaften und Eifersüchteleien zurück und wird dabei zum gelegentlich melancholischen, manchmal verwunderten und oft gnadenlosen Beobachter seiner eigenen Verirrungen. Ackerleys besondere Leistung – in ästhetischer wie in moralischer Hinsicht – besteht darin, die zwangsläufig dominierende Rolle der Erzählerfigur nicht plump als eindimensionales Medium der Sympathielenkung, der Identifikation des Lesers mit dem »underdog« auszunutzen. Im Gegenteil. In Franks verzerrter und zunehmend paranoider Wahrnehmung, in seiner ohnmächtigen Häme und seinen gehässigen Portraits der »normalen« Menschen um ihn herum wird zwar seine eigene Deformation unübersehbar deutlich, aber der Autor mutet uns auch die unbewußten Grausamkeiten seines Erzählers zu, etwa wenn dieser das traurige Schicksal sei-

---

16 Nach King, S. 20.

nes Widersachers Tom auf eine unbedeutende Nebensache reduziert (»einmal abgesehen davon, daß Tom Krebs hatte und sterben würde«). Ackerleys Freunde konnten nicht ertragen, daß er sich, wie sie meinten, in der Romanfigur Frank so unvorteilhaft dargestellt habe. Dem sonst immer von Selbstzweifeln geplagten Autor aber bewies gerade dieser Vorwurf, daß er sich hier einmal erfolgreich von seiner eigenen Biographie freigeschrieben hatte. Die Lektüre des vollendeten Buches bereitete ihm ein grimmiges Vergnügen: »all seine vergeblichen und albernen Verständigungsversuche, seine vereitelten Pläne, seine ohnmächtigen Wutanfälle, seine wilden Ahnungen bringen mich immer wieder zum Kichern«.[17]

Diese Auffassung wird man nicht unbedingt teilen. Denn gerade hinter den tatsächlich oft urkomischen Verständigungsproblemen zwischen dem gebildeten Frank und den einfachen Winders brodeln versteckte Leidenschaften: ohnmächtige Eifersucht, verletzter Stolz, Sehnsucht nach Anerkennung. Sogar der Evies Bedürfnissen gegenüber scheinbar völlig gleichgültige Tom (dessen Sicht uns durch die Ich-Perspektive der Erzählung verborgen bleibt) kämpft bei all seiner vermeintlichen Stumpfheit mit heftigen Gefühlen. Weil er an Frank, den Freund seiner Frau und Geliebten seines Stiefsohns (an dem wiederum seine Frau mit abgöttischer Liebe hängt), nicht herankommt, rächt er sich in seiner dumpfen Verzweiflung an dem Hund, an dem Frank und Johnny gleichermaßen hängen. Evie wird zum Stellvertreter Johnnys, solange der im Gefängnis sitzt – für Tom, für Millie und besonders für Frank. Deshalb will Frank sie für sich allein haben, daher wollen die Winders sie nicht hergeben, obwohl sie mit dem Hund nichts anzufangen wissen. Die Gespräche zwischen dem homosexuellen Außenseiter Frank und den »Normalen« wahren oft nur mühsam den Schein höflicher Unterhaltung. Unter dieser dünnen Oberfläche tobt ein kleiner, aber gemeiner Grabenkrieg. Wenn Frank zum Beispiel in einem unbedachten Moment seiner Kränkung darüber Ausdruck gibt, daß Johnny ihn vernachlässigt, »stürzt« sich Megan sofort auf diese »dumme Bemerkung«. Bei allen Dialogen, die den Reiz dieses Romans ausmachen, steht ein großes Thema im Hintergrund: die Unmöglichkeit echter Verständigung, das Versagen der Sprache. Auch daher wird verständlich, warum sich Frank so sehr zu der Hündin Evie hingezogen fühlt. Weil sie

---

17 Nach Braybrooke, S. 198 f.

nicht sprechen kann, kann sie sich nicht verstellen. Eine weitere Auffälligkeit des Romans hängt damit zusammen: es ist die Bedeutung, die der Körpersprache und besonders den Blicken, der Sprache der Augen zukommt. Und das betrifft nicht nur die Blickkontakte zwischen den Liebenden, Frank und Johnny, sondern auch die zwischen Megan und Frank, Millie und Frank, Tom und Frank und ganz besonders zwischen Frank und Evie. Selten hat ein Romancier den alten Spruch, daß Blicke sagen, was Worte nicht können oder dürfen, so unaufdringlich und zugleich so glaubwürdig in Szene gesetzt.

Zugleich merken wir, daß die Art und Weise, mit der Evie Franks Leben in Beschlag nimmt, dem Bild Hohn spricht, das er von sich selber hat. (Gleich auf der ersten Seite spricht er von seiner »entschlossenen Natur«.) Welche Rolle sie für Frank zu spielen beginnt, zeigt sich auf verräterische Weise daran, wie er über sie spricht. Er nennt sie hübsch, zärtlich, aufmerksam; ihr »Gesicht« mit der schlanken »Nase«, dem »Mund«, dem »Kinn« und die graziösen Bewegungen ihrer »Arme« und Beine, ja ihrer ganzen »Gestalt« bezaubern ihn, als handelte es sich um ein attraktives menschliches Gegenüber. Und sie bleibt nicht die zärtlich-verspielte Hündin, die den vereinsamten Erzähler aus seiner Ohnmacht und Lethargie errettet. Ackerley verleiht ihr zunehmend fragwürdige Züge; ihre Liebe hat nichts mehr von hündischer Ergebung. Sie ist total und unteilbar, eifersüchtig, besitzergreifend und rücksichtslos. Und so heißt die Hündin auch nicht mehr »Queenie« oder »Tulip« wie ihre realen und literarischen Vorbilder. Die Gefährtin des homosexuellen Misogynen Frank trägt den prototypischen Namen des Weiblichen: »Sie ist Eva, das weibliche Urbild, Shaws Tigerin«.[18]

Für Frank verschwimmen die Grenzen zwischen Mensch und Tier immer mehr. Während der Hund für alle Beteiligten (Megan ausgenommen) zunehmend zum heftig umkämpften Ersatz des abwesenden Geliebten Johnny wird, greift ein rein instinkthaftes, dumpf unvernünftiges Verhalten immer stärker um sich. Frank sieht sich am Ende von den Winders derart in die Ecke getrieben, daß sie für ihn nichts Menschenähnliches mehr haben; in seiner letzten Unterredung mit Megan verflucht er sie als »Bestie«. Ackerleys frühere Kurzformel – »homosexuality and bestiality mixed« – bekommt damit eine weitere, hintersinnige Nuance. Schließlich sieht Frank das Leben überhaupt nur

---

18 Nach Braybrooke, S. 150. Ackerley bezieht sich hier wohl u. a. auf den ersten Akt in George Bernhard Shaws Drama *Back to Methuselah*.

noch *sub specie animalis*, vom »Standpunkt« des tierhaften Instinktverhaltens aus. Denn er wird selbst zum wütend umkämpften Objekt der Besitzgier zweier eifersüchtiger »Weibchen«, dem mit und dem ohne Pelz. Dabei erzeugt seine Einsicht in die radikale Un-Vernunft menschlichen Verhaltens ganz gegen seinen Willen ein merkwürdiges Gefühl von Sympathie, ja von neidischem Respekt für seine ehemaligen Gegenspieler, allen voran die früher verabscheute Megan. Sie ist in den Augen des labilen Intellektuellen Frank »ein Weibchen von geradezu heroischem Ausmaß«, fleischgewordener Lebensinstinkt, die Verkörperung »entschlossener«, kompromißloser Selbstbehauptung – eine Kraft, die ihm völlig abhanden gekommen ist. Daher läßt er sich Evies Herrschaft ohne Gegenwehr gefallen. Mit leiser Verwunderung stellt er fest, daß es ihm gleichgültig ist, wenn er bei seinen früheren Freunden nur Verachtung hervorruft. Er hat mit seinem arroganten Dünkel auch den Glauben an sich selbst, an seine »Entschlossenheit«, an die Überlegenheit der menschlichen Vernunft verloren.

* * *

»Ich habe oft kein sicheres Gefühl bei dem, was ich schreibe«, erklärte Ackerley in dem oben zitierten Brief an Stephen Spender, »aber bei diesem Buch bin ich mir sicher. Seine Konstruktion ist perfekt, wie ein Kabinettschränkchen aus dem achtzehnten Jahrhundert – voller geheimer Fächer und Schubladen, und alle gleiten leise und sanft auf und zu.«[19] Leser und Kritiker im englischsprachigen Ausland haben diese Einschätzung bestätigt. Ackerleys einziger Roman ist ein kleines Meisterwerk.

Daniel Göske

---

19 Nach Braybrooke, S. 115.

GEORGE TABORI

Tod in Port Aarif

Roman. Aus dem Englischen
von Ursula Grützmacher-Tabori.
Herausgegeben und mit einem
Nachwort von Wend Kässens.
384 Seiten. Leinen, DM 38,00

Eine Hafenstadt am Mittelmeer, eine Provinzmetropole in der arabischen Welt. Der Gouverneur El Bekkaa leidet an Magenkrebs und bittet den rumänischen Schiffsarzt Varga um Hilfe. Varga bangt um seine Freiheit, schon der bloße Landgang ist ihm zuwider. Doch aus beruflichem Ethos entscheidet er sich für die Operation. Schon bald werden dem Arzt dubiose Angebote gemacht. Am Tod des verhaßten El Bekkaa sind viele interessiert, die Regierung, die Ölgesellschaft, die Menschen in der Stadt, selbst seine eigene Familie. Varga operiert, erfolgreich. Doch am Tag danach überredet er die Schwester Vaughan zu einem Ausflug, der Beginn eines unaufhaltsamen Endes. Vor dem Hintergrund der politischen Umbrüche im Nahen Osten nach dem Zweiten Weltkrieg entfaltet Tabori seine Geschichte um die schicksalhafte Verstrickung des Menschen, um Ethos, Liebe, Moral und Geschäft.

Bitte fordern Sie das kostenlose Gesamtverzeichnis an:
Steidl Verlag · Düstere Str. 4 · 37073 Göttingen

GEORGE TABORI

Ein guter Mord

Roman
Herausgegeben und mit einem
Nachwort von Wend Kässens.
Aus dem Englischen von
Ursula Grützmacher-Tabori.
256 Seiten, stb 34, DM 10,00

Tristan Manasse, Pensionsbesitzer in Kairo, beklagt den Tod seiner Frau Adela, die er eines Morgens leblos in der Badewanne auffindet. In seinem Monolog versucht er die Gründe für diesen Selbstmord ausfindig zu machen, doch der unschuldige Ton des Rechenschaftsberichts schlägt plötzlich um: »Man schreibt, um zu gestehen...Warum habe ich Adela umgebracht?« Wie in einer Tiefenanalyse werden immer neue Motive aufgefächert, bröckelt die Fassade einer einträchtig-symbiotischen Ehe und des liebevollen Gatten. Der Romancier George Tabori ist im deutschsprachigen Raum noch zu entdecken. In den vierziger Jahren schrieb er vier hierzulande unbekannte Romane; »Ein guter Mord« besticht durch seine atmosphärische Dichte und psychologische Raffinesse.

Bitte fordern Sie das kostenlose Gesamtverzeichnis an:
Steidl Verlag · Düstere Str. 4 · 37073 Göttingen

JOHN MCGAHERN

Unter Frauen

Roman. Aus dem Englischen von
Martin Hielscher.
336 Seiten, stb 26, DM 18,80

Michael Moran hat im Irischen Unabhängigkeitskrieg für die Freiheit der Republik gekämpft. Jetzt lebt er verbittert und zurückgezogen auf dem Land. In seiner Familie verbreitet der selbstherrliche Patriarch zugleich Schrecken und unterwürfige Zuneigung. Während die drei Töchter und die Ehefrau scheinbar wie Marionetten seiner Launen agieren, setzen die beiden Söhne alles daran, der Umklammerung ihres repressiven Vaters zu entkommen und ihren eigenen Weg zu finden. McGaherns Roman trifft den Lebensnerv des ganz der Tradition verhafteten irischen Land- und Familienlebens, und der Held des Romans ist ein Symbol für jenes Irland, das seine Töchter und Söhne aus der Heimat vertreibt.

Bitte fordern Sie das kostenlose Gesamtverzeichnis an:
Steidl Verlag · Düstere Str. 4 · 37073 Göttingen

JOHN MCGAHERN

Das Dunkle

Roman. Revidierte Übersetzung
aus dem Englischen
von Elisabeth Schnack.
256 Seiten, gebunden, DM 38,00

Auf einem ärmlichen Bauernhof muß der Witwer Mahoney seine Kinder allein großziehen. Besonders der ältere Sohn hat unter den unberechenbaren und zwiespältigen Gefühlen seines Vaters zu leiden. Hinter dessen tyrannischer Gewalt verbirgt sich Liebesbedürftigkeit. Doch die nächtlichen Zärtlichkeiten des Vaters läßt der Sohn nur mit Widerwillen über sich ergehen. Unspektakulär, mit Genauigkeit und Feingefühl erzählt McGahern vom Heranwachsen des Sohnes: von schuldbewußt erlebter Sexualität unter den Zwängen eines strengen irischen Katholizismus, und, vor allem, von der Beziehung zu seinem Vater, die geprägt ist von Liebe und Haß, Faszination und Verachtung, Gehorsam und Rebellion. McGaherns Roman spricht den Vorstellungen einer ländlichen irischen Idylle Hohn. Er ist eine Abrechnung mit der konservativen irischen Gesellschaft und ihren Autoritäten.

Bitte fordern Sie das kostenlose Gesamtverzeichnis an:
Steidl Verlag · Düstere Str. 4 · 37073 Göttingen

HALLDÓR LAXNESS

Am Gletscher

Roman. Aus dem Isländischen
von Bruno Kress.
264 Seiten, stb 35, DM 18,80

Ein Pfarrhaus in nordischer Gletschereinsamkeit ist der Schauplatz dieses ironischweisen Romans des isländischen Nobelpreisträgers Halldór Laxness. Ein junger Theologe, vom Bischof zur Aufklärung mysteriöser Vorfälle dorthin entsandt, sieht sich mit Reden und Taten konfrontiert, die er nicht versteht. Die bodenständige Esoterik der Einheimischen läßt sich mit seinem Tonbandgerät nicht einfangen, und die frappierende, humane Logik des Lebens am Gletscher ist so offenbar, daß sie leicht übersehen werden kann. Es ist dieselbe Logik, die auch die Sagas und die Poesie regiert. Laxness setzt ihr mit diesem Roman aufs neue ein Denkmal: Das abgeschiedene Haus am Firn, er zeigt es uns als unbemerkten Nabel der Welt.

Bitte fordern Sie das kostenlose Gesamtverzeichnis an:
Steidl Verlag · Düstere Str. 4 · 37073 Göttingen

HALLDÓR LAXNESS
Lesebuch

Herausgegeben von Hubert Seelow.
176 Seiten, stb 13, DM 10,00

Kein lebender Dichter versteht es, die Geschichten eines entlegenen Landes so in moderne, weltweit gültige Literatur zu verwandeln, wie der isländische Autor Halldór Laxness, der 1955 für sein Werk und die Erneuerung der isländischen Erzähltradition den Literatur-Nobelpreis erhielt. Laxness' Meisterschaft zeigt sich nicht nur in seinen großen Romanen, sondern auch und ganz besonders in seinen Erzählungen. Das von Hubert Seelow herausgegebene Lesebuch bietet die Gelegenheit, den Schriftsteller in den unterschiedlichsten Aspekten seiner literarischen Kunst kennenzulernen. Es versammelt die Höhepunkte der in der Laxness-Neuausgabe publizierten Romane. Das Laxness-Lesebuch – eine Einladung, den Zauber Islands und seines größten Dichters zu entdecken.

Bitte fordern Sie das kostenlose Gesamtverzeichnis an:
Steidl Verlag · Düstere Str. 4 · 37073 Göttingen